# ENTHÜLLT: JAXSON

## EAGLE TACTICAL BUCH EINS

## WILLOW FOX

SLOWBURN
PUBLISHING

Enthüllt: Jaxson

Eagle Tactical Buch Eins

Willow Fox

Veröffentlicht von Slow Burn Publishing

© 2023

übersetzt von uragaan

überarbeitet von Daniel T.

v3

Umschlagdesign von GetCovers

# ÜBER DIESES BUCH

Enthüllt: Jaxson

Eagle Tactical Buch Eins

**Es war ein Kopfgeld auf mich ausgesetzt. Ich floh, mit nur einem Gedanken im Kopf: Überleben.**

Ich habe eine Hütte in der Wildnis gekauft, ohne sie zu sehen. Sie brachte einige Überraschungen mit sich, darunter einen gut aussehenden Fremden nebenan, Jaxson Monroe.

Er ist mein persönlicher Held, der mir das Leben gerettet hat. Es ist kompliziert und ich will ihn nicht enttäuschen, aber er will wissen, warum ich hierhergezogen bin. Wenn ich ihm die Wahrheit sage, wird er mich nie wieder sehen wollen. Ich bin nicht das süße, unschuldige Mädchen, für das er mich hält.

Konnte ich einem ehemaligen Soldaten der Special Forces vertrauen, oder würde er mich verraten? Ich verdankte ihm mein Leben, aber schuldete ich ihm auch mein Herz?

ENTHÜLLT ist Buch Eins der Eagle Tactical-Reihe. ENTHÜLLT, endet mit einem HFN und einem garantierten Serien-HEA.

## KAPITEL EINS

ARIELLA

Ich rannte um mein Leben, und es war alles seine Schuld. Die Geheimnisse hatten mich über tausend Meilen von zu Hause weggebracht. Ich floh, nur mit einem Gedanken im Kopf: eine zweite Chance zu bekommen. Ein Neuanfang war meine einzige Möglichkeit zu überleben.

Ich blinzelte durch meine Sonnenbrille und legte sie auf den leeren Beifahrersitz, weil ich kaum etwas sehen konnte. Meine Blick passte sich der Umgebung an, aber die Nacht brach schnell herein, als das Tageslicht hinter den Horizont fiel.

Ich hatte Mühe, die schmale, schneebedeckte Straße vor mir zu erkennen.

Die Straßen am Fuße des Berges waren frisch geräumt und gesalzen. Die Scheinwerfer meines Schaltwagens standen in einem ungeraden Winkel und warfen Schatten auf die mit Schlaglöchern übersäte Straße unter dem Schneematsch.

Das Auto ruckelte und hüpfte, als ich den Fuß auf das Gaspedal stellte, und spritzte meinen gebrühten, abgestandenen Kaffee aus dem Becherhalter.

Meine Augen brannten und tränten.

„Scheiße!"

Tränen drohten aufzusteigen, aber ich wollte nicht weinen. Es war nicht der Stich der brennenden Flüssigkeit, der wehtat. Ich hatte mir das selbst angetan. Ich gab ihm die Schuld, aber es war auch meine Schuld.

Meine Vergangenheit war voller Geheimnisse. Benjamin Ryan war ein Teil dieser Geheimnisse, aber es gab noch mehr, die selbst er nicht wusste. Es gab Geheimnisse, die ich ihm nicht erzählen konnte, selbst, als er in Handschellen abgeführt wurde.

Ich packte meine Habseligkeiten in mein Auto und verließ eilig den Staat New York. Aber nicht, bevor ich eine kleine Blockhütte in den Wäldern gefunden hatte, die ich mir ungesehen und in bar leisten konnte.

Ich hatte auch ein Vorstellungsgespräch in einem nahegelegenen Resort vereinbart, aber es gibt keine Garantie, dass ich sofort eine Stelle bekomme. Mein letzter Job hat mein Leben ruiniert, und ich kann ihn nicht in meinem Lebenslauf angeben.

Ich muss mit den wenigen Dollars, die ich noch in meinem Portemonnaie habe, sparsam umgehen.

War ich verbittert?

Ganz sicher, aber ich habe weitergemacht, neu angefangen und um eine zweite Chance gebetet. Ich sehne mich nach einem Neuanfang, und die einzige Möglichkeit, ihn zu bekommen, war, umzuziehen.

Ich benutze wieder meinen Mädchennamen: Ariella Cole. Ich bin nicht untergetaucht, um mich zu verstecken. Schließlich hatte ich nichts Falsches oder Kriminelles getan.

Das konnte ich von ihm nicht behaupten.

Ich wollte nicht in seine illegalen Geschäfte verwickelt werden.

Ich hatte geplant, vor Einbruch der Dunkelheit in meinem neuen Zuhause anzukommen, aber das Vorstellungsgespräch fand am Nachmittag in einer Skihütte im Blue Sky Resort, in der Nähe von Breckenridge, Montana statt.

Es ging um eine Stelle, bei der ich die Schichten anderer Mitarbeiter übernehmen sollte, von der Bedienung im Restaurant bis zu Hausarbeiten und dem Umgang mit der Ausrüstung des Skiverleih. Ich würde alles nehmen, was ich bekommen kann.

Das Vorstellungsgespräch schien gut zu verlaufen und sie hatten darum gebeten, einen Hintergrund Check durchzuführen. Ich war nicht begeistert davon, aber ich hatte keine andere Wahl. Sie würden sehen, dass mein Ex-Mann Ben unseren Kredit aufgebraucht hatte. Deswegen können sie mir doch nicht die Stelle verweigern?

Er sitzt wegen mehrerer Straftaten im Bundesgefängnis. Das kann doch nicht gegen mich verwendet werden?

Als ich das Resort mit meinem heißen Kaffee verließ, war es draußen bereits dunkel geworden. Der Rezeptionist hat mir eine Wegbeschreibung gegeben, da mein Telefon defekt war und das GPS in den Bergen nicht richtig funktionierte.

Ich machte mich auf den Weg zu meinem neuen Haus, müde, erschöpft und ausgelaugt nach einem langen Vorstellungsgespräch und einer noch längeren Fahrt durch das Land. Ich wollte mein neues Zuhause entdecken, mich unter die warme Decke legen und eine Woche lang schlafen.

Der Gesprächspartner teilte mir mit, dass sie meine Referenzen überprüfen würden und ich mich einem Hintergrund Check unterziehen müsse.

Es hörte sich alles gut an, obwohl ich hoffe, dass ich den Job bekomme, gibt es keine Garantien. Sie haben mir noch nichts angeboten.

Ich schaltete mein Auto herunter, aber ich habe Mühe, den Berg hinaufzukommen.

Die abgefahrenen Reifen drehen sich, als ich das Lenkrad mit meinen Händen festhalte. Der hintere Teil des Fahrzeugs gerät ins Schlingern.

Ich schalte wieder herunter und trete auf das Gas, um das gottverlassene Ungetüm von einem Berg zu erklimmen, als das Auto ins Rutschen kommt und rückwärts bergab rutscht.

„Scheiße!" Ich schrie auf und trete kräftig auf die Bremse, was dazu führte, dass ich mich überschlug und den eisigen Weg hinunterrutschte. Ich hätte mich gegen den Aufprall gewehrt, wenn ich gewusst hätte, wie, aber ich wollte einfach nur überleben. Ich musste überleben.

Mein Magen schmerzte vor Angst. Meine Handflächen waren schweißnass, und ich klammerte mich am Lenkrad fest und versuchte, mein Auto aus der Gefahr zu manövrieren.

Ich hatte keine Kontrolle über das Fahrzeug, als ob es einen eigenen Willen hätte.

Das Auto drehte sich und prallte gegen einen Baum. Die Scheibe zersprang. Das reichte nicht aus, um den Schwung zu stoppen, und den Berg hinunterzurutschen, die Hinterräder rutschten von der Straße.

Wie durch ein Wunder kam das Fahrzeug zum Stehen. Die Hinterräder wippten am Rand einer Schlucht.

Die Vorderseite des Wagens schien stabil zu sein, aber würde es mich bei einer plötzlichen Bewegung in die Tiefe schleudern um in Vergessenheit zugeraten?

Ich werfe einen Blick in den Rückspiegel.

Es wurde von Minute zu Minute dunkler und ich konnte nicht feststellen, wie tief der Graben war, aber angesichts der Tatsache, dass die gesamte Fahrt den Berg hinauf kurvenreich und gefährlich war, war sie zweifellos tödlich.

Ich atmete leise und langsam aus, aber ich konnte nicht im Auto bleiben. Ich musste Hilfe holen.

Seit ich versucht hatte, den verdammten Berg zu erklimmen, hatte ich kein Auto auf der Straße gesehen. Gab es dafür einen Grund? Wohnte jemand oben in Breckenridge oder war ich die Einzige, die verrückt genug war, an der Schwelle zum Winter dorthin zu fahren?

Wahrscheinlich hätte ich mein Auto gegen ein Fahrzeug mit Allradantrieb oder einen Truck eintauschen sollen, aber das konnte ich mir nicht leisten.

Ich war knapp bei Kasse. Ich gab jeden Cent aus, um nach Breckenridge zu kommen und die Hütte, die ich auf einer Maklerseite im Internet gefunden hatte, bar zu bezahlen.

Die Hütte sah wie ein Schmuckstück aus, mit Blick auf einen wunderschönen Fluss und in Gehweite zu einigen Geschäften in der Stadt.

Das bedeutet, dass ich nicht die Einzige in Breckenridge bin, aber die anderen waren klug genug, nicht nachts auf den Berg zu fahren.

Mein Handy ist leer, und selbst wenn es noch Saft hätte, wusste ich, dass es hier keinen Handyempfang gibt.

Am Fuße des Berges gab es auch keinen Empfang. Das war, als mein Handy noch einen winzigen Rest an Akkuleistung hatte.

Nicht, dass ich niemanden hätte, den ich anrufen könnte. Meine Schwester erwartete, von mir zu hören, aber wir verstehen uns nicht besonders gut. Sie war sauer, dass ich nach Breckenridge gezogen bin, anstatt bei ihr in New York zu bleiben.

Ich konnte nicht bleiben. Ich musste so weit wie möglich von New York und den Feinden, die wir uns gemacht hatten, wegkommen.

Ich werfe einen Blick nach hinten, auf meinen Rucksack. Ich konnte es nicht riskieren, nach ihm zu greifen. Nicht bevor ich aus dem Auto ausgestiegen bin.

Mit langsamer Präzision entriegelte ich die Tür und schob die Fahrerseite auf. Ich machte keine schnellen Bewegungen.

Ich wäre zwar lieber im Auto geblieben, das mir Schutz bot, aber es stand am Rande einer Schlucht. Ich bin nicht bereit, dem Tod zu begegnen.

Das Auto knarrte und ächzte, als ich vorsichtig mein Gewicht von einem Fuß auf den anderen verlagerte und aus dem Fahrzeug steige.

Das Fahrzeug stürzte nicht von der Klippe, wie ich zuerst befürchtet hatte. Ich zitterte und zog meine Jacke fester um mich.

Von meiner Position aus konnte ich die Hintertür nicht öffnen. Der Schnee ist mehrere Zentimeter dick, und ich hatte meine Stiefel in den Kofferraum gestopft.

Ich konnte mich nicht bewegen, um meine warmen und bequemen Schuhe zu holen. Meine schicken Schuhe mussten ausreichen, denn ich wollte nicht barfuß gehen. Das wäre bei diesem Wetter noch dümmer gewesen.

„Okay, ich schaffe das", sagte ich zu mir selbst.

Es war keine Menschenseele auf der Straße und ich wollte gar nicht daran denken, welche wilden Tiere wie Bären oder Wölfe nachts herauskommen. Ich hatte nicht die geringste Ahnung, ob sie nachtaktiv sind. Ich hoffte, dass ich keiner Kreatur begegnete, denn ich hatte nichts außer meinen Händen, um mich zu schützen, da hätte ich mich auch gleich hinlegen und tot stellen können.

Okay, meine Tasche vom Rücksitz zu holen, war nicht so einfach, wie ich dachte. Ich atmete nervös aus und mein Magen verkrampfte sich, als ich wieder auf den Fahrersitz kletterte um nach meinem Rucksack auf dem Rücksitz zugreifen, zusammen mit meiner Handtasche auf dem Beifahrersitz.

Ich machte keine plötzlichen Bewegungen und trat vom Auto zurück, schloss die Autotür, schob mein Portemonnaie in den Rucksack und schwang ihn über meine Schulter.

Meine Hände zitterten von der Kälte und dem Adrenalin, das durch meine Adern floss. Ich kramte in meinen Taschen und holte ein paar Autohandschuhe aus Leder heraus. Sie mussten ausreichen.

Als das Tageslicht fast verschwunden war, machte ich mich auf den Weg zur Hauptstraße des Berges.

Ich hielt mich an die Mitte des schneebedeckten Weges. Wahrscheinlich werde ich etwas hören, lange, bevor ich etwas sehe, aber ich halte nicht den Atem an.

Der Mond spendete das schwächste Licht, um die schneebedeckte Straße zu beleuchten.

Ich habe keine Taschenlampe dabei, und die Dunkelheit der Nacht drang zu mir durch, was mich daran erinnerte, dass es meilenweit keine Stadt gibt, weil keine Lichter in der Nähe waren.

Ich blickte zum Himmel hinauf, wo die eisige Nachtluft dem Funkeln der Sterne am Nachthimmel Platz machten. Es wäre ein schöner Anblick, wenn es nicht so kalt wäre und ich mir keine Sorgen machen müsste, zu erfrieren.

Meine Lunge schmerzte von der Kälte. Bei jedem Einatmen stachen tausend Messer in meine Lungen.

Ich zog den Reißverschluss meines Mantels fest zu, und beugte meinen Kopf nach unten in Richtung meines Mantels. Ich musste einen Unterschlupf finden. Mit dem Sonnenuntergang würde die Nacht nur noch kälter werden.

Meine Hände zitterten selbst in den warmen Handschuhen. Der Rand der Straße war ohne Licht schwer zu erkennen. Noch unmöglicher schien es zu sein, einen Unterschlupf zu finden.

Ich lief weiter den Berg hinauf. Ich wusste nur, dass ich in die richtige Richtung ging, weil der Wind mir ins Gesicht blies und meine Fußabdrücke zeigten, wo ich gewesen war.

In der Ferne konnte ich mein Auto nicht mehr sehen. Die zerbrochenen Scheiben boten zwar wenig Schutz vor dem Wind, aber im Auto wäre es wärmer gewesen. Ich hätte aber in die Schlucht hinuntergeschleudert werden können, wenn sich das Gewicht des Wagens verlagert hätte.

Es gab keinen Grund, meine Entscheidung zu hinterfragen. Ich hoffte nur, dass die Hauptstraße zu einer Einfahrt, einem Haus, einer Hütte oder einem anderen Zeichen der Zivilisation führen würde.

Die Kälte trieb mir Tränen in die Augen, ließ meine Wimpern gefrieren und meine Wangen brennen. Meine Hände waren taub und mein Rucksack enthielt keine Kleidung. Ich fror, innen und außen.

Ich stolperte über meine Füße.

Meine Zehen brannten von der eisigen Luft, die jeden Zentimeter meines Körpers überfiel. Das Gefühl ging über Taubheit und Kribbeln hinaus.

Ich stolperte und stützte mich ab, als ich auf den harten Schnee auf der Straße aufschlug und einen Mund voll fraß. Ich spuckte den Inhalt aus, so gut ich konnte.

Meine Lippen waren taub, genauso wie meine Wangen.

Ich zitterte und rollte mich mitten auf der schneebedeckten Straße in der Fötusstellung zusammen. Ich vergrub mein Gesicht, um mich vor der Kälte zu schützen.

Ich schützte meine Wangen vor der Kälte, um ein wenig Wärme und eine Pause von den Elementen zu bekommen. Ich zog meine Tasche näher heran, um mich vor dem Wind zu schützen. Ich schloss meine Augen.

Mein Körper zitterte, aber mir war nicht kalt. Ich fühlte mich taub. Nichts als Leere, ein kaltes und einsames Dasein, das nach mir stach.

# KAPITEL ZWEI

---

JAXSON

Ich schaltete das Satellitenradio ein. Das war der einzige Sender, der im Umkreis von hundert Meilen, um Breckenridge zu empfangen war.

Wir waren buchstäblich in der Mitte von Nirgendwo. Genau so, wie ich es mochte. Ich habe mein ganzes Leben in Montana verbracht und bin in einer kleinen Stadt, ein paar Stunden von Breckenridge entfernt aufgewachsen.

Ich drehte die Musik auf, ließ sie dröhnen und nahm mir ein paar Minuten Zeit für mich, um nach einem langen Tag, an dem ich die nächstgelegene Stadt besucht hatte, den Hauptpass nach Breckenridge zu fahren.

Es war schon spät. Die Straße war nicht gut zufahren, schon gar nicht zwischen den Stürmen. Es schneite zwar gerade nicht, aber es lagen noch ein paar Zentimeter vom letzten Sturm.

Ich habe keine Probleme, mit meinem Truck den Berg hinaufzukommen, und ich hatte noch Ketten für meine Reifen dabei, wenn das Wetter richtig bissig wird.

Auf der Hauptstraße, des Bergpasses, werde ich langsamer.

Als ich ein kleines Auto entdeckte, das am Rande der Schlucht steht, stelle ich den Wagen auf Parken, dass der Motor im Leerlauf läuft und die Lichter an sind.

Ich greife nach einer Taschenlampe und stiege aus. Ich ziehe meinen Mantel an und schließe den Reißverschluss, denn die Nachtluft ist kühl.

Wenn jemand meine Hilfe benötigt, möchte ich vorbereitet sein.

„Hallo? Ist da jemand drin?" rufe ich in Richtung des Fahrzeugs. Die Scheiben waren eingeschlagen und die Lichter waren ausgeschaltet. Es gab keine Warnblinkanlage.

Ich leuchte mit meiner Taschenlampe in das Auto. Es gibt keine Anzeichen dafür, dass jemand drin ist.

Wahrscheinlich war jemand vorbeigekommen und hatte den Fahrer mitgenommen.

Wer würde bei klarem Verstand mit diesem Auto im Winter den Berg hinauffahren?

Es muss kein Schneesturm sein, um zu wissen, dass man Allradantrieb und Ketten braucht, um durch den Schnee zu kommen. Ganz zu schweigen davon, dass der Regen die Straße unterspült oder die Eisstürme die Straße unpassierbar machen.

Ich richtete meine Taschenlampe auf den Boden.

Es gab eine Reihe von Spuren, weibliche Fußabdrücke, den Absätzen und der Schuhgröße nach zu urteilen, und sie führten in Richtung der Hauptstraße. Ich leuchtete mit der Lampe weiter nach unten. Die Abdrücke setzten sich fort, aber meine Taschenlampe war nach der Biegung der Straße, einer Serpentine, nicht mehr zu sehen.

Seufzend ging ich zum Truck, kletterte wieder hinein und war dankbar für den warmen Unterschlupf. Hoffentlich war derjenige, der die Panne hatte, schon auf dem Weg in die Stadt.

Ich lege den Gang ein und leuchte mit den Scheinwerfern.

Mit dem Fuß auf dem Gaspedal schlich ich mich mit meinem Fahrzeug den Bergpass hinauf, den Blick auf die Hauptstraße gerichtet und auf die Fußspuren, die im Schnee eingegraben waren und denen ich den Berg hinauf folgte. Ich wollte mich nicht ablenken lassen und übersehen, wenn die Person vom Weg abkam.

Zum Glück war sie klug genug, um in der Mitte der Straße zu bleiben.

Ich beschleunigte das Tempo ein wenig, weil ich unruhig und besorgt war. Das Letzte, was ich wollte, war, dass jemand erfriert, weil ich mir Zeit gelassen habe.

Noch eine Meile weiter nördlich lag eine dunkle, zusammengerollte Gestalt auf der Straße, die sich nicht bewegte.

Ich ließ das Auto laufen.

Es war eine Person, obwohl ich aus der Entfernung nicht erkennen konnte, ob sie lebte. Anhand der Schuhe nahm ich an, dass es eine Frau war.

Ich trat näher heran.

Sie lag zitternd auf der schneebedeckten Straße. Die Frau hatte sich zusammengerollt, ein graugrüner Rucksack und ihr lila Mantel verdeckten jeden

Hinweis auf ihre Person, während sie versuchte, sich zu vergraben, um sich warmzuhalten.

Ich räusperte mich, um die Frau nicht zu erschrecken.

Sie rührte sich nicht, als ich näher kam. Das war kein gutes Zeichen.

„Hallo", sage ich und beugte mich hinunter, um ihr eine Hand auf den Rücken zu legen.

Wenigstens ist sie noch am Leben. Ihr Körper zittert bei der Berührung meiner Hand. Sie ist kalt wie Eis, und das war auch kein Wunder.

Ich hörte, wie sie versuchte zu sprechen, aber ich konnte ihre Worte nicht verstehen.

„Ich bin Jaxson", sagte ich zu ihr und versuche, der jungen Frau zu versichern, dass ich nicht vorhabe, ihr etwas anzutun. „Kannst du aufstehen?"

Ihre Worte sind gemurmelt und unverständlich.

„Ich hebe dich auf und trage dich zu meinem Truck", sagte ich.

Sie nickte leicht und ich atmete erleichtert auf, dass sie wenigstens ansprechbar ist, auch wenn sie zu kalt war, um zu sprechen.

Ich hebe sie in meine Arme und trage sie zu meinem Wagen.

Es dauerte nur eine Minute, um die Beifahrertür zu öffnen, während ich sie festhalte. Ich manövrierte sie hinein und eile zur Fahrertür. Ich klettere in den Wagen und heize ihn noch mehr auf. Ich drehe die Temperatur hoch, um die arme Frau aufzutauen.

Sie zittert vorn in meinem Wagen. Sie hatte unvorsichtigerweise ihr Auto stehen lassen und war nachts allein in der Kälte unterwegs.

Ich greife auf dem Rücksitz nach einer zusätzlichen Decke, die ich für Notfälle dabei habe. Das hier ist ein Notfall.

Ich breite die dicke Decke aus und deckte ihren Körper zu, um ihr zu helfen, warm zu werden.

Wir waren zu weit vom nächsten Krankenhaus entfernt, um sie auf Erfrierungen untersuchen zu lassen. Die Fahrt dauerte bei schönem Wetter gut zwei Stunden und führt auf die andere Seite des Berges, wo das Wetter unberechenbar ist.

„Wie lange warst du da draußen?", fragte ich.

Ich öffne meinen Mantel und ziehe ihn mir von den Schultern. Im Auto ist es bereits warm und für mich zu heiß.

Sie schien nicht überhitzt zu sein, also lasse ich das Thermostat in Ruhe und versuchte mein Bestes, um es ihr bequem zu machen.

„Eine Weile", sagte sie.

Es war das erste Mal, dass ich die Worte, die über ihre Lippen kamen, verstehen konnte. Das Zittern in ihrer Stimme war verschwunden. Sie war still und ihre Hände zitterten, als sie sie vor die Heizung hielt.

Ich wollte ihr nicht vorschlagen, die Handschuhe auszuziehen weil ich Angst vor Erfrierungen hatte.

„Ich bin Jaxson Monroe", sage ich, als ich mich ihr wieder vorstelle. Vielleicht hat sie mich draußen nicht gehört, oder sie hat mich gehört, aber hat nicht reagiert.

„Ariella Cole."

Sie lächelte mich freundlich an. Ihre Wangen waren rot, aber wenigstens waren sie nicht von der Kälte gezeichnet oder verfärbt.

Es hätte draußen noch kälter sein können, wenn es mitten im Winter gewesen wäre. Sie hatte Glück.

„Wie fühlst du dich?", fragte ich.

Ich hatte eine Million Fragen, und je länger ich sie ansah, desto mehr wurde mir klar, wie schön sie war, auf eine sehr mädchenhafte Art und Weise.

Nur gab es keine Mädchen und die Anzahl der Frauen in Breckenridge war für meinen Geschmack zu gering.

Offen gesagt, brauchte ich nur eine Frau, die ich für den Rest meines Lebens hegen, pflegen und umsorgen konnte. Natürlich war es nicht so einfach, nichts war einfach.

War es, weil ich sie gerettet hatte, dass ich sie beschützen will? Nein, ich muss sie beschützen. Ich konnte mir dieses allumfassende Gefühl nicht erklären.

„Ein wenig wärmer", sagte sie, als sie mich anschaut und mir ein schwaches Lächeln schenkt. Die rote Flamme auf ihren Wangen schien diesmal nicht von der Kältc, sondern von einer leichten Röte zu stammen.

Ich konnte nicht umhin, mich zu fragen, warum.

„Gut. Ich bin froh, dass es dir ein wenig wärmer ist. Wenn du dich anschnallst, sind wir schnell wieder auf der Straße und in der Stadt.

Ich würde nirgendwo hinfahren, ohne dass wir beide im Truck angeschnallt sind. Auch wenn nur ein paar

Zentimeter Schnee auf der Straße liegen, war es immer noch gefährlich. Es gab wilde Tiere, die schnell über die Straße rennen konnten.

Ariella nickte und ihre Hände zitterten, aber sie legte den Sicherheitsgurt an. Ich tat das Gleiche und legte den Gang ein.

Wir fuhren hoch nach Breckenridge.

Ich habe sie nicht gefragt, ob sie dorthin fahren wollte. Wenn sie woanders übernachtet, würde ich ihr ein Zimmer für die Nacht besorgen und mich morgen um ihre Situation kümmern.

„In die Stadt", sagte sie, es ist kaum mehr als ein Flüstern in ihrer Stimme.

„Ja, Breckenridge. Bitte sag mir, dass du dorthin wolltest." Ich hasse den Gedanken, dass sie falsch abgebogen war und nicht den gefährlichen Berg hinauffahren musste.

„Das ist es. Ich habe gerade ein Haus am Fluss gekauft. Aber ich vermute, dass er um diese Jahreszeit wahrscheinlich zugefroren ist.

„Kann es sein, dass du es von Mason Reid gekauft hast?", frage ich.

„Ja, woher weißt du das?", frage Ariella.

„Er ist einer meiner ehemaligen Militärkameraden, mein Bruder", sagte ich. „Ich weiß genau, wo du wohnst. Es ist ein nettes, kleines Haus, das von mir selbst entkernt und renoviert wurde. Na ja, von Aiden und mir."

„Wer ist Aiden?" Ihre Augen funkeln, als sie mich anstarrt.

„Noch einer meiner Militärkameraden. Declan, Mason, Aiden und ich haben vor ein paar Jahren eine Sicherheitsfirma, Eagle Tactical, gegründet."

Ich konnte mir nicht erklären, warum ich dieser Frau gegenüber so offen und bereit war, jedes Geheimnis zu verraten, wenn sie mich fragte. Sie hatte etwas an sich. War es die Tatsache, dass sie Frischfleisch war und ich noch nicht auf den Geschmack gekommen war?

„Habt ihr alle zusammen gedient?", fragte Ariella. Sie grinste und starrte mich an.

Mein Herz flatterte in meiner Brust und verlangte danach, befreit zu werden. Es war lange her, dass mich jemand auf diese seltene Art und Weise angeschaut hatte.

Ich lachte und hoffte, dass sie die sexuelle Spannung, die sich im Truck aufbaute, nicht bemerken würde. Sosehr ich mich darauf einlassen wollte, ich hatte mich einigermaßen unter Kontrolle. Wir hatten uns gerade erst kennengelernt. „Wir waren alle bei den Special Forces der Army."

Mit großen Augen zog sie eine Grimasse, als sie ihre Handschuhe auszog. „Wow, eine Stadt voller Helden."

Ich schaute auf ihre langen, dünnen Finger. Sie sahen gut aus, wenn auch etwas rot, aber es gab keine Anzeichen von Erfrierungen, was eine gute Nachricht war.

„Das ist unser Motto", sagte ich scherzhaft zu ihr.

Ich richtete meine Aufmerksamkeit wieder auf die schneebedeckte Straße, als wir weiter nach Norden fuhren und die Abzweigung nach Breckenridge nahmen. „Wir haben es nicht mehr weit bis dorthin."

„Okay", sagt sie. „Das ist gut. Gibt es in der Nähe einen Ort, an dem man zu Abend essen kann? Ich bin am Verhungern und kann erst einkaufen gehen, wenn mein Auto aus dem Graben gezogen wurde." Ihre Stimme war sanft, fast wehmütig.

„Ich kann dich zu Lumberjack Shack bringen. Die haben tolles Essen."

Das war auch der einzige Ort, an dem wir um fast acht Uhr noch hereinkommen konnten. Für die Stadt war es schon zu spät, die Bar war der einzige Ort, der geöffnet hatte, ein anständiges Abendessen gab es auch nicht.

„Lumberjack Shack? Ich hoffe, das Essen ist besser als der Name."

„Meinem Kumpel gehört der Laden."

„Scheiße. Es tut mir leid", sagt sie und entschuldigt sich schnell. „Das wäre jetzt wunderbar", sagt sie.

Sie schien sich auf dem Beifahrersitz zu entspannen und nahm die Decke ab, die sich um ihren Körper schmiegte.

„Warm?", fragte ich.

Das war ein gutes Zeichen, nachdem ihr vorhin so kalt gewesen war.

„Ja. Könntest du die Heizung etwas herunterdrehen?"

Ich stellte das Thermostat im Wagen ein, in der Hoffnung, dass sie es etwas bequemer hat.

Es war heiß. Es war so warm, dass ich mich am liebsten bis auf die Boxershorts ausgezogen hätte und sonst nichts. Das konnte ich nicht tun, nicht während der Fahrt und mit einer jungen Frau im Wagen.

„Danke."

Ich lenkte den Truck über eine Schotterstraße und durch einen dichten Wald, bevor wir auf ein Kriechtempo herunterfuhren. „Wir sind fast da", sagte ich.

Sie griff nach ihrer Tasche und öffnet den Reißverschluss, um ihr Portemonnaie herauszuholen.

Ich parke vor der Tür. Normalerweise wäre das Restaurant an einem Montagabend geschlossen, aber ich habe einen Schlüssel. Gelegentlich helfe ich Lincoln aus, nicht beim Kochen, sondern an der Bar. Lincoln wohnt im Obergeschoss über dem Restaurant. Er würde mir aushelfen, und wenn nicht, könnte ich ihr sicher etwas zu essen machen.

„Der Laden sieht geschlossen aus", sagt sie.

Die Lichter im Inneren waren schummrig, und es gab keine anderen Fahrzeuge, die vor dem Lokal geparkt waren.

„Es ist nach neun. Um diese Zeit ist alles geschlossen. Ich habe einen Schlüssel, mit dem wir hineinkommen können. Mach dir keine Sorgen. Es gibt keine Alarmanlage, die man hacken muss."

„Gut, denn ich habe mich nicht darauf gefreut, meine erste Nacht in Breckenridge im Knast zu verbringen", sagte Ariella.

„Komm schon." Ich klettere aus dem Truck und gehe die Verandatreppe hinauf . Als Erstes versuche ich die Tür zu öffnen , aber sie ist verschlossen. Ich hole meinen Schlüssel heraus und schließe die Tür auf und führe sie hinein. „Ladies first."

Sie wirft mir mit hochgezogenen Augenbrauen einen Blick, und ein schiefes Grinsen zu. Einen Augenblick später zuckt sie mit den Schultern und tritt ein.

„Es ist wunderschön", sagt sie und wirft einen Blick auf die Einrichtung. „Es tut mir leid, was ich vorhin gesagt habe. Ich werde launisch, wenn ich hungrig bin."

Ich beiße mir auf die Zunge, um keinen Kommentar abzugeben.

„Ich finde es toll, dass das Haus eine Blockhütte ist. Es passt gut zu einer Holzfällerhütte."

Es war offensichtlich, dass sie versuchte, die Beleidigung, die sie im Auto ausgestoßen hatte, wiedergutzumachen. „Ich habe das Gefühl, dass hier ein echter Paul Bunyan wohnt. Ich wette, das Essen ist auch fantastisch."

„Es ist eines der besten in Montana. Eine echte Hausmannskost von einem der besten Köche in der Gegend. Wenn ihm der Laden nicht gehören würde, hätte ich mir Sorgen gemacht, dass ihn mir jemand anderes wegschnappt", sage ich.

Um ehrlich zu sein, hatte ich versucht, ihn abzuwerben, damit er Vollzeit mit den Jungs bei Eagle Tactical arbeitet, aber er wollte nicht. Er liebt das Kochen zu sehr, als dass er dauerhaft zurück in den Außendienst gehen wollte.

Schwere Schritte erklangen auf der Treppe, und einen Moment später betrat Lincoln das Restaurant.

„Jaxson, was machst du denn hier?", fragt Lincoln.

Ich war zwar hungrig, aber Ariellas Gesichtsausdruck verriet mir, dass sie hungrig war.

„Ich hole mir etwas zu essen. Wir haben noch nichts gegessen und ich hatte gehofft, dass du uns in der Küche etwas kochen würdest."

„Die Küche ist geschlossen, aber für dich und die hübsche Dame kann ich eine Ausnahme machen", sagt Lincoln und grinst. „Wo ist Isabella? Wolltest du nicht zu ihr nach Hause gehen? Es ist schon spät."

Wollte er mir jede Chance auf Ariella nehmen? Ich hatte nicht die geringste Chance, aber ich dachte, dass ich sie hätte.

„Sie ist zu Hause und schläft." Ich ging nicht weiter darauf ein. Warum musste mein eierköpfiger Militärbruder ausgerechnet Isabella erwähnen?

„Habt ihr eine Speisekarte?", fragte Ariella Lincoln.

Die Art und Weise, wie ihr Blick über seinen Körper glitt, lässt das Herz in meiner Brust wild pochen.

Ich will, dass sie mich so ansieht, nicht ihn.

Bin ich der eifersüchtige Typ? Ich habe nie darüber nachgedacht, denn es gab nicht viele Frauen in der Stadt, denen man hinterherlaufen konnte.

Lincoln grinst und rollt mit den Augen. „Du bist doch nicht etwa ein Vegetarier, oder?" Er lehnte sich näher an sie heran und flüstert: „Ich kann einen verdammt guten Salat machen, aber der Bär hier ist sehr lecker und zum Sterben schön."

Ihre Augen weiten sich vor Entsetzen, und ich versuchte, nicht über Lincolns Witz zu lachen. Normalerweise war er nicht so witzig, aber Ariella schien definitiv nicht von dieser Seite des Waldes oder gar des Staates zu sein.

„Ich nehme einen Salat", flüsterte Ariella. Sie klang wie ausgedörrt.

Ich konnte nicht anders, als sie anzustarren, völlig überwältigt von ihrer Schönheit. Im warmen, bernsteinfarbenen Schein der Restaurantbeleuchtung konnte ich endlich ihren rosigen Teint und die Sommersprossen auf ihrer Nase und ihren Wangen betrachten. Sie hatte dunkles Haar und olivfarbene Augen, die mir den Atem raubten.

Sie war wunderschön und das nicht nur, weil sie die neueste Einwohnerin von Breckenridge war und wir nicht viele Frauen in der Stadt haben, schon gar keine alleinstehenden.

Ich vermute, dass sie Single ist. Ich habe keine Ahnung.

Ich hoffe nur, dass sie nicht vergeben ist, da sie keinen Ehering trägt. Das bedeutete aber nichts. Sie hätte ihn ja ablassen können.

Aber wenn sie verheiratet ist, wo war dann der Mistkerl, der sie in diesem beschissenen Auto nach Breckenridge fahren ließ, das im Winter nicht den Berg hinaufkam? Ich würde ihn umbringen, wenn er Ariella auch nur ein Haar krümmen würde.

Ich stieß einen schweren Seufzer aus und merkte gar nicht, wie sehr ich eine Fremde beschützen wollte. Sie war nichts weiter als eine junge Frau, die ich aus der Kälte gerettet hatte. Aber ich wollte mehr über sie wissen. Ich wollte herausfinden, wer sie ist, warum sie hier ist und ob sie Single ist und ein warmes Bett sucht, in das sie sich verkriechen kann.

Ich kann nicht alle Vorsicht in den Wind schlagen und mit ihr schlafen, nur weil ich Bedürfnisse habe. Nein. Diese Zeiten waren vorbei.

„Lincoln macht nur Witze über das Bärenessen. Er macht ein tolles Sandwich und sein Eintopf ist zum Sterben gut."

„Eintopf. Das klingt lecker", sagt Ariella. Sie stützt ihre Hände auf den Holztisch, als wir uns setzten. Sie zieht ihren Mantel aus und hängte ihn an den Stuhl hinter sich.

„Okay, gut. Ich werde dir in der Küche etwas zubereiten. Bleib einfach ruhig sitzen und versuche, nicht auf seine lahmen Flirtversuche hereinzufallen", sagte Lincoln und zeigte auf mich.

Ich hätte ihn am liebsten verprügelt.

„Was führt dich nach Breckenridge?", fragte ich und beobachtete sie, während mein Herz in meiner Brust pochte.

Ich wusste zwar, dass sie eine Hütte am Fluss gekauft hatte, aber ich wusste nicht, warum. Mason hatte nur gesagt, dass er die Hütte an einen Auswärtigen verkauft hatte.

„Ein Neuanfang. Ich genieße das Campen und dachte, es gibt keinen besseren Ort zum Leben als die Mitte von Nirgendwo."

Ich lache und bezweifle zwar, dass das die ganze Geschichte ist, aber wenn sie es mir nicht sagen möchte, will ich es auch nicht herausfordern. „Du hast dir den entlegensten Winkel der Welt ausgesucht, nicht wahr?" stichelte ich sie. „Wo kommst du her, Ariella?"

„New York, aber ich bin in Nebraska aufgewachsen", sagt sie und hält eine Hand hoch. „Keine Cornhuskers-Witze, bitte."

„Ich bin mir nicht sicher, ob ich welche kenne." Es war klar, dass sie kein Fan von Nebraska war, aber das konnte ich ihr nicht verübeln. Mir würde es wahrscheinlich auch nicht besonders gefallen. Aber ich liebe Breckenridge, obwohl der Winter brutal sein kann, war es hier oben auch wunderschön.

„Gut", sagt sie und lacht. Ihr Blick fiel auf den Tisch, bevor sie wieder zu mir aufblickt. „Darf ich dich etwas fragen?"

Ich zuckte mit den Schultern. „Schieß los."

„Ist Isabella deine Frau oder deine Freundin?"

Sie blickt auf meine Hand auf dem Tisch hinunter.

Ich trage auch keinen Ehering und es war offensichtlich, dass sie mich lange und genau ansah.

„Nein, sie ist meine Tochter."

# KAPITEL DREI

ARIELLA

Ich wollte ihn schon fragen, wer Isabella ist, als Lincoln ihren Namen erwähnte. Ich war mir nicht sicher, wie ich ihn fragen sollte, ohne neugierig zu sein oder neugierig zu wirken.

Er hatte mich aus der Kälte gerettet und ich hatte bereits ein Gefühl der Verbundenheit mit ihm. Gab es dafür nicht einen Namen?

„Du hast eine Tochter?" Das hat mich überrumpelt. Das hätte nicht sein müssen, denn er war alt genug, um Kinder zu haben. Das war ich auch.

„Ja, sie ist drei Jahre alt." Sein Gesichtsausdruck wirkt gequält. Seine Augen funkeln leicht, bevor er weiterspricht. „Ihre Mutter wollte sie zur Adoption freigeben und kam zu mir, weil sie meine Unterschrift benötigte, um auf meine Rechte als Vater zu verzichten. Das konnte ich nicht tun. Ich habe abgelehnt." Sein Atem wurde tiefer und seine Ohren röteten sich, während er sprach.

Ich nickte, als ich hörte, was passiert war.

„Ich hatte nur die Wahl zwischen dem vollen Sorgerecht oder sie ganz aufzugeben."

Lincoln brachte zwei Gläser mit Wasser an den Tisch und warf Jaxson einen Blick zu. „Das Abendessen wird gleich serviert", sagte Lincoln.

„Danke", sagte ich und blickte zu Lincoln auf, bevor ich mich wieder Jaxson zuwandte. „Ist Isabella jetzt zu Hause?"

„Ja. Ich muss mich bei der Erziehung von Isabella mehr auf meine Brüder verlassen, als mir lieb ist, aber das scheint ihnen nichts auszumachen." Er lacht leise vor sich hin.

Hatte ich die Pointe verpasst? Ich verstand nicht, was so lustig war. „Was ist das?"

Er lächelte und schüttelte den Kopf. „Vergiss es. Es ist nicht wichtig."

Ich verstand nicht ganz, was er wollte, was ich vergessen sollte, aber ich wusste nicht, wovon er sprach.

„Okay", sagte ich und war erleichtert, dass Lincoln uns das Essen an den Tisch brachte. Der köstliche Geruch von Eintopf lag in der Luft, als er zwei große Schüsseln an den Tisch brachte, eine für jeden von uns. „Danke."

„Kann ich sonst noch etwas für dich tun?", fragte Lincoln und starrte mich direkt an.

Hatte er mich erkannt? Die Luft wurde mir aus den Lungen gesaugt.

Jaxson öffnete seinen Mund. „Wir könnten Löffel gebrauchen."

„Ich werde der Dame einen Löffel besorgen. Du kannst dir selbst dein Besteck holen." Er zeigt auf Jaxson. „Lass dich von dem Kerl nicht herumkommandieren."

Ich täusche ein Lächeln vor. Wahrscheinlich hatte ich mir das nur eingebildet. „Oh, das werde ich nicht. Danke für den Tipp", sage ich.

Lincoln ging in die Küche, holte zwei Bestecke und brachte sie an den Tisch.

„Danke", sagte Jaxson, noch bevor ich das Gleiche sagen konnte.

„Sag mir Bescheid, wenn du noch etwas benötigst", sagte Lincoln, bevor er wieder in der Küche verschwand.

„Er weiß, wie man sich rar macht", sage ich.

Ich greife nach dem Löffel, als der Dampf aus der Schüssel mit der Suppe aufsteigt. Ich nehme einen Schluck und schließe meine Augen. Ich genoss den Geschmack, die Wärme und die Tatsache, dass es eine Mahlzeit in meinem Magen war.

Ich konnte mich nicht erinnern, wann ich heute das letzte Mal etwas gegessen hatte. Der Kaffee, den ich im Resort gekauft hatte, war abgestanden und zählte nicht als Mahlzeit.

„Ja. Lincoln ist ein guter Kerl. Isabella hatte früher große Angst vor ihm, aber jetzt sind sie beste Freunde. Declan kommt gleich nach Lincoln, was komisch ist, weil er mehr Zeit mit ihr verbringt. Ich schwöre, er ist bereit, Vater zu werden und sich niederzulassen."

Ich nahm noch einen Bissen vom Eintopf und war dankbar für die warme und gute Mahlzeit nach einem katastrophalen Abend. „Passt Declan jetzt auf sie auf?"

Jaxson nickte zwischen den Bissen. „Ja. Meine Brüder passen abwechselnd auf sie auf, wenn sie nicht in der Kita ist. Sie sind fantastisch. Ohne sie würde ich es nicht schaffen." Er nippte an seinem Wasser und schaute zu mir auf. „Du bist also hierhergezogen, um wegzukommen, und um eine neue Landschaft kennenzulernen."

Ich nicke, ohne etwas anderes zu verraten.

Er durfte nicht wissen, warum ich nach Breckenridge kam. Ich konnte nicht riskieren, ihn oder sein kleines Mädchen zu gefährden.

„Hast du Kinder?", fragte er.

„Nicht, dass ich wüsste", sagte ich und starre ihn an, wobei ich mich bemühe, nicht zu lachen.

Er grinste zuerst und nickte. „Der war gut. Du weißt, womit ich mein Geld verdiene. Was ist mit dir?"

„Sind das zwanzig Fragen?", frage ich und versuchte, mich zu entspannen, aber das war unter seinem Blick nicht so einfach. Ich konnte ihm nicht sagen, womit ich meinen Lebensunterhalt verdiene, oder besser gesagt, was ich früher gemacht habe.

Zurzeit bin ich arbeitslos. Ich wusste, dass er nicht versucht hatte, unhöflich zu sein. Wahrscheinlich machen die Leute in den Kleinstädten so einen Small Talk.

Die Sache war die, dass ich zwar aus New York stammte, aber mein Job mich durch die ganze Welt führte. Es bestand die Gefahr, dass er wusste, für wen ich arbeitete und was ich tat. Sogar Benjamin, mein Ex-Mann, hatte keine Ahnung, mit wem er verheiratet war.

Ich lebte mit Geheimnissen, schlief mit ihnen und erkannte, dass sie mir gehörten und nur mir.

„Entschuldigung. Mit meinen Brüdern und einem Kleinkind habe ich nicht viele Gelegenheiten, mich mit einer schönen jungen Frau zu beschäftigen."

Im Raum wurde es wärmer. Wurde ich rot? Ich warf einen Blick auf die Suppenschüssel und schob mir eine Haarsträhne hinters Ohr. „Ich wette, du bist es gewohnt, zu flirten. Du bist ein ehemaliger Soldat und das sieht man."

Er sah zweifellos gut aus und hatte dicke Muskeln unter seinem Hemd. Ich hatte schon mit einigen Kerlen gearbeitet, die einen guten Körperbau hatten, aber so wie er mich anstarrte, war es klar, dass ich seine Aufmerksamkeit erregte. Das war sehr schmeichelhaft.

„Ob du es glaubst oder nicht, die meisten in der Stadt sind verheiratet oder haben einen meiner Brüder."

„Das kann nicht wahr sein." In Breckenridge lebten fast neunhundert Menschen, zumindest laut dem Internet.

Ich hatte die Stadt gründlich recherchiert, bevor ich hierherzog.

„Du wirst schon sehen", sagt er mit einem wissenden Grinsen.

Ich lache leise vor mich hin.

Ich hoffte, dass es in dieser Stadt noch mehr Interessenten gab. Nicht, dass Jaxson nicht umwerfend aussah und einen unglaublichen Körperbau hatte, aber ich wollte mich nicht auf den ersten netten Kerl stürzen, den ich traf.

Es war lange her, dass ich einen netten Kerl getroffen hatte.

Ben, mein Ex-Mann, war ein Mistkerl. Der Gedanke an die Ehe war wie verdorbene Milch. Ich wollte nie mehr in seine Nähe kommen. Ich war nicht hier, um einen Mann zu finden oder zu heiraten.

Ich wollte nie wieder heiraten. Einmal war genug. Ich war nicht einmal an einem Date interessiert, aber als er mich ansah und mir der Magen knurrte, musste ich diese Gedanken beiseite schieben.

Wir aßen unseren Eintopf auf und Lincoln kam aus der Küche, um das Geschirr abzuräumen. „Wie war's?", fragte er mich.

„Köstlich! Kochst du immer alles?" fragte ich. Ihm gehörte zwar das Restaurant, aber das bedeutete nicht, dass er die Küche leitete.

„Ja", sagte Lincoln mit einem Glitzern in den Augen. Er schien sich über das Kompliment zu freuen.

„Ich übernehme die Rechnung, wenn du fertig bist", sagte ich. Ich wollte Jaxson nicht länger aufhalten, vor allem, weil er eine Tochter zu Hause hat und einen Bruder, der auf sie aufpasst.

Ich hatte vor, auch seinen Anteil an der Mahlzeit zu übernehmen. Schließlich hatte er mir heute schon das Leben gerettet. Auch wenn ich es mir nicht leisten konnte, würde ich es mir überlegen.

„Dein Geld ist hier nichts wert."

„Was?", fragte ich verwirrt.

Lincoln lächelte. „Es geht aufs Haus. Jeder Freund von Jaxson isst umsonst. Zumindest beim ersten Mal. Danach werden wir sehen, was passiert."

„Komm schon. Lass mich bezahlen. Dieser Typ hat mir heute Abend das Leben gerettet. Ich kann nicht gehen, wenn ich weiß, dass ich euch beiden für eure Freundlichkeit etwas schulde."

Jaxson hielt sich den Mund mit der Hand zu. Er grinste und versuchte, sein Lachen zu unterdrücken.

„Was?" fragte ich und starrte Jaxson an.

„Du wirst ihn nicht umstimmen. Lincoln ist der Sturste von allen. Sag einfach danke und bring es hinter dich, sonst kommen wir hier nie weg."

Ich blickte von Jaxson zu Lincoln und sah von meinem Platz am Tisch zu ihm hoch. Er überragte mich. „Danke", sagte ich mit aufrichtiger Wertschätzung.

Lincoln nickte knapp. „Ich bin sicher, wir sehen uns wieder. Jaxson, wenn du gehst schließe alles wieder ab. Ich werde die Küche aufräumen und dann nach oben gehen."

„Mache ich, Boss", sagte Jaxson, legte seine Hand auf den Tisch und grinste. „Bist du bereit, hier zu verschwinden?"

Ich stand auf und schnappte mir meinen Mantel. Zweifellos würde ich ihn draußen wieder brauchen.

Ich zog meinen Mantel wieder an, schloss den Reißverschluss und steckte meine Hände in die Handschuhe.

Ich freue mich nicht auf den eisigen Wind und die kalte Luft draußen, aber es dauert nicht lange, und wir sitzen in Jaxsons Truck um zur Hütte zufahren .

Jaxson führt mich nach draußen und legt seine Hand auf meinen Rücken. Ich versuche, das Lächeln zu verbergen, das in mir aufsteigt. Konnte er es auch sehen? War es so offensichtlich, dass ich mich in seiner Nähe wohl und frei fühlte?

Er begleitet mich zur Beifahrertür seines Trucks, öffnet sie und bietet an, mir hineinzuhelfen. Der Truck war viel größer als ich, und um die Trittbretter zu erreichen, muss ich bei meiner Größe schon ein wenig springen. „Danke."

„Es ist mir ein Vergnügen", sagte Jaxson.

Er wartet darauf, dass ich mich anschnalle, bevor er die Tür schließt und um den Truck herum auf die Fahrerseite klettert. Er lässt den Motor an.

Ein willkommener warmer Luftzug trifft mein Gesicht. Ich schiebe die Lüftungsschlitze zur Seite und bin dankbar, dass der Truck nicht abgekühlt ist, nachdem wir zum Abendessen angehalten hatten.

Er verlässt den Parkplatz vom Restaurant. „Müssen wir anhalten und den Schlüssel für die Hütte abholen?"

Ich hatte die Schlüssel bereits vergessen.

„Ja! Der Besitzer hat gesagt, dass er die Schlüssel im Briefkasten hinterlassen hat, aber dass der am Ende der Einfahrt ist. Er sagte, es sei ziemlich weit weg, sodass ich mit dem Auto hinfahren müsste, um ihn zu holen."

„Wir holen ihn auf dem Weg zur Hütte", sagte Jaxson.

„Danke. Du denkst an alles, nicht wahr?"

Er lächelte und lachte leise vor sich hin. Seine Hände blieben auf dem Lenkrad und er konzentrierte sich auf die Straße.

Er ließ sich Zeit, als wir weiter nördlich den Berg hinauffuhren.

Ich hielt mich an der Tür fest, als die Serpentinen steiler wurden und die Sicht mit jeder Kurve schwieriger.

Die Scheinwerfer eines Lastwagens prallten zurück, als eine dünne Nebelschicht in der Luft hing.

„Entspann dich. Ich hab's im Griff. Ich fahre diese Strecke jeden Tag", sagt er und schaut mich an.

„Ich weiß." Ich habe es nicht gewusst, aber ich wollte nicht, dass er durchschaut, dass ich zu Tode erschrocken war. War es offensichtlich?

„Okay, Stalker", scherzt er und legt mir lächelnd seine Hand auf den Arm. „Ich habe schon Schlimmeres erlebt. Mach dir keine Sorgen. Du wirst den Dreh schon noch herausbekommen. Vor allem, wenn du dein Auto gegen etwas Praktischeres eintauschst."

„Mein Auto eintauschen? Denkst du, ich habe es zu Schrott gefahren?" Es hatte die Scheiben zertrümmert und die Karosserie verbeult, als ich gegen den Baum geprallt war.

Er hatte recht und ich musste mir ein zuverlässigeres Fahrzeug für die Straßen von Breckenridge besorgen, aber wie soll ich es mir leisten?

Jaxson legte seine Hand zurück auf das Lenkrad. „Selbst wenn du es reparieren lässt, bringt es dich bei einem Schneesturm nicht den Berg hinauf."

„Was wäre, wenn mein Auto diese Metalldinger an den Rädern hätte?", fragte ich und versuche mich zu erinnern, wie sie heißen.

„Ketten?"

„Ja, die." Ich hoffte, einen Satz Ketten kaufen zu können, und das Auto zu reparieren und die Zahlungen für ein neues Fahrzeug aufzuschieben.

Mein Einkommen war knapp. Ich hatte jeden Cent für das Grundstück und die Fahrt durch das Land nach

Montana ausgegeben. Ich hatte keinen Job in Aussicht und mein Geldbeutel war fast leer.

Er überlegte, bevor er antwortete. „Ein solches Auto wie deins habe ich hier noch nie gesehen."

Ich starrte aus dem Fenster und war fasziniert von der Schönheit der Nacht.

Wir fuhren durch den Nebel, was seltsam erschien, da wir höher fuhren, aber es schien nur ein kleiner Fleck an einem Teil des Berges zu sein.

In der Ferne am Fuß des Berges funkelten Lichter. Die kleine Stadt lag dicht zusammen. „Es ist wunderschön hier draußen", sagte ich, als er bei der Ausfahrt langsamer wurde und von der Straße abbog.

Jaxson kurbelte sein Fenster herunter, als er zum Briefkasten kam und einen Satz Hausschlüssel herausholte. „Hier, bitte", sagte er und reichte mir das kalte Metall.

„Danke." Ich nahm die Schlüssel mit meinen behandschuhten Händen entgegen. So schnell wie er das Fenster geöffnet hatte, schloss Jaxson es auch wieder, legte den Gang ein und fuhr die schmale Schotterstraße durch den Wald hinunter.

Ich konnte nichts sehen, außer ein paar Meter vor uns das Licht von den Scheinwerfern. Von einer Hütte war nichts zu sehen. „Wie weit ist es noch?", frage ich.

„Noch ein oder zwei Kilometer."

Der Schnee knirschte unter den Reifen, als wir schließlich langsamer wurden. Die Lichter waren aus, die Hütte dunkel wie die Nacht.

„Ich schätze, niemand hat das Licht auf der Veranda angelassen."

Er lacht leise vor sich hin.

„Was ist daran so lustig?", frage ich, denn ich sah nichts, worüber es sich zu scherzen lohnte.

Von außen sah die Holzfassade schön, gepflegt und rustikal aus. Es war tatsächlich eine Blockhütte, einstöckig und klein, aber die perfekte Größe für eine Person. Ich brauche nichts Großes oder Teures.

Außerdem konnte ich mir nichts anderes leisten.

Er stellte den Motor seines Trucks ab und trat hinaus in die kalte Luft.

Jaxson antwortete mir nicht. Ich kletterte aus dem Truck und stieß mit meinen Schuhen gegen den frischen Schnee, der sich dort aufgetürmt hatte.

Sein Fahrzeug war mit Leichtigkeit hindurchgefahren, aber ich stapfte durch den Schneematsch und die eisbedeckten Stufen der Veranda hinauf.

„Sei vorsichtig", warnte Jaxson, sein Atem strich über meinen Nacken, als er mir die Stufen hinauf folgte und eine Hand auf meinen Rücken legte.

Wollte er sichergehen, dass ich nicht stürze, oder war die Nähe etwas viel Intimeres?

Ich genoss es bereits, in seiner Nähe zu sein, aber das war gefährlich. Ich kannte den Mann kaum und er hatte ein Kind.

Das nenne ich mal kompliziert.

Dabei war noch nicht einmal berücksichtigt, dass ein Kopfgeld auf mich ausgesetzt war.

Es gab mehrere Leute, die mich tot sehen wollten. Mitten im Nirgendwo zu leben, sollte mich eigentlich schützen, aber würde es das auch?

„Hast du den Schlüssel?"

„Ja", sage ich und probiere den Haustürschlüssel aus, den Jaxson zuvor aus dem Briefkasten geholt hatte. Er ließ sich leicht ins Schloss schieben und drehte sich.

Ich stieß die Tür auf und erwartete, dass es warm und einladend sein würde. Warm war es aber nicht.

Ich fröstelte und griff nach der Wand, um nach einem Lichtschalter zu suchen. Nichts. „Es ist eiskalt."

„Die Hütte wird mit einem Holzofen geheizt." Er pirschte sich an den Ofen heran und bückte sich. Er schnappte sich ein paar trockene Holzscheite aus dem Schnee und machte das Feuer an. Jaxson stapelte das Holz und zündete ein Streichholz an, das langsam in Flammen aufging.

„Du kennst dich aus", sagte ich und beobachtete ihn neugierig.

Es war Jahre her, dass ich solch ein Feuer angezündet hatte. In meinem letzten Haus gab es einen Gaskamin, bei dem man einen Schalter umlegen musste. Hier draußen hatte ich nicht so viel Glück. Aber der Holzofen würde viel wärmer sein. „Was ist mit dem Licht?"

Er ging auf das Bett zu, welches nur ein paar Meter vom Feuer entfernt war, das zum Leben erwachte.

Der offene Grundriss bot keine wirkliche Privatsphäre, aber ich hoffte, dass er dazu beitragen würde, den Raum gleichmäßig zu heizen.

Die Hütte war komplett möbliert, was gut war, da ich nur wenig dabei hatte. Das meiste davon war in New

York verkauft worden. Alles andere hatte ich in den Kofferraum meines Autos gestopft.

„Hier, bitte sehr." Jaxson schnappte sich eine Campinglaterne und reichte sie mir. „Halte ein paar zusätzliche Batteriesätze bereit."

Das Lächeln verschwand aus meinem Gesicht. „Du machst Witze." Er musste einen Scherz mit mir machen.

Die Hütte hatte doch Strom, oder?

Ich wollte zwar ohne Strom leben, aber ich hatte nicht vor, primitiv zu leben.

„Worüber?"

„Gibt es hier wirklich keinen Strom?" Ich konnte es nicht glauben! Wie konnte sein Kumpel mir ein Haus verkaufen, in dem es keinen Strom gibt? In der Online-Anzeige war das nicht erwähnt worden.

„Du hast eine Hütte in den Wäldern gekauft. Du kannst froh sein, dass es eine Inneninstallation hat."

# KAPITEL VIER

JAXSON

Ich kannte Ariella zwar nicht so gut, aber man musste kein Gedankenleser sein, um zu sehen, dass sie sauer war.

Ihre Hände waren zu Fäusten geballt, ihr Kiefer angespannt und ihre Stirn gerunzelt. Sie atmete schwer und laut, aber das könnte auch daran liegen, dass es in der Hütte kalt war und sie fror.

Ich musste zwar nach Hause zu Isabella, aber ich wollte Ariella auch nicht allein in der Kälte und Dunkelheit lassen. Hätte ich heute Morgen gewusst, dass sie ankommt, wäre ich vorbeigekommen und hätte Feuer im Ofen angemacht.

Die Hütte war eiskalt und es würde Stunden dauern, um sie auf eine angemessene Temperatur zu bringen.

„Ich kann es nicht glauben", sagte sie und lief durch den Raum, ihre Füße stapften schwer über die Holzdielen. „Ich wäre nie hierhergezogen, wenn ich gewusst hätte, dass es keinen Strom gibt. Wie soll ich ohne einen Kühlschrank überleben?"

Ich wollte ihr sagen, dass sie sich entspannen soll. War das die falsche Antwort? Ich hasste es, wenn die Jungs mir sagten, ich solle mich entspannen.

„Ich bringe meinen Generator mit und wir können ihn an einen Kühlschrank anschließen. Wir können morgen früh in die Stadt fahren und einen aussuchen. Ich kann dann zurückfahren und ihn für dich hochschicken."

Sie stöhnte auf.

„Ist dir nicht aufgefallen, dass auf den Bildern kein Kühlschrank zu sehen war?"

Sie schürzt ihre Lippen und ihre Augen verengen sich. „Bei dem Preis hatte ich es vielleicht etwas eilig, etwas zu kaufen. Jetzt verstehe ich, warum es so günstig war."

Sie rieb sich die Stirn und zog langsam ihre Handschuhe aus.

„Hör mal, warum kommst du heute Abend nicht mit mir zurück? Bleib ein paar Stunden bei mir, bis es in deiner Hütte warm geworden ist. Dann kann ich dich zurückfahren oder du kannst nach Hause laufen. Es ist nicht weit zwischen unseren Grundstücken. Es gibt eine Brücke, die über den Fluss führt. Ich wohne gleich auf der anderen Seite."

Sie atmet schwer aus und ihre Zunge schoss heraus, um sich über die Lippen zu lecken. „Wir sind Nachbarn."

„Das stimmt", sagte ich. „Was hältst du davon? Ich kann morgen früh den Generator vorbeibringen, und wir können in die Stadt fahren und einen neuen Kühlschrank kaufen."

Sie stockt und verlagert ihr Gewicht von einem Fuß auf den anderen .

Gab es noch eine andere Möglichkeit, die ich nicht in Betracht gezogen hatte? Ich kannte niemanden, der einen Kühlschrank verschenkte, und der nächste Secondhand-Laden war Stunden entfernt und führte keine Geräte. Es war unwahrscheinlich, dass jemand einen Kühlschrank übrig hatte, Gefrierschränke waren leichter zu bekommen, da viele Städter Jäger waren und Fleisch in den Gefriertruhen lagerten.

„Ich komme heute Abend schon klar. Es war ein langer Tag. Ich sollte wahrscheinlich einfach unter die Decke kriechen und ins Bett gehen."

„Wenn du dir sicher bist." Ich wollte sie nicht drängen. „Im Schrank sind noch mehr Decken, wenn dir kalt ist. Hast du ein Telefon? Ich kann dir meine Nummer geben, falls du etwas benötigst."

Langsam öffnet sie den Reißverschluss ihres Mantels. „Es ist tot. Ich muss es aufladen, aber das scheint eine unmögliche Aufgabe zu sein." Ariella gähnt und führt ihre Hand an die Lippen, als ob sie diese Geste verbergen will.

„Ich bringe dir morgen früh ein Solarladegerät mit. Ich habe ein Ersatzgerät." Ich gehe zurück zur Tür, um meinen Besuch nicht zu lange hinauszuzögern.

Es war schon spät. Meine Tochter war zu Hause und wartete auf mich.

„Danke."

Ich machte mich auf den Weg zur Tür. „Wenn du etwas brauchst, ich bin gleich hinter der Brücke. Es ist nicht weit zu Fuß."

„Ich komme schon klar, aber ich weiß es zu schätzen."

„Schließ ab, wenn ich weg bin. Die meisten Leute schließen ihre Türen in Breckenridge nicht ab, aber das solltest du dir nicht zur Gewohnheit machen." Ich hatte in meinem Leben schon zu viel gesehen, um eine Tür unverschlossen zu lassen.

Sie zog eine Augenbraue in die Höhe. „Gibt es etwas, das ich wissen sollte?"

Ihre Augen waren hell und groß, ein tiefes Oliv, das zu ihrem Pullover passte. Ich wollte näher kommen, mich zu ihr beugen, um ihre Schulter zu berühren und ihr zu versichern, dass es ihr gut gehen würde, aber wir kannten uns kaum und ich wollte keine leeren Versprechungen machen.

„Es ist einfach besser, auf Nummer sicher zu gehen", sagte ich.

Es war nichts Bestimmtes oder jemand, der Ärger machte.

Mitten im Nirgendwo, in den Wäldern, versteckten sich einige Menschen mit dunkler Vergangenheit und hielten sich abseits des Netzes. Sie haben mich zwar nie belästigt, aber das konnte ich von einem hübschen jungen Mädchen, das ganz allein war, nicht behaupten.

Ich musste ein Auge auf sie haben und dafür sorgen, dass sie in Sicherheit war.

„Wir sehen uns morgen." Ich gehe nach draußen und warte, bis ich das Klicken des Schlosses höre, bevor ich die Verandatreppe hinunter und zu meinem Truck eile.

Als frischer Schnee fällt, klettere ich in meinen Truck und fahre denselben Weg zurück, den ich gekommen bin: die schmale Straße, die zu ihrem Haus führt. Ich musste zurück zur Hauptstraße und dann noch etwa eine Meile nach Norden fahren, bevor die nächste Abzweigung kam. Unsere Häuser waren zwar nah beieinander, aber die Entfernung und der Weg dorthin waren zu Fuß viel zu lang .

Je weiter ich nördlich fuhr, desto mehr Schnee schien zu fallen. Als ich aus dem Truck stieg, war es stürmisch und kalt.

Ich eilte in mein Haus, eine zweistöckige Blockhütte, und zog meinen Mantel und meine Schuhe aus. Der Kamin war angezündet und spendete Wärme und ein angenehmes Licht im Wohnzimmer, wo Declan schlief.

Er schnarchte leise, und war mit einer karierten Flanelldecke zugedeckt. Er hatte sich auf dem Sofa ausgestreckt und nahm die gesamte Länge des Sofas ein.

Ich habe es nicht übers Herz gebracht, ihn zu wecken.

Declan war ein enger Freund und half mir mit Isabella. Er hatte zwar keine eigenen Kinder, aber es war klar, dass er sie haben wollte und eines Tages ein guter Vater sein würde.

Als das Licht aus war, schloss ich das Haus ab und ging leise die Treppe hinauf, um nach Izzie zu sehen.

Sie lag zusammengerollt in ihrem Bett und regte sich, als ich das Zimmer betrat.

Ich hielt den Atem an, weil ich mein kleines Mädchen nicht wecken wollte. Ich wachte einen Moment über sie, bevor ich schließlich auf Zehenspitzen aus ihrem Zimmer in meins schlich.

Erschöpft ließ ich mich auf die Matratze fallen und machte mir nicht die Mühe, mich weiter auszuziehen.

Wenigstens waren meine Schuhe unten an der Haustür. Viel mehr konnte ich nicht tun.

Ich schloss die Augen und wollte den Schlaf gewinnen lassen, als ein lautes Krachen durch das Haus hallte. Es kam aus dem Erdgeschoss.

„Declan?"

In höchster Alarmbereitschaft eilte ich aus dem Bett und holte meine Waffe aus dem Safe.

Ich würde alles tun, was nötig war, um mein kleines Mädchen zu beschützen.

Leise ging ich die Treppe hinunter, eine Stufe nach der anderen, um sicherzugehen, dass der Eindringling mich nicht hören konnte.

Mit gezogener Waffe stand ich mit dem Rücken zur Wand des Treppenhauses.

Als ich um die Ecke kam, keuchte Declan und hob seine Hände zur Kapitulation. „Vorsichtig, Jax. Nicht schießen."

„Was zum Teufel war das?", fragte ich und senkte den Lauf des Gewehrs, während ich es sicherstellte.

„Eine Lawine. Erdbeben. Wer zum Teufel weiß das schon?" sagte Declan. Er rieb sich die Augen und fuhr sich mit der Hand durch sein kurz geschnittenes, dunkles Haar. „Mich hat es aufgeweckt, und dich offensichtlich auch."

Dem Geräusch nach zu urteilen, bezweifelte ich, dass es eine Lawine oder ein Erdbeben war. „Ich habe nicht geschlafen."

„Du bist spät nach Hause gekommen", sagte Declan.

„Hast du meine SMS aus dem Restaurant bekommen?"

„Ja. Lincoln hat angerufen und mir alles über das hübsche Mädchen erzählt, mit dem du zu Abend gegessen hast. Also, wer ist sie?"

Declan ging zum Kühlschrank, holte sich ein Bier und brachte es zum Sofa, um sich zu setzen. Er war wach und erwartete ein Gespräch.

Ich war nicht in der Stimmung für einen Drink.

Ich legte die Waffe auf den Couchtisch und setzte mich zu meinem Bruder auf das Sofa. „Ariella. Sie ist die neue Käuferin der Hütte am Fluss, meine direkte Nachbarin."

Declan lächelte, und sein Grinsen wurde noch breiter. „Ist sie so heiß, wie Lincoln sie beschreiben hat?"

Ich bemühte mich, nicht zu grinsen, aber es war schwer, nicht zu verraten, was ich bei ihr fühlte. In ihrer Nähe schwebte mein Herz wie ein Ballon hoch über den Wolken.

„Du bist verknallt", sagte Declan und lachte.

Ich möchte nicht, dass meine Freunde sich über mich hermachen und mich wegen Ariella aufziehen. Es war wahrscheinlich, dass ich sie wiedersehen würde, und nicht nur morgen früh.

„Ich wollte nur freundlich sein und einer Nachbarin helfen", sagte ich und versuchte, das Thema zu wechseln. „Sie hatte übrigens keine Ahnung, dass die Hütte keinen Strom hat."

„Verdammt", sagte Declan. Er nippte an seinem Bier. „Ich wette, sie war stinksauer, als sie es herausfand."

Das war eine Untertreibung.

„Ja. Ich habe ihr meinen Generator angeboten und wollte morgen früh mit ihr in die Stadt fahren und einen Kühlschrank mitbringen. Sie wird etwas machen müssen, wenn sie das ganze Jahr über hier leben will."

„Du musst dich nicht um sie kümmern, Jax. Sie ist eine erwachsene Frau", sagte Declan.

Ich wusste das, aber es war mir egal. Zum Teil war es meine Verantwortung. Ich schien immer aufzuräumen, wenn meine Kumpels Mist gebaut hatten.

Ich war der Verantwortliche.

„Das ist mir klar", sage ich und stehe auf.

Ich brauche keine Belehrung von Declan. Er war nur ein Jahr jünger als ich, aber es ärgerte mich trotzdem, wenn er versuchte, mir Ratschläge zu geben.

„Was dachtest du, wer das Haus kaufen würde?", fragt Declan.

„Offen gesagt, dachte ich, es wären ein paar vermögende Leute aus Kalifornien. Irgendwelche reichen Stadtmenschen, die einen Zweitwohnsitz in der Abgeschiedenheit haben wollen, wo sie ein paar Wochen im Jahr in der freien Natur verbringen können."

„Das war Wunschdenken. Niemand kommt nur den Sommer über hierher. Na ja, fast niemand."

Ich seufzte und stand auf.

Der unausgesprochene Name, auf den er sich bezog, war die Mutter meines kleinen Mädchens.

Emma war ein Sommerflüchtling, eine Frau, die nach Breckenridge gekommen war, um ihrem wilden Stadtleben zu entfliehen und den Sommer über zu entspannen.

Sie hat mehr getan, als nur zu entspannen. Sie hatte ihren Weg in mein Bett gefunden und war schwanger geworden.

„Tut mir leid, ich wollte sie nicht erwähnen", sagte Declan.

Er wusste, dass ich es hasste, über sie zu reden. Es war nicht so, dass ich in die Frau verliebt war; es war zweifellos eine Sommeraffäre für uns beide gewesen, aber ich wusste nicht, dass sie Isabella zur Adoption freigeben wollte. Als sie vor meiner Tür auftauchte, wollte sie mir nicht sagen, dass sie schwanger war, und mich auch nicht nach meiner Beteiligung fragen.

Nein.

Sie war an diesem Tag aufgetaucht, um mich zu bitten, meine elterlichen Rechte abzutreten, was ich nicht tun wollte.

„Ich werde jetzt gehen, um vor der Arbeit noch ein paar Stunden zu schlafen", sagte Declan. „Brauchst du mich noch für etwas, bevor ich gehe?"

„Morgen, auf deinem Weg den Bergpass hinunter, ist Ariellas Auto in einem Graben gelandet. Kannst du es herausziehen und in die Werkstatt abschleppen? Ich bin mir nicht sicher, ob es dem Wetter in den Bergen gewachsen ist, aber sie wird etwas brauchen, um in der Stadt herunterzukommen. Besorge ihr außerdem ein paar gebrauchte Ketten, die sie auf die Reifen ziehen kann, um den Berg hinauf zu kommen. Sag mir, was sie kosten und ich bezahle es."

„Geht klar." Declan gehörte die Abschleppfirma in der Stadt.

Als wir beschlossen, Eagle Tactical zu gründen, stellte er einen Mechaniker und eine Crew ein, um ihn zu unterstützen.

„Du kannst gerne bleiben und auf der Couch schlafen. Draußen schneit es, aber ich weiß, dass dich das noch nie abgehalten hat."

Es war schon spät, obwohl der Schneefall erst in der letzten Stunde eingesetzt hatte, war er wahrscheinlich noch nicht weniger geworden.

Declan schnappte sich seine Mütze und seine Jacke und zog sie sich über die Schultern, bevor er den Reißverschluss seiner Jacke schloss. Er schlüpfte in ein Paar Stiefel und zog dann seine Handschuhe an.

„Viel Spaß morgen mit dem neuen Mädchen." Er zwinkerte mir zu.

„Sie heißt Ariella", korrigiere ich ihn .

„Wie auch immer. Ich habe von Lincoln gehört, dass sie süß ist, und die Röte an deinen Ohren verrät, dass du sie magst. Ich kann es kaum erwarten, sie kennenzulernen. Wenn du dich nicht in sie verliebst , muss ich es vielleicht tun."

„Es ist Zeit für dich zu gehen." Ich schob ihn zur Tür hinaus und schloss sie hinter ihm. Ich fuhr mir mit einer Hand durch die Haare und schnappte nach Luft.

Allein der Gedanke, dass Declan versuchen würde, sie mir wegzunehmen, schmerzte mich.

Warum war das so?

Sie gehörte mir nicht. Sie gehörte niemandem, soweit ich es wusste. Sie hatte mir ihre Geschichte nicht genau erzählt, warum sie in Breckenridge war und ob sie Single war oder nicht - nicht, dass ich danach gefragt hätte.

Ich war ein Vater, und das stand an erster Stelle.

Ich nahm die Waffe wieder mit nach oben und schloss sie im Safe ein, bevor ich mich bis auf die Boxershorts auszog und ins Bett ging.

Ich kroch unter die Decke; der Morgen würde früh genug kommen, und mein kleines Mädchen würde mich in aller Herrgottsfrühe wecken.

Für ein paar Stunden konnte ich von Ariella träumen, von ihrem Lächeln und Lachen, und die Albträume, die mich in der Nacht verfolgten, verschwinden lassen.

## KAPITEL FÜNF

ARIELLA

Ich hatte Probleme, zu schlafen. Zuerst lag es an der kalten Luft und, dass ich mich an einem unbekannten Ort befand. Auch wenn es mein Zuhause war, war es nicht warm und gemütlich.

Meine Finger und Zehen froren unter den dicken Decken und ich kramte jede zusätzliche Decke aus dem Wäscheschrank, die ich finden konnte.

Mitten in der Nacht warf ich den Rest des Holzes ins Feuer und schürte es an, um die Hütte warmzuhalten.

Irgendwann später brauchte ich die Decken nicht mehr und schlief vor dem lodernden Kaminfeuer ein.

Ich wachte auf, als ich draußen das Knirschen von Reifen und den Leerlauf eines Motors hörte. Wie spät war es?

„Ariella." Er klopfte an die Tür.

„Nur eine Sekunde", sagte ich vom Bett aus. Die Bezüge waren verknotet und die Hälfte der Decken lag auf dem Boden. Das Zimmer war stickig.

Ich stieg aus dem Bett und zuckte nicht zusammen, als meine nackten Füße den Holzboden berührten. In der Hütte war es wärmer als in der Nacht zuvor.

Ich entriegelte die Tür und zog sie auf. Ein kalter Luftzug schlug mir ins Gesicht und zwang mich, einen Schritt zurückzutreten.

„Verdammt, ist das heiß hier drin", sagte Jaxson.

Er eilte auf den Holzofen zu und zeigte auf die kahle Stelle, an der in der letzten Nacht Brennholz gestapelt worden war.

„Hast du den ganzen Haufen verbrannt?"

„Hätte ich das nicht tun sollen?" Wir befinden uns mitten im Wald und es muss noch mehr Holz herumliegen.

„Hier drin muss es hundert Grad heiß sein."

Seine Stirn war schweißgebadet und er zog seine Mütze und die Handschuhe aus. Seine Augen wanderten über meinen Körper und erinnerten mich daran, dass ich in meinen Sachen von letzter Nacht geschlafen hatte.

Ich hatte keine zusätzlichen Sachen in meinem Rucksack. Meine Habseligkeiten waren im Kofferraum des Autos, das auf halbem Weg den Berg hinunter gerollt war.

Er muss übertrieben haben. „So heiß ist es gar nicht."

Er trat weiter ins Innere der Hütte und deutete auf ein Thermometer an der Wand. „Sieh dir das an", sagte Jaxson.

Ich wollte nicht darauf schauen und sehen, dass er recht hatte. „Das ist schwer zu sagen, da es keinen Strom gibt."

Jaxson schnaubte leise, ging zum Fenster und riss die Vorhänge auf. „Jetzt kannst du sehen, und du brauchst keine Taschenlampe.

Er ging mir langsam unter die Haut. Das mit der Hütte war zwar nicht seine Schuld, aber es trug nicht zu meiner Stimmung bei.

Ich zog meine Schuhe mit den hohen Absätzen an, was bei diesem Wetter nicht sehr vernünftig war, aber meine Stiefel waren im Fahrzeug. Grummelnd schnappte ich mir meinen Mantel vom Haken neben der Tür.

„Ich will, dass du mich zu deinem Kumpel bringst, der mir die Hütte verkauft hat." Ich schnappte mir meine Schlüssel und meine Handtasche, riss die Tür auf und drehte mich um. „Worauf wartest du noch?", frage ich.

Er stieß einen schweren Seufzer aus und folgte mir zur Tür hinaus.

Ich stapfte durch den Schnee, zum einem, weil ich hohe Absätze trug, zum anderen, weil ich sauer war. Meine Füße waren eiskalt.

Ich zog meinen Mantel zu, damit er mein Unbehagen nicht sehen konnte.

Er hatte mir vorgegaukelt, dass ich ein tolles Angebot für ein Haus bekommen hatte, aber in Wirklichkeit hatte man mich zum Narren gehalten. Ich würde seinem Freund die verdiente Tracht Prügel verpassen!

Ich wartete vor seinem Truck. Der Motor war an, aber die Türen waren verschlossen.

Eine Minute später war er am Truck, schloss die Türen auf und ließ mich einsteigen. „Danke", sagte ich und kletterte in die warme Kabine.

„Hi", quietschte eine leise Stimme vom Rücksitz. Meine Augen weiteten sich und ich drehte mich um, um zu sehen, wer im Truck saß.

„Siehst du, Papa hat nicht zu lange gebraucht", sagte Jaxson zu dem Kleinkind auf dem Rücksitz. „Ariella, ich möchte dir meine Tochter Isabella vorstellen."

„Hi, Isabella", sagte ich und schenkte ihr ein gezwungenes Lächeln. Sie war süß, mit den Augen ihres Vaters und den mahagonibraunen Haaren.

Ich wollte nicht lächeln. Ich war nicht glücklich. Wut kochte in mir hoch, als ich versuchte, meinen Sicherheitsgurt anzulegen. Meine Hände zitterten.

Isabellas Lächeln strahlte, ohne dass sie die Spannung im Truck zwischen uns bemerkte.

„Bringst du mich zu Masons Haus?", fragte ich.

„Er ist gerade bei der Arbeit", sagte Jaxson. Er stützte seine Hände auf das Lenkrad, legte aber nicht den Rückwärtsgang des Trucks ein.

Wir saßen unbeholfen im Truck in der Einfahrt vor der Hütte.

Er wusste, warum ich so wütend war. Es hatte alles mit seinem Freund zu tun. Aber warum wirkte Jaxson so unruhig? „Also, bring mich zu seiner Arbeit."

Das war die einfachste Lösung. Ich würde ihm meine Meinung sagen, und vielleicht könnte ich die Sache mit dem Haus klären.

Allerdings war ich mir nicht sicher, wie ich das anstellen sollte. Selbst wenn er mir das Geld zurückgeben und das Grundstück in Besitz nehmen würde, konnte ich nirgendwo anders wohnen. Ein Hotel wäre zu teuer, und eine andere Immobilie zu diesem Preis war nicht zu bekommen.

Ich hätte wissen müssen, dass der Preis zu gut war, um wahr zu sein, aber ich war übereifrig und optimistisch.

Ich war ein Trottel.

Isabella machte auf dem Rücksitz des Trucks schnalzende Geräusche mit ihrer Zunge. Ihre Füße wippten, und gelegentlich stießen ihre Zehenspitzen an meinen Sitz.

Jaxson drehte sich um und legte seine Hand auf ihr Bein. „Nicht gegen den Sitz treten, Izzie." Er war sanft, aber bestimmt zu seiner Tochter. Die Art, wie er ihr Aufmerksamkeit schenkte, erwärmte mein Herz.

Innerlich stöhnte ich auf. Ich wollte ihn nicht auf diese Weise wahrnehmen.

Ja, er sah gut aus und hatte wahrscheinlich einen beeindruckenden Körper unter seiner Jacke und den

Jeans, aber ich war frisch geschieden. Ich war nicht auf der Suche nach Liebe oder gar einem Seitensprung.

Außerdem hatte er eine Tochter, was die Sache zweifellos noch komplizierter machte, ganz zu schweigen von meiner Vergangenheit.

Er schnaufte leise, bevor er endlich den Truck in den Rückwärtsgang schaltete. „Na gut. Wenn du willst, dass ich dich zu Mason bringe, fahre ich dich hin."

„Das ist alles, worum ich dich bitte", sagte ich. Ich saß still da, starrte aus dem Seitenfenster und achtete auf die Route. Ich wusste nicht, wo sich etwas befand, und als Jaxson uns aus der Richtung, aus der wir gekommen waren, hinunterfuhr, bog er ein paar Kilometer weiter von der Straße ab.

Wenn ich mich richtig erinnerte, fuhren wir in die entgegengesetzte Richtung des Restaurants, was in der Nähe war.

Jaxson hielt vor einem großen Backsteinkomplex an.

Rauch quoll in Wellen aus dem Schornstein. Er stellte den Truck in die Parkposition und schaute seine Tochter an.

„Daddy ist gleich wieder da." Er ließ den Motor laufen, schloss die Türen ab und steckte seine Schlüssel in die Tasche.

Ich war neidisch auf seinen schlüssellosen Zugang und seinen Fernstart. Im Vergleich zu seinem riesigen Truck war mein Auto Schrott.

„Okay. Los geht's", sagte ich, während ich die Treppe zu dem Gebäude hinauf ging. Auf einem Schild vor der Tür stand „Eagle Tactical".

Das war also Jaxsons Arbeitsplatz.

Ich öffnete die Tür und betrat das Gebäude. Eine junge Frau saß an einem Schreibtisch im vorderen Teil des Eingangs.

„Kann ich Ihnen helfen?", fragte sie in einem fröhlichen Ton und mit einem aufgesetzten Lächeln. Es sah ganz und gar unecht aus.

„Ich bin hier, um mit Mason zu sprechen", sagte ich. Den Grund für meinen Besuch habe ich nicht näher erläutert.

Sie runzelte die Stirn und klappte ihren Terminkalender auf. Sie warf einen Blick auf die einzelnen Felder und Seiten. Ich hatte ihr meinen Namen nicht genannt. Suchte sie nach einem Namen, den sie auf dem Kalender nicht fand?

Jaxson tauchte von hinten auf. Sie musste ihn nicht gesehen haben, als er das Gebäude betrat.

„Guten Morgen, Lucy."

„Mr. Monroe, ich habe Sie gar nicht hereinkommen sehen", sagte Lucy. „Wie geht es der kleinen Isabella?"

„Ihr geht es gut. Vielen Dank. Ist Mason in seinem Büro? Ariella würde gerne mit ihm sprechen."

Lucy stand auf und schlenderte den Korridor entlang. Sie klopfte, bevor sie eine Tür öffnete und ihren Kopf hereinsteckte, um ihm vermutlich die Nachricht zu überbringen.

Ich rutschte mit meinen Füßen hin und her, der Schnee tropfte herunter und hinterließ eine Sauerei auf dem Holzboden. Ich hatte mir die Füße nicht gut abgewischt, als ich hereinkam.

Sie räusperte sich und gab uns ein Zeichen, ihr in den Flur zu folgen.

Ich ging voraus und meine Füße klackten bei jedem Schritt hart auf dem Holzboden. Jaxson folgte mir auf den Fersen nur ein paar Meter hinter mir.

Der Korridor war frisch gestrichen, aber die Bretter darunter waren aus Holz. Das Gebäude sah aus, als wäre es erst kürzlich renoviert worden.

„Kann ich dir helfen?", fragte Mason. Er saß an seinem Schreibtisch, hinter einem Haufen Papierkram, seine

Aufmerksamkeit galt seinem Computer und nicht im Geringsten mir.

„Ich bin Ariella Cole. Du hast mir die Hütte an der Straße verkauft." Ich nahm an, dass er die Adresse kannte und dass es nicht seine Gewohnheit war, zwielichtige Immobilien zu kaufen und zu verkaufen.

„Stimmt, ein echtes Juwel." Er runzelte die Stirn und schaute an mir vorbei. „Guten Morgen, Jaxson." Er schob den Stuhl vom Schreibtisch zurück und stand auf.

„Das Grundstück, das du mir verkauft hast, wurde falsch dargestellt. Es hat keinen Stromanschluss und du hast es versäumt, mich darauf hinzuweisen, bevor du die Papiere unterschrieben hast."

Ich trat einen Schritt weiter in das kleine, überfüllte Büro. Ein hässlicher grüner, verbeulter Aktenschrank stand unter dem Fenster. Darüber lag ein weiterer Stapel Manila-Ordner, der darauf wartete, abgeheftet zu werden.

„Jaxson, willst du mir helfen?", fragte Mason und winkte mich zu sich.

„Wie bitte?", fragte ich.

Ich brauchte nicht angefasst zu werden.

„Ich bin nicht das Problem", sagte ich und ballte meine Hände zu Fäusten. Ich musste die Wut, die in mir tobte, unter Kontrolle bringen, bevor ich etwas tat, was ich später bereuen würde. „In deinem Inserat hast du vergessen, darauf hinzuweisen, dass es auf dem Grundstück keinen Strom und keine Heizung gibt."

Mason ging einen Schritt auf mich zu. „Jetzt warte mal, Miss. Die Hütte hat eine Heizung. Wenn du nicht weißt, wie man Feuerholz hackt oder Holzscheite herbeischafft und einen Mann brauchst, der das für dich tut, ist das nicht mein Problem."

Ich holte mit der Faust aus, um Mason einen Schlag auf die Wange zu versetzen, aber Jaxson packte meinen Arm und führte ihn mit aller Kraft zurück an meine Seite. „Lass mich los", sagte ich und entzog mich aus seinem Griff. Ich hatte es nicht nötig, von Männern angefasst zu werden.

„Du musst deine Freundin nehmen und gehen", sagte Mason. Er zeigte auf die Tür.

Wie kann er es wagen!

„Ich bin nicht seine Freundin." Ich brauchte Mason nicht zu erklären, wie wir uns kennengelernt hatten.

Außerdem waren sie Kollegen und Militärbrüder. Er würde es wahrscheinlich bald herausfinden.

Gibt es in Kleinstädten nicht jede Menge Klatsch und Tratsch?

„Du schuldest mir was, weil du die Hütte falsch dargestellt hast." Ich stand mit beiden Beinen fest vor ihm. Ich wollte nicht gehen.

„Ich schulde Ihnen gar nichts, Lady", sagte Mason. „In der Anzeige stand ruhiges, rustikales Wohnen. Das ist keine Lüge und es ist nicht meine Schuld, dass du nicht nachgesehen hast, ob es Strom gibt. Viele Hütten in den Wäldern hier draußen werden als Zweitwohnsitz für einen Wochenendausflug genutzt. Wenn jemand Schuld hat, dann ist es Jaxson, der das Angebot gemacht hat. Ich habe es nur genehmigt."

„Wie bitte?" Das hat mich überrumpelt. Was meinte er damit, dass Jaxson sich um das Angebot gekümmert hat?

War er auch ein Immobilienmakler? Arbeitete er nicht hier, bei Eagle Tactical?

„Du hast mich schon immer gerne den Wölfen vorgeworfen", sagte Jaxson. Er verschränkte die Arme vor der Brust und starrte Mason mit zusammengekniffenen Augen an.

Ich spottete und drehte mich auf dem Absatz um, mit offenem Mund starrte ich Jaxson an. „Nennst du mich etwa einen Wolf?"

„Wenn der Schuh passt, Süße", sagte Mason von hinten.

Ich hätte diesen selbstgefälligen Bastard am liebsten umgebracht. Ich ignorierte Mason einen Moment lang und versuchte, meine Fassung wiederzuerlangen.

Jaxson ragte über mich hinaus. Seine Augen fixierten meine und mir wurde klar, dass er die Frage nicht beantwortet hatte. Er wich ihr aus.

Das würde ich an seiner Stelle wahrscheinlich auch tun. „Bist du für den Eintrag verantwortlich?"

Er räusperte sich, aber er antwortete mir nicht, sondern starrte mir nur in die Augen. Ich schluckte den Kloß hinunter, der sich in meinem Hals bildete.

„Wir sollten zurück zum Auto gehen. Ich habe Izzie da drin gelassen und wir sind lange genug hier", sagte Jaxson und eilte wie ein Wirbelsturm den Flur hinunter und ließ mich mit Mason stehen.

Wollte er mir aus dem Weg gehen oder einer Antwort auf die Frage ausweichen? Vielleicht wollte er beides tun. Ich stöhnte auf und hörte Mason hinter mir kichern. „Du solltest lieber gehen, bevor er dich in der

Kälte und im Schnee zurücklässt. Ich weiß, ich würde es tun."

„Gott, du bist ein Arsch", murmele ich auf dem Weg aus seinem Büro und eile zum Auto.

Jaxson saß in der Kabine des Trucks und wartete auf mich. Ich kletterte auf die Beifahrerseite und schnallte mich an. Ich warf ihm einen Blick zu, der besagte: „Fick dich".

Ich war nicht mehr in der Stimmung, zu reden. Da half es auch nicht, dass sein süßes kleines Mädchen hinter uns saß und Disney-Prinzessinnen Lieder sang.

„Du bist sauer. Lass es mich erklären", sagte Jaxson.

„Kannst du das? Meinst du, es war keine Absicht?" Es fiel mir schwer zu glauben, dass er einfach vergessen hatte, diese Kleinigkeit in die Auflistung aufzunehmen.

Er schien zwar ein netter Kerl zu sein, aber er war genau wie Mason ein Idiot.

Er antwortete mir ruhig, als er sich zu mir umdrehte, während der Truck immer noch geparkt war. „Ich habe Mason angeboten, ihm bei der Auflistung der Hütte zu helfen. Das war mein Fehler, und die paar Dollar, die er mir dafür gegeben hat, gehören dir.

Wollte er, dass ich mich schlecht fühle? Ich war knapp bei Kasse, so knapp, dass mein Bankkonto leer war und ich nur noch ein paar Scheine in meinem Portemonnaie hatte.

Ich musste noch mein Auto reparieren und jetzt auch noch Strom in der Hütte installieren. Das musste ein Vermögen kosten! Ich war nicht reich und das hier war nicht mein zweites Zuhause.

„Ich will dein Geld nicht." Ich konnte es gebrauchen, aber ich wollte ihm diese unwichtige Tatsache nicht sagen.

Er hatte eine Tochter, und Kinder waren teuer. Ich würde sein Geld nicht nehmen.

Jaxson starrte mich an, sein Blick war unerschütterlich. „Okay. Wie wäre es, wenn ich mit dir in die Stadt fahre und dir einen Kühlschrank und einen Generator kaufe?"

„Ist das dein Ernst? Ich brauche keine Almosen." Es war aber genau das, was ich brauchte, um zu überleben und in dieser rustikalen Hütte zu leben, aber ich wollte nicht verzweifelt wirken.

# KAPITEL SECHS

JAXSON

Sie hasste mich, was ich ihr nicht verübeln konnte. Ich war bei der Auflistung der Hütte völlig inkompetent gewesen.

Ariella hatte recht.

Ich hatte vergessen, zu erwähnen, dass sie keinen Strom hat, aber nur, weil mir das nie in den Sinn gekommen war. Ich musste das wiedergutmachen, und der logischste Weg war, ihr mit dem Kühlschrank und dem Generator zu helfen.

Ich hatte zwar vor, ihr kurzfristig einen zu leihen, aber in Wahrheit brauchte sie einen, bis das Haus an das Stromnetz angeschlossen war.

„Ich verspreche, dass das, was ich anbiete, keine Almosen sind. Ich tue nur etwas Nachbarschaftliches", sage ich und versuche, sie zur Vernunft zu bringen. „Wir sind Nachbarn, Ariella. Ich werde dich noch oft sehen, ob es dir gefällt oder nicht."

Sie stöhnte und fuhr sich mit einer Hand durch ihr langes brünettes Haar.

Ich konzentriere mich auf die Straße, während ich den Berg hinunter und in die Stadt fuhr. Es würde ein ganztägiges Ereignis werden und ich mache mir nicht einmal die Mühe zu fragen, ob sie andere Pläne hat. Ich nahm an, dass sie nichts anderes vorhatte, als ihr Auto aus der Schlucht abzuschleppen und reparieren zu lassen.

Ariella starrt aus dem Fenster, ihre Stimme war leise und kaum hörbar gegenüber Isabellas lautem Gesang. „Danke", flüsterte sie.

„Natürlich", sage ich. Ich wollte sie zum Reden bringen, um mehr über sie zu erfahren, was sie in Breckenridge macht. „Ich hoffe, ich halte dich nicht von anderen Plänen ab, die du vielleicht für heute hattest.

„Nur ein wenig auspacken und mein Auto holen. Ich muss einen Abschleppwagen anrufen, aber mein

Telefon ist immer noch tot", sagt sie. „Im Haus gibt es kein Telefon, also benötige ich noch einen Gefallen."

„Noch einen Gefallen?", scherzte ich mit ihr. „Du wirst mir bald etwas schuldig sein."

Sie stöhnte leise vor sich hin.

„So schlimm ist es nicht", sagte ich. „Außerdem habe ich gestern Abend mit Declan gesprochen, als ich nach Hause kam. Er sollte dein Auto später am Nachmittag in der Werkstatt haben."

„Danke."

Sie war noch nie hier gewesen und versuchte wahrscheinlich, vor etwas oder jemandem zu fliehen.

Die meisten Menschen, die sich mitten ins Nirgendwo wagten, taten das, weil sie Geheimnisse zu verbergen hatten.

Ich habe mir zu viele Gedanken gemacht.

In meinen jungen Jahren war ich beim Militär und habe viel gesehen, was einen bleibenden Eindruck hinterlassen hat.

Bei meiner täglichen Arbeit für Eagle Tactical habe ich mit allem zu tun, von Entführungen und Lösegeld Übergaben bis zum Menschenhandel. Wir arbeiten eng mit der örtlichen Polizei und dem Bezirkssheriff zusammen.

„Du hast mir nie erzählt, womit du dein Geld verdienst." Ich wollte nicht neugierig sein, aber ich war es trotzdem. Es gehörte zu meinem Job, sich in das Leben der Menschen zu vertiefen.

„Ja, man könnte sagen, dass ich im Moment arbeitslos bin. Ich hatte gestern Nachmittag ein Vorstellungsgespräch im Blue Sky Resort, aber ich weiß nicht, wann ich eine Rückmeldung bekomme. Kann es sein, dass Lincoln eine Kellnerin sucht?"

Lincoln hielt die Kosten für sein Restaurant so niedrig wie möglich, was bedeutete, dass er normalerweise nicht offen für Neueinstellungen ist. „Ich kann ihn fragen, aber im Blue Sky hast du mehr Glück, besonders um diese Jahreszeit.

„Kennst du zufällig den Besitzer?", fragt sie. „Vielleicht kannst du ein gutes Wort für mich einlegen?"

„Daddy, ich habe Hunger", jammert Isabella auf dem Rücksitz.

Ich werfe einen Blick über meine Schulter zu Isabella und dann zu Ariella. „Kannst du das Handschuhfach öffnen?"

„Ja, klar." Sie beugt sich vor und öffnet das Handschuhfach, wo eine Tüte mit Brezeln zum Vorschein kommt. „Wie alt sind die?", Ariella lacht und zieht die Tüte heraus.

„Höchstens eine Woche oder zwei. Das ist in Ordnung." Ich nehme Ariella die Tüte ab, öffne sie und reiche sie Isabella nach hinten. „Hier, bitte. Wir essen gleich zu Mittag, Izzie."

Sie mampfte laut, als sie ihre Brezeln auf dem Rücksitz aß. Ihre Füße strampelten, verfehlten aber knapp den Sitz.

Ich warf einen Blick nach hinten, zweifellos war ihr im Truck langweilig, und sie brauchte Zeit, um herumzulaufen.

„Wir sind bald da", sagte ich und versuchte ihr zu versichern, dass es nicht mehr allzu lange im Truck dauern würde.

Ariella schaute aus dem Seitenfenster, ruhig und in ihre Gedanken versunken.

„Es tut mir leid. Was hast du gesagt?" Ich hasste es, wie schnell ich mich ablenken lassen konnte.

Ariella rutschte auf ihrem Sitz hin und her und starrte mich an, ihre ungeteilte Aufmerksamkeit war ganz auf mich gerichtet. „Ich wollte nur wissen, ob du die

Besitzer des Blue Sky Resorts kennst. Ich brauche *dringend* einen Job."

Die Betonung auf *dringend* ließ meinen Magen zusammenbrechen.

Wie schlecht war sie dran?

Ich hatte ihre Habseligkeiten nicht gesehen und nahm an, dass alles, was sie besaß, in ihrem Auto war, da sie die Hütte voll möbliert gekauft hatte.

Ein weiterer Grund, warum ich geglaubt hatte, dass die Besitzerin ein zweites Haus sucht, einen vorübergehenden Rückzugsort für einen Urlaub.

„Ich weiß es nicht, aber wenn sie dich nicht einstellen, sag mir Bescheid und ich werde mich umhören."

Sie wird nicht lange ohne Arbeit sein. Die Gemeinde Breckenridge ist zwar klein, aber engmaschig und man hilft einander aus.

„Danke."

„Daddy, mir ist langweilig", sagte Isabella. Sie wirft die leere Tüte auf den Boden des Trucks, und die Krümel fallen mit heraus.

„Ich weiß, meine Kleine." Ich fahre vor den großen Baumarkt und parke den Truck, bevor ich Izzie aus dem Kindersitz helfe und sie auf meiner Hüfte trage. Gemeinsam gehen wir drei hinein.

„Verkaufen sie hier Kühlschränke?", fragt Ariella, die neben mir läuft. Ich merkte, dass sie sich beeilte, um mit mir Schritt zu halten.

„Alle wichtigen Geräte", sage ich und führte sie einen Gang hinunter und in den hinteren Teil des Ladens. „Es sollte nicht zu lange dauern, dann können wir zu Mittag essen und nach Hause fahren."

„Du kennst dich hier aus."

„Wir kaufen hier genug ein, um den Laden am Laufen zu halten", scherzte ich und ging mit ihr zur Haushaltswarenabteilung. Es war nicht schwer, die Kühlschränke zu finden, und wir liefen den Gang zweimal auf und ab. „Siehst du etwas, das dir gefällt?"

Sie schlurfte mit den Füßen und jedes Mal, wenn wir an einem schöneren Gerät als dem vorhergehendem vorbeikamen, weiten sich ihre Augen, während sie sich vor dem Preisschild scheut. „Für diesen Preis könnte ich mir ein neues Auto kaufen!"

Ich versuche, nicht zu lachen.

Ich verstand ihre missliche Lage. Sie war arbeitslos und machte sich Sorgen über den finanziellen Aspekt des Kaufs eines neuen Haushaltsgeräts. Für den Preis eines Kühlschranks konnte sie sich auf keinen Fall ein anständiges Fahrzeug kaufen, das sie auf den Berg und sicher durch die Stadt bringen würde.

Ich hielt den Mund und versuchte, an einen anderen Laden zu denken, der vielleicht erschwinglicher war, mit weniger Schnickschnack sozusagen.

Sie schritt den Gang ein-, zweimal ab und blieb beim dritten Mal vor einem Mini-Kühlschrank stehen.

„Den kann ich mir wahrscheinlich leisten", sagte sie. „Wenn ich ihn mit meiner Kreditkarte bezahle." Sie schien mit sich selbst oder mit mir zu sprechen, aber ihre Stimme war so leise, dass ich ihre Bemerkung kaum hörte, aber ich hatte sie gehört.

Ich trat neben sie, während Izzie auf meiner Hüfte unruhig wurde. Ich setzte sie nur ungern ab, denn ich wollte nicht, dass sie losrennt und durch den Laden rennt, um sich Ärger einzuhandeln. Sie war schnell und lebhaft.

„Hör zu", sage ich zu Ariella. „Ich habe angeboten, die Kosten für deinen Kühlschrank zu übernehmen, und das meine ich auch so."

„Das musst du nicht tun", sagt sie und verschränkte die Arme vor der Brust. „Es ist nicht deine Schuld, dass ich es versaut habe."

„Beschissen. Verarscht. Gefickt", wiederholte Izzie, was Ariella gesagt hatte.

Ariellas olivgrüne Augen weiten sich vor Entsetzen. „Oh, mein Gott! Es tut mir so leid", sagt sie und entschuldigt sich schnell.

Es war klar, dass sie es nicht gewohnt war, mit Kindern zusammen zu sein.

„Das solltest du nicht sagen, Isabella." Ariella sah entsetzt aus, und das aus gutem Grund, aber ich stieß einen lauten Seufzer aus.

„Sie hat schon Schlimmeres von den Jungs gehört." Aber ich habe ihnen die Hölle heiß gemacht, wenn sie vor meinem kleinen Mädchen geflucht haben.

Ich hatte nicht das Zeug dazu, ihr das Gleiche anzutun.

„Das ist keine Entschuldigung", sagte sie. „Noch mal, es tut mir so leid."

„Ich nehme die Entschuldigung an."

Ich wollte nicht, dass sie sich wegen ihrer Taten Stress macht. Fehler passieren. Wir haben sie alle gemacht, und Izzie wird in ihrem Leben noch viel Schlimmeres hören.

„Zurück zum Kühlschrank", sage ich und nicke in Richtung der Geräte. „Willst du dir einen aussuchen oder soll ich das für dich tun?"

Sie kaute auf ihrer Unterlippe und ihre Augen waren voller Angst. Worüber machte sie sich Sorgen?

Ich hatte ihr angeboten zu zahlen und wollte mein Versprechen einlösen. Mason hatte ihr zwar die Hütte verkauft, aber ich hätte bei der Auflistung sorgfältiger sein müssen. Ihr hätte auffallen müssen, dass es keinen Kühlschrank gab, aber ich hatte es versäumt, Angaben zur Stromversorgung zu machen. Wären die Rollen vertauscht gewesen, wäre ich auch ausgeflippt.

„Klar, wenn du mir einen Kühlschrank kaufen willst, kannst du mir diesen hier kaufen", sagte sie und zeigte auf den Mini-Kühlschrank, in den nicht einmal eine Kiste Wasser passt. Er ist zwar billig und liegt auch in meinem Budget, aber er würde ihr Zuhause nichts nützen, um ihre Einkäufe zu lagern.

Ich ging den Gang entlang und warf noch einmal einen Blick auf die Geräte, bevor ich am der Ende stehen blieb und mir ein Standmodell ansah.

Auf dem leuchtend gelben Aufkleber stand ein günstiger Preis und eine 60-tägige Garantie. Hoffentlich würde das ausreichen.

„Was ist mit diesem hier?" Er war zwar immer noch teurer als ihr Mini-Kühlschrank, aber sie konnte ihn sich bestimmt leisten, wenn sie mich nicht bezahlen lassen wollte. Dabei hatte ich vor, den Kühlschrank für sie zu kaufen.

„Das reicht." Wir fanden eine Kassiererin und ließen sie den Artikel Einscannen.

Ich zückte meine Kreditkarte und reichte sie der Kassiererin, bevor Ariella ihre eigene zur Bezahlung anbieten konnte.

„Danke", sagte sie zu mir, als wir den Kühlschrank auf der Ladefläche des Trucks verstauten, ihn festbanden und dann in die Stadt zum Mittagessen fuhren.

Izzie benahm sich den ganzen Nachmittag über erstaunlich gut. Ich wusste, wie sehr sie sich langweilte, aber sie schien ganz fasziniert von Ariella zu sein.

Izzie saß neben mir am Tisch. Während wir auf unser Essen warteten, kletterte sie unter den Tisch und schlich sich zu Ariella rüber, um sich neben sie zu setzen.

„Hey, du", sagte Ariella und lächelte Isabella an. „Willst du mir Gesellschaft leisten?"

Izzie schüttelte den Kopf, ihre Augen leuchteten und waren groß.

Sie kletterte auf den Sitz und setzte sich auf ihre Knie, damit sie ein wenig mehr Höhe hatte. Ihre Hände streckten sich aus, spielten mit Ariellas Haar und berührten sie.

„Izzie", sagte ich und ermahnte sie, sich zu benehmen. Nicht jeder mag es, von einem Kleinkind angefasst zu werden.

„Es ist in Ordnung", sagte Ariella grinsend und schaute mich an. Es schien sie nicht zu stören, wenn doch, dann tat sie so, als ob es sie nicht stören würde. „Wie alt bist du?", fragte sie Izzie, obwohl ich es ihr schon gestern gesagt hatte.

„Drei", sagte sie und streckte stolz drei Finger aus, um ihr Alter zu verkünden. „Wie alt bist du?"

„Izzie." Ich lachte und versuchte, sie zu schelten, aber das war schwierig, wenn sie diesen bezaubernden Blick in den Augen hatte, dieses schelmische und zugleich freudige Funkeln, das sie noch liebenswerter machte. „Wir fragen Erwachsene nicht nach ihrem Alter."

„Okay", sagte Izzie und verdrehte die Augen.

„Oh, mein Gott. Sie ist doch schon ein Teenager", sagte ich.

Ich konnte das Augenrollen nicht glauben. Sie musste es von jemandem gelernt haben, ich war mir aber nicht sicher, woher sie es hatte. Sie hatte viel Zeit mit Declan verbracht und er hatte ein paar fiese Angewohnheiten, aber das hatte ich noch nie gesehen.

Izzie rümpfte ihre Nase und lächelte. „Hast du einen Freund?", fragte sie Ariella.

„Ich habe keinen Freund", sagte sie ganz sachlich, noch bevor ich Izzie sagen konnte, dass sie das nich fragen soll. „Was ist mit dir?", fragte Ariella und neckte Isabella. „Hast du einen Freund?"

Izzie schüttelte heftig den Kopf. „Ekelhaft! Jungs sind eklig!"

Ich lachte leise vor mich hin. Wenigstens beruhigte diese Antwort meine Nerven. „Gut, sag das weiter."

Ich wollte nicht, dass sie über Jungs und Freunde oder Freundinnen nachdachte. Sie war noch viel zu jung, um über Verknalltheit und das, was damit einhergeht, nachzudenken.

„Was ist mit dir?", fragte Ariella, rümpfte die Nase und lächelte, genau wie Izzie es kurz zuvor getan hatte. „Hast du eine Freundin?", fragte sie mich.

Ich wusste zwar, dass sie nur spielte und meine Tochter unterhielt, wofür ich dankbar war, aber fragte sie auch, weil sie sich dafür interessierte, oder hatte ich mich verhört? Ich wollte, dass sie fragte, weil sie mich mochte, und nicht, weil sie mich in die Enge treiben wollte. Aber warum interessierte es mich, wie sie sich fühlte? Wir kannten uns doch kaum.

„Willst du seine Freundin sein?", fragte Izzie.

„Ich glaube nicht, dass das so funktioniert", sagte ich und blickte Izzie an. Sie schien die Andeutung nicht zu verstehen. Ihr Mund öffnete sich, um etwas anderes zu sagen, das mich unweigerlich noch mehr in Verlegenheit bringen würde.

„Aber sicher doch", sagte Ariella. Sie lächelte mit einem 100-Watt-Lächeln und ihre Augen leuchteten, während sie ihren Blick nicht von mir abwenden konnte.

Lincoln brachte drei Teller aus der Küche und unterbrach den Moment. Ich war mir nicht sicher, ob ich ihn küssen oder umbringen sollte.

Izzie schlich sich zurück unter den Tisch und kletterte auf den Sitz neben mir, um zu essen. Ich schnitt ihr Mittagessen in kleine, mundgerechte Stücke und beobachtete, wie sie jeden Bissen mit den Händen aufnahm und auf eine Gabel verzichtete. Daran werden wir noch arbeiten müssen.

„Von der Glocke gerettet", sagte Ariella. Ihr Lächeln war etwas gedämpfter, aber sie wirkte entspannter, glücklicher und unbeschwerter. Ihre Schultern entspannten sich und die Anspannung schien aus ihrem Körper zu weichen, während sie ihren Salat aß.

Ich half Izzie beim Essen, bevor ich meinen Burger verschlang. Ich hatte gar nicht bemerkt, wie hungrig ich war und wie spät der Nachmittag geworden war.

Es war ein Wunder, dass Izzie nicht zusammengebrochen war.

Als die Rechnung kam, wollte ich Ariella nicht zahlen lassen, obwohl sie es mir angeboten hatte. Da sie keinen Job hatte, brauchte sie das Geld, das sie hatte, wahrscheinlich viel dringender als ich. „Du bezahlst, wenn du in der Lodge angestellt wirst", sagte ich. Ich hoffte, dass der Job für sie zustande kam.

„Gut, aber dann bezahlst du die Getränke. Du hast doch gesagt, dass es in der Stadt eine Bar gibt, oder?"

Es war ewig her, dass ich zu einem Date eingeladen wurde. Allerdings hatte sie unser Ausgehen nicht gerade als Date bezeichnet. Ich habe zu viel in ihre Absichten hineingelesen. Wir waren Freunde, Nachbarn, und ich sollte ihr helfen und nicht versuchen, sie ins Bett zubekommen .

„Jaxson?"

„Oh, Entschuldigung." Ich hatte nicht gehört, was sie nach der Frage nach einer Bar gesagt hatte.

„Ist schon gut", sagte sie und winkt abweisend mit der Hand. „Wir sollten zurück zur Hütte fahren und den Kühlschrank an deinen Generator anschließen. Vorausgesetzt, es macht dir nichts aus, dass ich ihn mir ausleihe. Ich verspreche, es ist nur, bis ich einen Job habe und mir einen eigenen kaufen kann."

Mein Handy surrte in meiner Tasche. Ich griff in meine Hose und hole mein Handy heraus und halte ihr einen Finger hin, damit sie kurz warten sollte. Es war Declan. „Hey, was gibt's?", fragte ich.

Er hatte versprochen, ihr Auto für mich abzuschleppen, obwohl er heute Nachmittag bei Eagle Tactical sein sollte, hatte ich nichts von irgendwelchen großen Anrufen oder Einsätzen mitbekommen.

Normalerweise schickte mir das Team eine SMS, wenn etwas Wichtiges anstand, ein großer Kunde oder ein gefährlicher Einsatz, wenn ich nicht im Büro war.

„Ich habe das Auto deines Mädchens aus der Schlucht gezogen. Ihre Reifen sind völlig abgefahren. Die Scheibe ist eingeschlagen und die Stoßstange verbeult. Die Stoßstange ist keine große Sache, aber der Kofferraum wurde zerdrückt und das Schloss ist defekt und kann nicht repariert werden. Es wird sie ein paar Tausend kosten, das Auto wieder fahrtüchtig zu machen, und da ist noch nicht eingerechnet, dass es für den Winter in Breckenridge fit gemacht werden muss. Was soll ich deiner Meinung nach tun?"

Ich stieß einen schweren Seufzer aus. Ariella würde über diese Nachricht nicht glücklich sein. Das Lächeln verschwand bereits aus ihrem Gesicht, als ich sie anstarrte, als wüsste sie es schon.

„Lass mich dich zurückrufen", sagte ich zu Declan, bevor ich auflege. „Hast du eine Vollkaskoversicherung für dein Auto?", fragte ich Ariella.

Wortlos schüttelte sie den Kopf. Ich ahnte bereits, dass das der Fall war. „Declan sagt, dass es mehrere Tausend Euro kosten wird, und das reicht nicht aus, um dein Auto in einen sicheren Zustand zu versetzen, damit du den Berg hochkommst. Wir können dir einen

Satz gebrauchter Ketten besorgen, aber ich bin nicht begeistert, dass du mit diesem Auto hochfährst. Du brauchst einen Allradantrieb oder zumindest ein Fahrzeug mit Allradantrieb, wenn du in einer anderen Stadt arbeitest und täglich den Bergpass hinauf und hinunterfahren musst."

„Scheiße", sagte sie leise.

„Scheiße. Scheiße. Scheiße", wiederholt Isabella und starrte Ariella an.

# KAPITEL SIEBEN

ARIELLA

Ich konnte mir die Reparaturen an meinem Auto nicht leisten, geschweige denn einen neuen Kühlschrank. „Gibt es vielleicht einen Bus, der mich in die Stadt bringt?"

Sollte ich das Auto einfach stehen lassen? Zu mehr war es ohnehin nicht zu gebrauchen.

Außerdem war meine Vergangenheit mit diesem Auto verbunden. Wäre es nicht besser, wenn ich es und jeden Teil New Yorks hinter mir ließe?

„In Breckenridge gibt es keine Busse, aber ich bin mir sicher, dass wir jemanden finden können, der dich mitnehmen kann, der in der Stadt wohnt und in der Stadt arbeitet.

„Ist der Ort, an dem wir heute waren, für euch eine Stadt?"

Die Einwohnerzahl betrug weniger als 10.000 Menschen. Es wird kaum als Stadt eingestuft.

Wir verließen den Stand bei Lumberjack Shack und gingen zurück zu Jaxsons Truck. Er hatte den Motor angelassen und das Fahrzeug für uns aufgewärmt, bevor wir wieder einsteigen konnten.

Ich kletterte auf die Beifahrerseite und wartete, während er Isabella in den Autositz setzte.

Er schien ein Profi zu sein, denn er wusste genau, was er in der kürzest, möglichen Zeit tun musste, um schnell in den Truck steigen zu können. „Das kannst du gut", sagte ich.

Es war eine dumme Bemerkung, aber ich war beeindruckt. Meine Schwester hatte zwei Kinder, und als sie mit dem zweiten schwanger war und im Krankenhaus in den Wehen lag, wurde ich zum Aufpassen auf den kleinen Jungen abkommandiert. Ich hatte eine Stunde gebraucht, um ihn in seinen Autositz zu setzen, und selbst dann war ich nicht zufrieden mit der Art und Weise, wie der Sitz befestigt war. Er schien nicht sicher zu sein.

„Danke", sagte er, als er auf den Fahrersitz klettert.

Er knallte die Tür zu und legt den Rückwärtsgang ein, bevor er den Truck vom Parkplatz auf die Hauptstraße fuhr.

„Der nächste Halt ist bei dir zu Hause, um den Kühlschrank abzuliefern. Du wirst auch Lebensmittel brauchen, aber das kann warten."

„Kann es?" Ich war fast erleichtert über seinen Vorschlag, zu warten.

„Ja. Wir müssen noch vor Einbruch der Dunkelheit Feuerholz hacken. Vergiss nicht, du hast alles verfeuert , was trocken war."

„Kann ich nicht etwas bestellen und es mir liefern lassen?"

„Klar, aber es ist nicht billig", sagte Jaxson.

Das wusste ich, aber ich bin kein Outdoor-Mädchen, das Feuerholz hackt.

Ich wusste nicht, wie man Holz spaltet, und ich war auch nicht besonders stark. Ich habe nicht erwartet, dass Jaxson es für mich macht. Ich dachte, dass das Haus kein Feuerholz braucht, um warm zu bleiben.

Ich musste aufhören, Mason die Schuld für den Eintrag zu geben. Ich hätte nach Breckenridge kommen und die Hütte besichtigen sollen, bevor ich sie bezahlte.

„Daddy!", quiekt Isabella vom Rücksitz.

„Ja, Süße?"

„Mir ist langweilig", verkündete sie und versuchte stöhnend, sich aus ihrem Autositz zu befreien. Zum Glück schien er zu eng zu sein, dass sie sich selbst abschnallen konnte.

Ich drehte mich um und schenkte ihr meine ungeteilte Aufmerksamkeit, während Jaxson sich auf die schmale, schneebedeckte Straße konzentrierte. Es schien, als wären die Straßen den ganzen Winter über schneebedeckt, und dabei war es noch nicht einmal der kälteste Monat des Jahres.

„Was ist deine Lieblingsfarbe?", fragte ich sie und versuchte, sie für den Rest der Fahrt abzulenken.

„Lila", quietscht sie vor Freude und grinst stolz, während sie die Nase rümpft. Ihre Hände verharrten an der Schnalle und sie hatte schon vergessen, was sie eigentlich vorhatte. „Du?"

„Das ist schwer zu sagen", sagte ich. „Ich würde mich für Türkis entscheiden, das schimmert wie der Schwanz einer Meerjungfrau."

„Du bist sehr genau", sagte Jaxson, während er seinen Blick auf die Straße richtet.

Während ich mich zu Isabella umdrehte, bog das Auto von der Hauptstraße ab und fuhr die lange, schmale Einfahrt zu meinem Haus hinauf. Wir waren fast zurück.

„Ich mag Meerjungfrauen auch!" Isabella quietscht und klatscht in die Hände.

„Wirklich?" Mit ihrem Meerjungfrauenhemd, der Haarschleife und den Turnschuhen war es ziemlich offensichtlich. „Das hätte ich nie gedacht."

Er hielt vor der Hütte an und parkte den Truck. „Danke." Er sprach leise und sanft, und ich war mir nicht sicher, ob er versuchte, Isabella davon abzuhalten, es zu hören, oder ob es ein privater Moment zwischen uns sein sollte.

Ich rutschte auf dem Beifahrersitz hin und her und streifte seinen Mantel. „Es ist mir ein Vergnügen", sage ich. Nach allem, was er getan hatte, um mir zu helfen, obwohl wir uns kaum kannten, war das das Mindeste, was ich tun konnte.

Er stellte den Truck ab und stieg in die Kälte hinaus, schnallt Isabella ab und trug sie auf seiner Hüfte.

Ich eilte zur Haustür, schließe sie auf und gebe ihm ein Zeichen, seine Tochter hereinzubringen. Es war zwar nicht annähernd so warm wie am Morgen, aber das Haus war immer noch sehr gemütlich.

Die Temperatur würde heute Abend sinken. Die Tür offen zu lassen, um den Kühlschrank hereinzubringen, würde das Haus ebenfalls abkühlen.

„Izzie, du bleibst hier drin", sagte er und setzte sie auf das Sofa.

„Aber Daddy, ich will bei dir und Ella sein", sagt sie und hatte Mühe, meinen Namen auszusprechen. Es war wirklich süß und liebenswert.

Er beugte sich hinunter, hockte sich auf ihre Höhe, knöpfte ihre Jacke auf und zog sie ihr aus. „Ariella", sagte Jaxson und korrigierte sie, während er meinen Namen langsam aussprach, damit sie ihn wiederholen konnte.

Das kleine Mädchen rollte mit den Augen zu ihrem Papa. „Ella. Das habe ich doch gesagt."

„Ist schon gut", sagte ich und lege Jaxson sanft die Hand auf die Schulter.

Er steht auf und ich gehe einen Schritt zurück, um Platz zu machen. Zwischen dem Sofa und dem Couchtisch ist nicht viel Platz für uns beide und

Isabella auf der Couch. „Izzie, du musst auf dem Sofa bleiben, okay?"

„Ja, Bossy Daddy", sagte Isabella.

„Ich sage dir, ich erziehe schon eine Teenager-Tochter." Jaxson winkt mir, ihm nach draußen zu folgen. „Meinst du, du kannst mir mit dem Kühlschrank helfen, oder ist das zu viel für dich?"

Ich bin zwar nicht so stark wie Jaxson, aber ich wollte nicht gezwungen sein, auf der Couch zu sitzen und zuzusehen. „Ich kann helfen."

„Okay, gut." Er löste die Seile und gemeinsam tragen wir den Kühlschrank von dem Truck und ins Haus.

Jaxson erledigte den Großteil der schweren Arbeit. Ich führte den Kühlschrank und passte auf, dass er nicht erdrückt wird.

Nach zwanzig Minuten stand der Kühlschrank in der Küche und das Stromkabel war noch zugänglich, wenn der Generator gebracht wird.

„Nochmals vielen Dank für alles." Ich hasste es, in seiner Schuld zu stehen, aber er hatte mir zweimal geholfen, und das würde ich nicht vergessen.

„Nichts zu danken. Ich werde den Generator holen. Kannst du hier bleiben und auf Izzie aufpassen?"

„Klar." Ich wusste nicht das Geringste über Kinder.

Sie saß auf der Couch und strampelte mit den Füßen in der Luft, wahrscheinlich wollte sie den Couchtisch erreichen, aber ihre Beine waren zu kurz. Er würde nicht lange weg sein.

Er schlüpfte durch die Vordertür und stieg aus seinem Truck. Ich runzelte die Stirn und beobachtete ihn vom Fenster aus, weil ich mich fragte, warum er sein Fahrzeug nicht mitgenommen hatte.

„Wo ist Daddy hingegangen?", fragte Isabella.

„Er ist gleich wieder da." Mein Magen verkrampfte sich. Mit einem weinenden Kleinkind konnte ich nicht umgehen.

Ich rannte zum Sofa und setzte mich neben sie, um sie abzulenken, damit sie nicht noch aufgebrachter wurde. Ich wollte zwar wissen, ob es eine Freundin oder einen Partner gibt, aber ich wusste nicht, wie ich einer Dreijährigen diese Frage schonend stellen sollte.

„Was machst du am liebsten mit deinem Daddy?"

„Kitzelkampf!", rief sie aus und stellte sich auf mein Sofa, wobei sie ihr Hemd hochhob, um mir ihren Bauch zu zeigen.

„Willst du, dass ich dich kitzle?", fragte ich sie.

Isabella grinste und nickte energisch mit dem Kopf. Meine Finger taten so, als wollten ich sie kitzeln, aber ich berührte sie nicht einmal, bevor sie quietschend und kichernd zurücksprang.

„Ach, komm schon. Das hat doch nicht gekitzelt!" Sie würde eines Tages eine großartige Schauspielerin abgeben. Jaxson hatte recht damit, dass sie praktisch ein Teenager war, der melodramatisch war.

„Kitzeln!", quiekte sie und versuchte, meinen Hals zu kitzeln. Ihre Finger waren kühl und wackelten, aber das brachte mich nicht im Geringsten zum Lachen.

Ich tat so, als würde ich kichern und kitzelte sie an den Hüften, woraufhin sie sich in einem echten Kicheranfall wand. Ihre Beine strampelten und ihr Kinn neigte sich nach unten, während sie vor Freude quietschte.

Ich ließ sie kurz los, damit sie zu Atem kommen konnte. Ich wollte nicht, dass sie in Tränen ausbricht oder sich aufregt.

„Mehr!", rief sie und sprang in meine Arme. „Kitzel mehr!"

Ich kitzelte sie noch ein bisschen mehr und sah zu, wie sie kicherte und ihre Wangen rosig wurden.

„Hat dein Daddy eine Freundin?", fragte ich, nicht ganz sicher, ob sie zwischen ihren Lachanfällen antworten konnte. Wahrscheinlich hätte ich nicht nach ihm fragen sollen, aber ich konnte mich nicht zurückhalten, weil mich die Neugierde übermannte.

„Daddy spielt gerne mit den Jungs." Sie kicherte und entschlüpfte meinem Griff. Meine Hände hielten inne.

„Oh." Das war nicht das, was ich zu hören erwartet hatte. Obwohl ich nicht enttäuscht sein sollte, sank mein Herz wie ein Amboss im Meer.

Jaxson stürmte ins Haus, ein zusätzliches Paar Stiefel in der Hand. „Was erzählst du da über mich, Izzie?"

Sie schlich sich von mir weg, kletterte vom Sofa und rannte auf ihren Daddy zu. „Du spielst gerne mit Declan und Aiden."

# KAPITEL ACHT

JAXSON

Scheiße!

Hat meine Tochter Ariella erzählt, dass ich schwul bin?

Ich war mir ziemlich sicher, dass Izzie nicht einmal wusste, was das bedeutete, geschweige denn, was sie sagte. Ich mochte Frauen sehr.

Auch wenn ich wegen Izzie keine Frauen mitbrachte, hieß das nicht, dass ich ihre Gesellschaft nicht genoss.

Ich stellte die Winterstiefel auf dem Boden ab und beugte mich auf Izzies Höhe, um sie zu umarmen. „Ich arbeite mit Declan und Aiden zusammen, Izzie. Ich glaube nicht, dass es der richtige Begriff ist, mit ihnen zu spielen."

Isabella runzelte die Stirn. Sie hatte keine Ahnung, was ich sagte, aber das war auch egal.

Ich warf einen Blick auf das Sofa zu Ariella und hoffte, dass sie mich verstand.

„Ich habe dir die hier mitgebracht", sagte ich und zeigte ihr die pelzgefütterten Stiefel.

Sie waren ein Geschenk, das ich nicht verschenkt hatte und das ungeöffnet und ungetragen im hinteren Teil meines Schranks lag.

„Ich hoffe, sie passen dir. Ich weiß nicht genau, welche Größe du hast, und ich habe nicht viele Damenstiefel in Reserve herumliegen.

Ich reiche ihr die Schuhe, und sie zog sie an, um zu sehen, wie gut sie passen.

„Ich muss Aschenputtel sein", scherzt sie und wackelt mit den Füßen. „Die sind super bequem. Ich werde nicht fragen, warum sie in deinem Haus waren. Es ist mir ehrlich gesagt egal. Ich bin nur froh, wieder ein warmes Paar Stiefel zu haben, und ich verspreche, sie zurückzugeben, sobald ich meine aus dem Auto geholt habe."

„Mach dir darüber keine Sorgen. Ich werde sie nicht vermissen", sage ich.

„Wo ist der Generator?" fragt Ariella.

Ich zeigte auf das Fenster auf der gegenüberliegenden Seite der Hütte.

„Hinten herum. Er muss draußen bleiben, aber ich schließe ein Verlängerungskabel an und führe es durch die Hintertür hinaus. Ich werde das Kabel notfalls, mit Klebeband fixieren, damit du die Tür gut schließen kannst."

„Danke", sagt sie, stand auf und kam auf mich zu. „Kann ich dir bei etwas helfen?"

„Du hast schon genügend geholfen." Ich wollte nicht unhöflich sein, aber es war klar, dass sie Izzie nach mir fragt. Warum sonst hat meine Tochter ihr erzählt, dass ich gerne mit Jungs spiele?

Ich kratzte mich im Nacken, ging zum Kühlschrank und schloss das Verlängerungskabel an, bevor ich es nach draußen brachte.

Ariella stand in der Diele und beobachtete mich.

„Es tut mir leid, wenn ich mich danebenbenommen habe." Sie sprach so leise, dass nur ich sie hören konnte, was ich sehr zu schätzen wusste. Ich wollte nicht, dass Izzie später eine Unmenge an Fragen hat.

„Wenn du das nächste Mal etwas wissen willst, frag mich einfach."

„Genau. Das werde ich tun", sagt sie und schürzt ihre Lippen.

Ich merkte schon, dass sie mich etwas fragen wollte, aber ich war mir nicht sicher, was es war. Hatte sie Izzie gefragt, während ich draußen war, und nicht die Antwort bekommen, die sie sich erhofft hatte? Warum stellte sie mir zwanzig Fragen?

„Du starrst", sage ich, als ich nach draußen trat. Sie lehnte am Türrahmen und hielt die Hintertür offen, während sie mir dabei zusah, wie ich draußen den Generator anschloss und den Motor anließ.

„Ich sehe dir nur bei der Arbeit zu", sagt Ariella.

Es steckte mehr dahinter, aber ich war mir nicht sicher, worauf sie hinauswollte. „Hör zu, ich mag Frauen. Ich versuche nur, meine Tochter von denen fernzuhalten, mit denen ich mich treffe."

Warum erzählte ich ihr das? Sie hatte nicht danach gefragt. Wahrscheinlich war sie nur freundlich zu Izzie und ich hatte den falschen Eindruck von dem, was ich gehört hatte, als ich in die Hütte kam.

„Ist Isabellas Mutter auf dem Bild?", fragte sie und lehnte sich gegen den Türrahmen.

Sie schlang ihre Arme um sich, da sie ihre Jacke im Haus zurückgelassen hatte.

Ariella musste es eiskalt sein. Ich eilte mit dem Generator herbei und führte sie zurück ins Haus, wo es wärmer war.

„Nein, ist sie nicht. Es gibt nur uns beide." Ich ging nicht weiter darauf ein, nicht weil ich es nicht wollte, sondern weil wir wieder drinnen waren und Izzie in Hörweite war.

Ich wollte nicht, dass sie das Gespräch mitbekommt.

„Ich bin gerne bereit, mit dir darüber zu reden, aber es wäre besser, wenn wir das unter vier Augen besprechen würden.

„Natürlich", sagte sie.

Ich schloss die Tür und verriegelte sie, das Stromkabel schob ich zur Seite. „Ich werde das Kabel sichern, wenn ich das nächste Mal vorbeikomme."

Ich könnte es mit Klebeband ankleben, aber ich muss erst Klebeband besorgen und hatte im Moment keines zur Hand. Ich wusste, was in der Hütte war, und ich hatte keins zurückgelassen.

„Ich bin sicher, dass es gut wird. Nochmals vielen Dank für deine Hilfe heute, und ich werde dir alles zurückzahlen", sagt Ariella.

Ich machte mir keine Sorgen wegen des Geldes, das war nebensächlich. Es war klar, dass sie in der Klemme steckte und Hilfebenötigte .

Ich hatte ihr das Leben mit dem Immobilienangebot nicht leichter gemacht, und die Schuldgefühle lasteten schwer auf mir. Auch wenn es keine Absicht gewesen war, so war es doch klar, dass sie Mühe hatte, über die Runden zu kommen.

Ich grub meine Hand in meine Manteltasche und vergaß dabei fast das andere Gerät, das ich von zu Hause mitgebracht hatte.

„Für dein Handy", sagte ich und holte ein kleines solarbetriebenes Ladegerät heraus. „Es braucht kein Außenlicht. Du kannst es auf eine Fensterbank stellen."

Ich ging ein paar Schritte in die Küche und stellte das Gerät so auf, dass das Solarpanel zum Fenster zeigte und es auf der Leiste über der Spüle stand.

„Hast du dein Handy griffbereit?" Ich wollte sichergehen, dass es eingerichtet war, bevor ich ging.

Sie ging zu ihrem Bett und holte ihren Rucksack, der auf der unteren Ablage des Beistelltisches lag. In der Hocke kramte sie einen Moment in der Tasche, bevor sie ihr Handy fand.

Ich hatte schon seit Ewigkeiten kein Klapphandy mehr gesehen, vor allem nicht in Zeiten des Smartphone-Wahns.

„Wow, du bist ziemlich altmodisch", sagte ich und nahm ihr das Gerät ab, bevor ich es an das Solarladegerät anschloss.

„Mir geht es nur um das Praktische und das, was ich brauche. Du kannst mich als geizig bezeichnen." Sie schenkte mir ein breites Grinsen.

Sie verbarg etwas, aber ich war mir nicht sicher, was es war.

„Danke für das Ladegerät. Ich sollte meine Schwester anrufen, sobald mein Telefon aufgeladen ist. Sie fragt sich bestimmt schon, ob ich gut angekommen bin."

Jeder, den ich kannte, hatte ein Smartphone und jeder, der in meiner Branche ein Klapphandy im Brennerstil besaß, hatte normalerweise Geheimnisse. Ich versuchte, mein Urteilsvermögen nicht von dem nagenden Verdacht trüben zu lassen.

„Du kannst gerne mein Telefon benutzen", sagte ich und holte es aus meiner Hosentasche.

„Das ist nicht nötig." Sie wink abweisend mit der Hand. „Das kann bis heute Abend warten. Ich bin mir sicher, dass das Telefon bis zum Einbruch der Dunkelheit wieder aufgeladen sein wird. Das hoffe ich zumindest."

Es würde ein paar Stunden dauern, den Akku aufzuladen, aber innerhalb einer Stunde würde er wieder einsatzbereit sein. Das Solarladegerät war das beste, das unser Team je benutzt hat. Es war nicht etwas, das man im Laden kaufen konnte. Ich hatte es schon unzählige Male bei Eagle Tactical-Einsätzen benutzt, wenn ich im Feld war und keinen einfachen Zugang zu einer Steckdose hatte.

„Nimm mein Telefon", beharrte ich und drückte ihr mein Telefon in die Hand.

Sie warf einen Blick auf das Gerät. Ihre Zunge schob sich in den Mundwinkel.

Überlegte sie, ob sie ihre Schwester in meiner Gegenwart anrufen sollte? Wollte sie, dass der Anruf privat bleibt, oder hatte ich ihre Grenzen überschritten? Sie sagte kein Wort, sondern hielt nur das Telefon in ihrer Hand.

„Ich kann mich zu Izzie setzen, dann hast du etwas Privatsphäre."

In der Hütte gab es nicht viel Privatsphäre. Es war ein einziger großer Raum, wie in einem Studio.

„Das ist es nicht. Ich habe ihre Telefonnummer nicht auswendig gelernt", sagte sie und ihre Wangen wurden rot.

War es ihr peinlich, dass sie die Nummer nicht auswendig kannte? Ich konnte jede Telefonnummer meiner Militärkameraden auswendig, sie waren wie eine Familie für mich.

Hatte sich die Nummer ihrer Schwester kürzlich geändert und sie hatte keine Zeit, sie auswendig zu lernen?

Sie reichte mir mein Handy zurück. „Ich bin sicher, sie kann noch ein paar Stunden warten. Es ist erst ein Tag vergangen." Ariella klang nicht im Geringsten besorgt darüber, ihre Schwester später anzurufen.

Ich hielt mich zurück, um keine Szene zu machen. Wenn sie sich nicht mehr an die Nummer erinnert, gab es Möglichkeiten, wie ich ihr helfen konnte, ich hatte Ressourcen und Verbindungen durch Eagle Tactical, aber ich war mir nicht sicher, ob sie das wollte. Ich wollte sie nicht drängen und ihr Unbehagen bereiten.

„Wenn es jemand wäre, der mir wichtig ist und von dem ich nichts gehört habe, würde ich mir Sorgen machen", sage ich.

Ich ging nicht näher darauf ein, dass ich wahrscheinlich die gesamte Taskforce von Eagle Tactical auf die Suche nach dieser Person geschickt hätte. Wir waren anders. Sie war mitten ins nirgendwo gezogen und hatte keine Verbindungen. War es möglich, dass sie und ihre Schwester sich nicht nahestanden?

„Daddy, ich muss aufs Töpfchen!" Izzie quiekte vom Sofa auf und stellte sich auf die Sofakissen.

Ich warf ihr einen warnenden Blick zu und sagte ihr, sie solle sich lieber hinsetzen oder auf den Boden stellen. Isabella wusste, dass das Springen auf Betten und Sofas nicht erlaubt war.

Trotzdem machte die kleine Tyrannin die Hälfte der Zeit, was ihr verdammt gut gefiel. Ein alleinerziehender Vater zu sein, war nicht einfach.

„Ich glaube, das ist mein Stichwort, sie nach Hause zu bringen", sagte ich.

„Sie kann hier das Bad benutzen", bot Ariella an. „Ich habe eine Innentoilette."

„Das kannst du gerne tun", scherzte ich halb. Ich war zusammen mit meinen Militärkameraden für die Einrichtung der Sanitäranlagen im Haus verantwortlich. Wir hatten nicht nur die Rohrleitungen im Haus und die PVC-Leitungen in und unter den Dielen verlegt, sondern auch einen Klempner, der gleichzeitig Baggerfahrer war, um die Abwasserleitung anzuschließen.

„Ich bringe sie nach Hause, lasse sie auf das kleine Kinderklo gehen und lege sie dann zum Schlafen hin.

„Kein Mittagsschlaf!", rief Izzie und sprang auf das Sofa.

„Setz dich auf deinen Hintern!" schimpfte ich sie aus. Sie wusste es besser und wollte meine Grenzen testen oder vor Ariella angeben. Vielleicht war es ein wenig von beiden.

Schon bald würde sie ohne Mittagsschlaf zusammenbrechen. Es war nur eine Frage der Zeit. Sie hatte sich heute gut geschlagen, aber ich konnte mich nicht darauf verlassen, dass sie bis zum Abendessen durchhielt.

Izzie stand auf dem Sofa und sprang in eine sitzende Position. „Töpfchen, Daddy!"

„Dürfen wir dein Bad benutzen?"

Izzie folgte mir in das kleine private Badezimmer und ich half ihr, bevor sie von der Toilette kletterte und mit heruntergelassener Hose an mir vorbeilief.

„Ach du meine Güte, das Kind, du bringst mich noch ins Grab", murmelte ich und spülte die Toilette, bevor ich mir die Hände wusch.

Als ich aus dem Bad trat, beugte sich Ariella zu Izzie hinunter und half ihr, ihre Hose wieder hochzuziehen. „Danke", sagte ich zu ihr.

Sie lächelte und nickte.

„Komm schon, Izzie." Ich schnappte mir ihren Mantel und half ihr, ihre Arme in die Ärmel zu stecken, während sie herum strampelte, weil sie nicht nach Hause gehen wollte.

„Kein Mittagsschlaf!", quiekte sie.

Ich stöhnte und versuchte, mein Temperament zu zügeln. Isabella war müde, und ich hatte mich nicht an ihre Routine gehalten. Es war meine Schuld, dass sie sich wie ein ungestümes Kleinkind benahm. „Wir müssen Ariella hier lassen. Sag auf Wiedersehen."

. . .

Ich schob einen Arm in ihren Ärmel und versuchte den anderen in den Jackenärmel zu schieben , bevor sie ihren Arm wieder herausschob.

„Ich will nicht stören. Ich bin mir sicher, dass du das im Griff hast, aber sie könnte auf meinem Bett ein Nickerchen machen", bot Ariella an.

Ich warf ihr einen Blick über meine Schulter zu.

„Ich meine, ich muss lernen, Feuerholz zu hacken. Wenn es dir nichts ausmacht, mir zu helfen, könnte sie drinnenbleiben und in meinem Bett schlafen", wiederholte sie.

Das war nicht die schlechteste Idee und Izzie schien damit einverstanden zu sein, denn sie nickte energisch, mit leuchtenden, großen Rehaugen.

„Das bedeutet, dass du trotzdem ein Nickerchen benötigst, kleines Fräulein", sagte ich und deutete auf Izzie.

Sie zog ihren Mantel aus, schob sich an mir vorbei und rannte zu der großen Matratze. Ich steckte sie unter die Decke, während Ariella die Vorhänge schloss und die Hütte verdunkelte. Leise ging ich zur Haustür und wartete darauf, dass Ariella ihren Mantel und ihre Schuhe anzog.

Ein paar Minuten später waren wir draußen, nur wir beide.

„Es tut mir leid, wenn ich zu weit gegangen bin", sagte Ariella und entschuldigte sich sofort. „Ich weiß, dass du einen festen Tagesablauf hast, und ich dachte, ich könnte dir helfen. Sie sah aufgeregt und nervös aus. Hatte sie Angst, dass ich sie anschreien würde?

Ich atmete einen langen, schweren Atemzug aus, von dem ich gar nicht gemerkt hatte, dass ich ihn angehalten hatte. „Es ist in Ordnung. Izzie neigt dazu, durchzudrehen, wenn sie ihren Mittagsschlaf nicht bekommt, und die Hälfte der Zeit streitet sie sich mit mir, wenn sie sich hinlegen soll. Wenn sie sich nicht ausruht, ist sie beim Abendessen mürrisch und schläft manchmal ein, bevor sie isst. Es ist einfach ein Teufelskreis. Danke, dass du ihr dein Bett angeboten hast. Sie mag dich."

„Ich mag sie auch. Sie ist ein gutes Kind."

Es war offensichtlich, dass Izzie Ariella bereits ans Herz gewachsen war. Wir waren erst einen Tag zusammen und ich hatte, das Funkeln in Izzies Augen gesehen, das Lächeln, das ihr Gesicht schmückte, wenn sie Ariella ansah.

In Isabellas Leben hatte es keine weibliche Person gegeben. Das war mein Fehler gewesen. Die Jungs waren toll, sie haben sich um sie gekümmert und mich unterstützt, aber sie waren keine weibliche Person.

Eines Tages würde sie jemanden brauchen, mit dem sie über Dinge reden konnte, die sie nicht mit ihrem Vater besprechen wollte. Ich dachte, ich hätte noch zehn Jahre Zeit, aber das Glitzern in Izzies Augen sagte mir mehr, als Worte zu diesem Zeitpunkt sagen konnten.

Ich zog meine Handschuhe an, als wir draußen auf der Veranda standen. „Du hast hinten einen Schuppen", sage ich und wechselte das Thema. „Darin ist eine Axt zum Holzhacken, und hinten ist ein Baumstumpf, auf dem du hacken kannst.

„Toll." Ihre Stimme triefte vor Sarkasmus. Ihre Zunge schob sich über ihre kirschroten Lippen, bevor sie auf ihrer Unterlippe kaute. „Besteht die Möglichkeit, dass ich im Wald Holz finde und den Teil mit dem Hacken überspringe?"

„Wäre das nicht schön? Es gibt bestimmt ein paar Stämme, aber ich schlage nicht vor, dass du wie ein Holzfäller einen Baum fällst, aber du könntest auf Stämme stoßen, die zu groß sind, um in deinen Holzofen zu passen. Du musst wissen, wie du diese

Stämme richtig zuschneiden kannst, und dazu brauchst du eine Axt", sagte ich.

Sie folgt mir, als ich zum Schuppen gehe und die Türen öffne. Ich hole eine Axt heraus, die vor dem Schnee geschützt war, und schloss dann die Türen, damit der Inhalt trocken blieb.

„Im Schuppen steht ein ATV. Er ist veraltet, aber er funktioniert. Es sollte dir helfen, durch den Wald und in die Stadt zu kommen, wenn du dem Weg mit den orangefarbenen Dreiecken folgst." Ich zeigte auf den Eingang zu dem Weg auf ihrem Grundstück. Er führte entlang des Flussbettes und war eine Abkürzung in die Stadt.

„Das ist toll. Danke", sagt sie.

Ariella sah zu, wie ich einen Baumstamm nahm und ihn auf den großen Baumstumpf legte, um ihn zu spalten.

Ich zog die Axt zurück und schwang sie; sie spaltete sich sauber in zwei Teile. Ich war mir nicht sicher, wie ich die Aktion erklären sollte. Es war einfacher, es ihr zu zeigen. „Ein Kinderspiel. Du bist dran", sagte ich und reichte ihr den Stiel der Axt, die Klinge zum Boden gerichtet.

„Gut." Sie nahm die Axt, und ich schnappte mir einen Baumstamm und legte ihn auf den Baumstumpf, bevor ich einen Schritt zurücktrat, um ihr Platz zu machen. Sie griff den Stiel mit beiden Händen und schwang zurück, bevor sie mit einer schnellen Bewegung nach vorn ging.

Sie drückte die Klinge der Axt ein paar Zentimeter tief in das Holz, bevor sie stecken blieb. „Es lässt sich nicht bewegen. Ich glaube, ich habe sie gebrochen."

„Es ist nicht gebrochen. Du musst ihn nur lösen", sage ich, nahm die Axt, hob die Klinge an und schlug sie seitlich gegen den Baumstumpf. Es braucht nur einen halben Schwung, aber nicht zu viel Kraft, um es loszubrechen.

„Bist du sicher, dass ich nicht einfach im Wald Feuerholz sammeln kann?", fragt sie mit einem halbherzigen Lachen. Das Lächeln auf ihrem Gesicht war verschwunden, und das Funkeln in ihren Augen war verblasst. „Ich glaube, ich habe die Idee, in einer kleinen Stadt in den Bergen zu leben, überbewertet."

„Du wirst den Dreh schon noch rausbekommen ", sagte ich, in der Hoffnung, ihr Selbstvertrauen zu stärken.

Ich konnte mir nicht vorstellen, dass es für sie einfach war, mitten ins nirgendwo zu ziehen. Ich war zwar neugierig auf ihre Gründe, aber ich wollte sie nicht drängen.

Sicherlich hätte ich mit den Hilfsmitteln von Eagle Tactical ein wenig nachforschen können, aber es fühlte sich nicht richtig an. Sie war nicht der Babysitter von Izzie. Wäre das der Fall gewesen, hätte ich ihren Namen durch die Datenbank laufen lassen und in ihrer Vergangenheit gegraben, um sicherzustellen, dass Izzie sicher ist.

„Hoffentlich noch vor dem Sommer", sagte sie mit einem herzhaften Lachen.

Mein Telefon klingelte in meiner Tasche, ich nahm mein Handy heraus und zog meine Handschuhe aus, damit ich rangehen konnte. „Eagle Tactical, hier ist Jaxson", sage ich und trat einen Schritt von dem Baumstumpf zurück, um ein wenig Privatsphäre zu haben. An der Nummer des Anrufers konnte ich erkennen, dass es sich um einen geschäftlichen und nicht um einen privaten Anruf handelt.

„Hallo, Jaxson. Hier ist Bridget Sanders vom Blue Sky Resort. Wir wollten einen Background Check für einen neuen Mitarbeiter durchführen lassen. Könnt ihr das diese Woche noch für uns erledigen?" „Ja.

„Ja. Wenn du mir das Formular mit dem Namen und den Daten des Mitarbeiters per E-Mail schickst, kann ich einen unserer Mitarbeiter beauftragen, den Hintergrundcheck durchzuführen und ihn dir in Kürze zukommen lassen."

Ich gab ihr meine E-Mail-Adresse, bevor ich den Hörer auflegte und zurück zu Ariella ging, die gerade ein weiteres Stück Holz in zwei Hälften spaltete.

Ich hoffte, dass sie die neue Mitarbeiterin war, für die der Background Check gemacht wird. Da ich wusste, dass ich derjenige sein würde, der die Informationen über ihre Vergangenheit prüft und all ihre schmutzigen kleinen Geheimnisse ausgräbt, war ich mit Dreck bedeckt.

# KAPITEL NEUN

ARIELLA

„Alles in Ordnung?", frage ich.

Er hatte einen Anruf von der Arbeit bekommen, obwohl er einen Schritt zur Seite gegangen war, um ihn privat zu beantworten, konnte ich nicht umhin, mich zu fragen, wer es war und was er vielleicht tun musste.

Eagle Tactical.

Er hatte den Namen der Firma erwähnt.

Bevor ich in Breckenridge ankam, hatte ich zwar noch nie davon gehört, aber die Tatsache, dass er dort arbeitet, machte mich neugierig, vor allem als er mir erzählte, dass das Unternehmen ehemaligen Soldaten gehört.

„Nur eine berufliche Sache", sagte er und steckte sein Handy zurück in die Tasche.

Hatte er etwas zu verbergen? Konnte er nicht über die Arbeit sprechen? Ein Teil von mir war neugierig darauf, womit er seinen Lebensunterhalt verdient und wie er mit der Gefahr zurechtkam.

„Musst du zur Arbeit gehen?", frage ich. Ich wusste nicht, wie seine Arbeitszeiten waren. Nur weil ich keinen Job hatte, hieß das nicht, dass er nicht arbeiten musste.

„Nein, ich habe den Tag frei", sagte Jaxson sachlich.

Er trat näher an mich heran und machte eine Pause, bevor er sich von hinten an mich heranmachte. Seine Hand ruhte auf meiner Hüfte. Ich stieß einen leisen, nervösen Atemzug aus, als er seine Hände auf meine legte, um mich mit der Axt zu führen.

Der Moment war intim, und wenn es draußen nicht so kalt gewesen wäre, wäre mir vielleicht wärmer gewesen, aber die Wahrheit war, dass meine Finger taub waren und mein Gesicht kribbelte. Selbst mit meinen Handschuhen, meiner Mütze, meinen Stiefeln und meinem dicken Wintermantel war mir immer noch kalt.

„Du bist eiskalt", sagte Jaxson und sein Atem strich über meine Wange.

Ich habe es nicht vor ihm versteckt. „Ja. Ich hasse die Kälte."

Er lachte und zog mich näher zu sich, wobei die Axt aus unseren Händen auf den Boden plumpste. „Vorsichtig", warnte er mich. „Du könntest dich verletzen, wenn du die Klinge so unvorsichtig fallen lässt."

Wir hatten beide die Axt ohne nachzudenken fallen lassen, aber ich wollte ihn nicht darauf hinweisen.

Ich drehte mich in seiner Umarmung, unsere Jacken waren dick und hinderten mich daran, seinen Körper wirklich an meinem zu spüren, wie ich es wollte.

Er griff nach meiner Mütze und zog sie ein Stückchen weiter über meinen Kopf, um mich besser zu bedecken. „Wir sollten hineingehen und uns aufwärmen", sagte Jaxson.

„Ich will Izzie nicht wecken."

„Die Kleine schläft durch", sagte Jaxson, dessen Atem warm an meinen gefrorenen Wangen haftete. Er nahm meine behandschuhte Hand und führte mich zurück in die Hütte. Die Wärme des Hauses beruhigte mich sofort, obwohl es nicht mehr so warm war wie vorhin, brachte Jaxson ein paar Holzscheite hinein und ließ das Feuer wieder auflodern. „Weißt du, wie man ein Feuer macht?", fragte er.

Ich zog meine kalten, feuchten Outdoor-Klamotten aus - Mütze , Handschuhe, Schuhe und Jacke - und legte sie zum Trocknen ans Feuer.

„Wenn ich Feuerzeugbenzin und ein langes Feuerzeug habe, kann ich es herausfinden."

„Du benutzt kein Feuerzeugbenzin in deinem Holzofen. Ist das klar?" Sein Tonfall war eindringlich, seine Augenbrauen alarmiert hochgezogen und er schien über meinen Humor nicht im Geringsten amüsiert zu sein.

„Das war ein Scherz." Es war hauptsächlich ein Scherz. Ich hatte draußen schon Lagerfeuer gemacht und wusste, wie man solch ein Feuer macht.

Er schüttete das Holz in den Ofen, und die heiße Asche am Boden fing sofort Feuer. Noch ein paar Minuten und das Feuer brannte wieder.

Ich saß ruhig auf dem Sofa und Jaxson kam, sobald er mit dem Feuer zufrieden war, zu mir und setzte sich neben mich. Wir kannten uns erst seit zwei Tagen. Ich war noch nicht bereit für eine Beziehung, nicht einmal mit dem attraktivsten Mann, den ich je getroffen hatte.

Wenn es nicht um ein Kind gegangen wäre, hätte ich mich noch mehr gehen lassen und mich einer Fantasie mit ihm hingegeben, aber das kam nicht infrage. Das ging nicht, und außerdem wusste ich nicht genau, was mit Izzies Mutter los war.

„Du bist so still", sagte Jaxson und lehnte sich entspannt auf dem Sofa zurück.

„Ich denke nur nach", sagte ich und wich seinem Blick aus, während er mich weiter beobachtete.

„Worüber?"

„Es ist schon lange her, dass ich mit einem anderen Mann zusammen war." Ich war mir nicht sicher, ob ich meinen Ex-Mann oder die Scheidung hätte erwähnen sollen, aber es war die Wahrheit.

Ich war es nicht gewohnt, mit jemand anderem auszugehen oder Sex zu haben als mit dem Mistkerl, mit dem ich schon viel zu lange verheiratet war. Es gab noch mehr, einen Ort, den ich nicht aufsuchen oder erforschen wollte. Nicht, dass er es gewusst hätte.

Jaxson seufzte und fuhr sich mit einer Hand durch die Haare. „Ich kenne das Gefühl. Na ja, vielleicht nicht mit einem anderen Mann." Kichernd stupste er mich an. „Warst du jemals verheiratet?"

„Ja." Ich schaute Jaxson an und atmete schwer aus. „Wir sind nicht mehr zusammen. Er ist eine ferne Erinnerung, die ich gerne auslöschen würde."

„Geschieden oder getrennt?", fragte er.

„Geschieden. Was ist mit dir?" Über die Tatsache, dass er im Gefängnis ist, habe ich geschwiegen. Ich war nicht bereit, mit jemandem darüber zu sprechen.

„Ich war nie verheiratet. Nachdem ich das volle Sorgerecht für Izzie bekommen habe, war sie mein ganzes Leben."

Ich strich mir eine Haarsträhne hinters Ohr. Die Art und Weise, wie er mich anstarrte, jagte mir einen Schauer über den Rücken und ließ mein Inneres warm werden.

„Das kann ich sehen. Es ist klar, dass du ein guter Vater bist."

„Danke", sagte Jaxson und seine Augen leuchten.

„Das stimmt." Ich rutschte auf dem Sofa hin und her und unsere Beine berühren sich kurz.

„Ich muss dich das fragen, und ich hoffe, es macht dir nichts aus, aber viele Menschen, die in die Berge kommen, in eine kleine Stadt mitten im Nirgendwo, laufen vor etwas oder jemandem davon. Bist du auf der Flucht, Ariella?"

Die Art, wie er meinen Namen aussprach, ließ mich erschaudern.

Könnte er meine Geheimnisse kennen? Wusste er, wer ich war und was man mir vorwarf?

Ich hatte meinen Vornamen nicht geändert, und Ariella war nicht der gebräuchlichste Name, wie Mary oder Jennifer. Ich nahm an, dass es zu meinem Vorteil war, mich vor aller Augen zu verstecken, aber da lag ich falsch.

# KAPITEL ZEHN

JAXSON

„Nein", flüsterte sie und ihr Blick traf meinen, wir schauten uns in die Augen.

Ich versuchte, ihren Gesichtsausdruck zu lesen, beobachtete ihr Gesicht und ihre Körpersprache, um herauszufinden, ob sie mich anlügt. Ich hatte beim Militär genügend Verhöre auf beiden Seiten miterlebt, um einen Lügner sofort zu durchschauen.

Was hatte sie zu verbergen?

Hatte es mehr mit ihrer Vergangenheit und ihrem Ex-Mann zu tun als alles andere? Ich wollte sie nicht mit Fragen löchern oder aus reiner Neugier einen Background-Check machen. Das war falsch, und ich wollte nicht diese Person sein, die jeden ihrer Schritte hinterfragt und ihr nicht vertraut.

Aber ich durfte nicht vergessen, dass wir uns kaum kannten.

Ich wollte sie kennenlernen.

In Breckenridge gab es nicht viele alleinstehende Frauen, und die, die es waren, kannte ich alle. Einige hatten mich angesprochen, mich um ein Date gebeten oder mir unzählige Male nachgestellt. Ich hatte sie abgewiesen, und es war einfacher geworden, als Izzie ins Spiel kam.

„Du fängst einfach neu an?", bot ich ihr als Erklärung an.

„Das stimmt", sagte sie und Erleichterung war ihr ins Gesicht geschrieben. Ihre Schultern entspannten sich, und ihre Augen waren nicht mehr so müde.

Sie verheimlichte etwas. Ich hätte Ariella ihre Privatsphäre und ihre Geheimnisse gönnen sollen, aber ich konnte sie nicht beschützen, wenn ich nicht wusste, was vor sich ging.

Hatte ich überreagiert, weil ich in meinem Beruf arbeite und sie keinen Schutz brauchte?

Ich hatte es schon oft erlebt, dass Frauen in missbräuchlichen Ehen vor ihren Ehemännern flohen. Das war mein erster flüchtiger Gedanke, als sie mir erzählte, dass sie verheiratet und hierhergekommen war, um zu leben. Ich ahnte, dass mehr dahintersteckte.

„Ich bin froh, dass du dir diese Hütte ausgesucht hast", sage ich und strecke meine Arme aus, bevor ich meinen Blick zur Decke und dann wieder auf sie richte. „Es ist schön, einen Nachbarn zu haben, der nicht Mason heißt ."

„Im Ernst", lacht sie leise vor sich hin. „Wie kommst du mit ihm klar?"

„Er ist ein guter Kerl", sagte ich. „Er ist zwar eine Nervensäge, aber er hat das Herz am rechten Fleck und steht immer hinter mir."

Je länger ich sie anstarre, desto mehr wollte ich sie küssen.

Drei Jahre lang hatte ich mich auf Izzie konzentriert und mir nicht erlaubt, meine Begierde auszuleben. Ich wollte die gute Freundschaft, die wir bereits geschlossen hatten, nicht zerstören, aber war es das wert?

Mein Herz krampfte sich zusammen, aber mein Körper beugte sich vor, meine Lippen schlossen sich, aber ich hielt inne und wartete darauf, dass sie den nächsten Schritt machte, um sich zu mir zu beugen.

Ihr Atem schwebte über meinen Lippen, die Wärme ihres Mundes reizte mich und ließ meinen Körper nach ihrer Berührung schmerzen.

Mein Herz klopfte gegen meinen Brustkorb, als sich meine Lippen leicht öffneten. Ich rückte näher an sie heran, wenn das möglich war, ohne sie auf meinen Schoß zu ziehen.

Ihr Blick senkte sich auf meine Lippen. In dem Raum wurde es warm, als ich meine Hand über ihren Nacken gleiten ließ. Meine Finger spielten mit ihren Haaren und ließen den Moment verstreichen, während sich unsere Lippen noch nicht ganz berührten.

Ariellas Lippen öffneten sich und ein Stromstoß durchfuhr meinen Körper, als sie sich zu mir beugte und ihre Lippen auf meine presste.

Ich sehnte mich nach ihrer Berührung und zog sie näher an mich heran, eine Hand auf ihrem Nacken, die andere auf ihrem Rücken. Ich wollte, dass unsere Körper miteinander verschmolzen, dass sie eins wurden.

Sie stöhnte und ich nutzte die Gelegenheit, um sie zum Weitermachen zu ermutigen.

Ich zog sie auf meinen Schoß, ihre Hüften drückten gegen meine, unsere Lippen verschmolzen in heißer Leidenschaft. Ich wünschte mir nichts sehnlicher, als sie nackt auszuziehen und in sie zu stoßen, aber das konnte ich nicht tun. Das würde ich nicht tun, nicht, wenn Izzie im Raum war.

Ich musste das dringende Bedürfnis, das sich in meinem Körper aufbaute, befriedigen.

„Jaxson", keuchte sie und zog sich zurück, ihr Atem ging stoßweise. Ihre Stirn lehnte an meiner und sie keuchte schwer.

Ich schloss die Augen und genoss den Moment und die Intimität zwischen uns. Mir war gar nicht bewusst, wie sehr ich es vermisste, jemandem so nahe zu sein.

„Wir müssen die Dinge langsam angehen", sagte Ariella.

Ich wusste, dass sie recht hatte, wir hatten uns gerade erst kennengelernt und ich musste hauptsächlich an meine Tochter denken. „Ja, langsam ist gut." Ich wollte nicht lügen, aber sie zu küssen hatte eine Flut von Gefühlen in mir ausgelöst, die sich in den vergangenen drei Jahren angestaut hatten.

Am liebsten hätte ich sie in mein Bett getragen und gefickt, aber sie hatte recht.

„Langsamkeit wird überbewertet", flüsterte sie und presste ihre Lippen fest auf meine.

Ich stöhnte auf, mein Körper reagierte auf ihre Berührungen, ihre Küsse, die Art, wie sie flüsterte. Alles in mir stand in Flammen. Ihre Hüften bewegten sich und stießen gegen mich.

Ich stöhnte auf; sie brachte mich um. Ich würde mich nicht mehr beherrschen können, wenn sie sich weiter an meinem Schritt zu schaffen machte.

„Ariella", röchelte ich und versuchte, meine Kraft wiederzuerlangen, um das aufzuhalten, was wir beide begonnen hatten, bevor es zu spät war. „Langsam", sagte ich und versuchte, sie an ihre Worte von vorhin zu erinnern. Es war schwer, mehr als ein Wort auf einmal zu sagen.

Mein Verstand funktionierte nicht, mein Körper war von der Lust auf sie erfüllt.

„Tut mir leid", flüsterte sie und kletterte von meinem Körper herunter. Hatte sie gemerkt, was sie mir angetan hatte? Konnte sie den Beweis für mein Verlangen nach ihr spüren?

Sie setzte sich auf das Sofa und drehte sich zu mir um. Ihre Finger ruhten auf ihren Schenkeln.

„Ich denke, wir sollten es langsam angehen. Du hast eine Tochter, die deine ungeteilte Aufmerksamkeit braucht, und ich—"

„Du, was?", fragte ich, weil ich wollte, dass sie ehrlich und offen zu mir ist. Ich schob ihr eine verirrte Haarsträhne hinters Ohr und wartete darauf, dass sie meine Frage beantwortet.

„Ich bin nicht bereit, wieder zu vertrauen und eine Beziehung einzugehen. Ich habe das Gefühl, dass du nicht auf der Suche nach einem One-Night-Stand bist und das ist alles, was ich dir bieten kann."

Mein Magen krampfte sich zusammen, und ich wich zurück. Ihre Worte brannten mir auf der Seele.

War es das, was sie wollte?

Ich war nicht daran interessiert, mit irgendwelchen Frauen zu schlafen, auch nicht an einer Freundschaft mit gewissen Vorzügen. Ich hatte eine Tochter, und jede, die ich mitbrachte, wollte ich auf lange Sicht haben, nicht nur für eine Nacht.

Ich wusste zwar nicht, wie lange sie schon geschieden war, aber wir hatten uns gerade erst kennengelernt. Ich musste ihr Zeit geben. Sie hatte recht. Wir mussten es langsamer angehen, uns eine Pause von dem gönnen, was zwischen uns passiert war.

„Du hast recht, ich bin nicht an einem leeren Fick interessiert", sagte ich und stand auf.

Den Nachmittag zu bleiben und Izzie ein Nickerchen machen zu lassen, war ein Fehler.

Ich schnürte meine Stiefel und griff nach meinem Mantel. Ich wollte Isabella nicht wecken, aber ich konnte ihr nur unbemerkt die Jacke anziehen und sie in den Autositz setzen. Wenn ich Glück hatte, würde die kurze Fahrt zurück zur Hütte sie in den Schlaf wiegen und sie könnte ihr Nickerchen zu Hause beenden.

## KAPITEL ELF

ARIELLA

Meine Lippen kribbelten noch immer von dem letzten Kuss.

Als ich ihm gesagt hatte, dass ich es langsam angehen wollte, schien er mit der Idee einverstanden zu sein. Ich hatte nicht vor, ihn zu verletzen, aber ich musste ehrlich sein.

Ich war noch nicht bereit, mich erneut zu binden, und ich vermutete, dass er eine Frau wollte um seine Familie zu vervollständigen.

Ich war mir nicht sicher, ob ich das jemals für ihn sein könnte.

Ich saß verloren und aufgeregt auf dem Sofa, während er seinen Mantel und seine Stiefel zusammensuchte. „Du musst doch nicht gehen."

„Doch, muss ich." Er schloss den Reißverschluss seiner Jacke, setzte seine Mütze wieder auf und legte Isabellas Jacke um ihren kleinen Körper, bevor er sie zur Tür trug. „Ich rufe Declan an und sage ihm, er soll dich zu deinem Auto fahren, wenn es in der Werkstatt fertig ist.

Na toll.

Jetzt wollte er mich nicht mehr sehen.

„Okay. Danke." Ich stand auf und ging in die Küche, um mein Handy zu überprüfen, das auf der Fensterbank lag. Der Akku war weitestgehend geladen.

Ich steckte sein Solarladegerät aus. „Hier, nimm das." Er würde nicht zurückkommen und ich war mir auch nicht sicher, ob ich ihm noch einmal gegenübertreten wollte.

„Ich werde dir meine Nummer geben. Schreib mir eine SMS, damit ich deine Nummer habe und sie an Declan weiterleiten kann."

„Okay." Ich tippte seine Ziffern ein und schrieb ihm eine SMS. *Ich bin's, Ariella*. Ich wusste nicht, was ich sagen sollte. Der hitzige Moment zwischen uns war eiskalt geworden.

Ich hatte es wirklich vermasselt.

„Wir sehen uns", sagte Jaxson und ging mit Izzie zum Truck.

Ich sah ihm von der Tür aus zu. Unbeholfen stand ich da, die Arme vor mir verschränkt. Der kalte Wind machte mich ganz taub.

Er fuhr rückwärts aus der Einfahrt, und ich schloss die Tür.

Wie sollte ich das wiedergutmachen? Konnte ich wiedergutmachen, was ich getan hatte?

Er kannte meine Geheimnisse nicht, dass Ben in einem Schneeballsystem Millionen von Anlegern gestohlen hatte und wir beide wegen Dutzenden von Straftaten angeklagt worden waren. Er war wegen mehrerer Straftaten verurteilt worden. Ich hatte vor Gericht gestanden und war ohne Verurteilung davongekommen, aber in New York war ich unzählige Male bedroht worden. Das war einer der Gründe, warum ich gegangen bin.

Ich wollte, dass das, was passiert war, für immer in der Vergangenheit begraben liegt. Ich hatte nichts falsch gemacht. Ich wusste nicht, was er getan hatte, aber mein Name stand in den Firmenunterlagen, weil wir verheiratet waren.

Ich hatte Formulare unterschrieben, die ich nicht verstand, und das machte mich zu einem Komplizen. Ich hätte vorsichtiger sein sollen, aber ich vertraute ihm. Ich hatte nichts mit dem Unternehmen zu tun. Ich habe die Finanzunterlagen und Konten nie gesehen. So konnte ich ohne eine einzige Verurteilung davonkommen.

Ich war wirklich ahnungslos.

„Es tut mir leid", flüsterte ich in die kühle Nachmittagsluft, als Jaxson bereits außer Sichtweite war und die Straße hinunterfuhr. Ich wollte ihn nicht verletzen. Ich wollte nicht, dass er weniger von mir hält oder mir Vorwürfe macht, wie es jeder von Bens Investoren getan hatte.

Obwohl ich nicht verurteilt worden war, trug ich immer noch die Schuld an seinen Verbrechen in mir. Ich hätte wissen müssen, was vor sich ging.

Meine Augen brannten vor Tränen.

Er war der einzige Mensch, dem ich seit meiner Scheidung und dem Prozess nahe gekommen war, und er wusste nichts von meiner Vergangenheit. Ich hatte meine weiße Weste ruiniert, ohne dass er überhaupt die Wahrheit wusste.

Hätte ich nicht auf mein Herz hören und es mit Jaxson versuchen sollen?

Ich konnte ihn nicht anlügen. Nach allem, was er für mich getan hatte, wollte ich ihn nicht verletzen. Zumindest war das nicht meine Absicht gewesen.

Mit einem resignierten Seufzer rief ich meine Schwester Delphine an. Ich hatte nicht mit einer herzlichen Begrüßung gerechnet, aber sie hatte darauf bestanden, dass ich sie anrufe, sobald ich mich in meinem neuen Zuhause eingelebt hatte.

„Hallo?" Delphines sanfte Stimme ertönte durch das Telefon.

„Hey, Delphine, ich bin's, Ariella." Ich hielt inne und wusste nicht, was ich sagen sollte. Wir standen uns seit Jahren nicht mehr so nahe.

Sie gab mir die Schuld für das, was mit Ben passiert war.

Als ich angeklagt wurde und einen Anwalt suchte, sagte sie mir, dass sie nichts mit mir zu tun haben wollte. Ich war nicht auf der Suche nach Almosen oder einem Freifahrtschein. Ich brauchte einfach nur Hilfe, und sie wandte sich von mir ab.

Sie war Rechtsanwaltsgehilfin und kannte viele Strafverteidiger, aber sie wollte nichts mit mir zu tun haben. Ein Jahr lang habe ich sie gehasst, aber dann sah ich sie bei der Verhandlung, als ich in den Zeugenstand gerufen wurde. Sie saß in der letzten Reihe.

Das war der Beginn unserer Versöhnung.

„Hey", ihre Stimme war sanft und ihr einziges Wort zur Begrüßung klang zögerlich.

„Ist das ein schlechter Zeitpunkt?", fragte ich. Ich ließ mich auf das Sofa fallen und streckte meine Füße aus, um sie auf den Couchtisch zu legen.

„Es ist nie ein guter Zeitpunkt", sagte Delphine.

„Stimmt." Warum machte ich mir die Mühe, sie anzurufen, wenn sie nichts mit mir zu tun haben wollte? „Du hast gesagt, ich soll dir Bescheid sagen, wenn ich in Breckenridge Fuß gefasst habe. Jetzt bin ich hier. Alles ist großartig." Ich knirschte mit den Zähnen.

Als wir jünger waren, durchschaute sie meine Lügen sofort. Hatte sich das geändert?

„Gut. Hör zu, Marcus ist zu Hause. Ich kann jetzt nicht reden." Ihre Stimme war leise, kaum mehr als ein Flüstern. Marcus hasste mich, und sie sagte ihm nicht, dass ich angerufen hatte. Ich hätte dasselbe getan, wenn die Situation andersherum gewesen wäre.

Marcus war seit zehn Jahren ihr Mann. Er war der König der Arschlöcher, na ja, vielleicht sogar der Prinz. Er lag nur knapp hinter Benjamin, obwohl Marcus Delphine nicht betrogen oder seinen Kunden Millionen gestohlen hatte, war er mehr als nur ein Snob. Er tat so, als sei er unantastbar und könne nichts falsch machen.

„Okay, tschüss", sagte ich und legte den Hörer auf. Ich weiß nicht, warum ich mir die Mühe gemacht habe. Obwohl ich mit einer frostigen Begrüßung gerechnet hatte, hoffte ein Teil von mir, dass wir uns wiedersehen würden. Ich hatte mich geirrt.

Als ich den Anruf beendete, schaute ich auf die verpasste Voicemail und drückte auf Play.

„Hi, Ms. Cole, hier ist Bridget Sanders vom Blue Sky Resort. Wir haben uns gestern in meinem Büro getroffen. Wir möchten Ihnen offiziell die Flex-Stelle anbieten. Wir wollten Ihnen mitteilen, dass wir mit dem Background-Check begonnen haben, und wenn alles glatt läuft, möchten wir, dass Sie gleich am Montagmorgen anfangen. Bitte ruf uns zurück, wenn du Fragen hast. Ansonsten werden wir uns im Laufe der Woche bei dir melden."

Ich legte den Hörer auf, mit einem flauen Gefühl im Magen, weil ich darauf wartete, zu erfahren, ob ich den Background Check bestanden hatte.

Ich schrieb Jaxson eine SMS.

Wahrscheinlich wollte er nichts von mir hören, aber ich wollte auch nicht, dass er sich Sorgen um mich macht und Essen für das Abendessen oder Lebensmittel besorgt.

Wenn der ATV im Schuppen mich in die Stadt bringen würde, könnte ich meinen Rucksack mitnehmen und etwas Essen besorgen. Ich hatte zwar wenig Geld, aber eine Kreditkarte, die ausreichen musste.

*Danke für die Hilfe heute und für alles. Ich bringe das ATV zum Laden. Ich habe gesimst.*

*Denk daran, auf dem orangefarbenen Dreieckspfad zu bleiben. Sei vorsichtig.*

## KAPITEL ZWÖLF

JAXSON

Am nächsten Morgen machte ich mich früh auf den Weg zu Eagle Tactical, nachdem ich Izzie in der Kita abgeliefert hatte. Ich hatte meine Arbeit-E-Mails gemieden, was bedeutete, dass ich die Korrespondenz mit dem Blue Sky Resort öffnen musste.

Lucy saß an der Rezeption, eine Tasse Kaffee in der Hand.

„Guten Morgen", sagte ich, als ich an ihrem Schreibtisch vorbeiging und mich auf den Weg in mein Büro machte.

„Freitage sind wunderbar", sagte Lucy und nippte an ihrem Kaffee.

Ich setzte mich hin, rüttelte an der Maus und wartete darauf, dass der Bildschirm aufleuchtete. Es war an der Zeit, herauszufinden, ob Ariella den Job bekommen hatte.

Eigentlich sollte es mir egal sein, aber es war mir nicht egal. Ich wollte, dass sie glücklich ist, obwohl ich nicht knapp bei Kasse war, würde ich meinen Generator eines Tages wieder brauchen, was bedeutete, dass sie sich einen kaufen musste.

Ich öffnete meine E-Mails und entfernte mich lange genug von meinem Schreibtisch, um mir einen Kaffee zu holen, während es alle E-Mails in meinem Posteingang sortierte.

„Guten Morgen", sagte Mason. „Wie ist es mit dem Hitzkopf gelaufen?"

Ich grunzte leise vor mich hin.

So konnte man Ariella auch beschreiben. Ich glaube nicht, dass sie Ärger bereitet, außer der Möglichkeit, dass sie mir das Herz brechen könnte.

Gestern den Rest des Tages getrennt zu verbringen, war eine weise Entscheidung. Ich wollte mich nicht auf jemanden einlassen, der meine Bedürfnisse nicht befriedigen konnte.

Das hatte ich bei Emma gelernt. Sie war nur an einer Sache interessiert, nämlich an Sex, obwohl das Spaß gemacht hatte, war sie nicht daran interessiert, eine Mutter für unser kleines Mädchen zu sein.

„Ist das gut?", fragte Mason. Er ging zu der Kaffeekanne und schenkte sich eine Tasse ein. Ich wartete, bis er fertig war, um dasselbe zu tun.

Ich wollte sie nicht küssen und ihr nichts erzählen oder schlecht über sie reden. Ich hatte keinen Grund dazu, und sie hatte nichts falsch gemacht. „Es ist alles in Ordnung. Ich habe sie gestern abgesetzt, nachdem ich ihr meinen Generator geliehen habe."

Ich bin mit Mason nicht ins Detail gegangen, dass ich ihr einen Kühlschrank kaufte oder ihr beibrachte, Feuerholz zu hacken. Er würde mich auslachen und ich würde das Ende nie erfahren.

Seine Augen verengten sich, als er mich musterte.

„Du stehst auf die Neue", trällerte Mason.

„Ach, halt die Klappe." Ich hörte nicht auf seine hartnäckigen Sticheleien. Soweit er wusste, war nichts passiert.

Ich schenkte mir eine Tasse Kaffee ein und nahm sie mit an meinen Schreibtisch. Ich setzte mich hin und nippte an meinem heißen Getränk, dessen Schwärze zu meiner Stimmung passte.

Mason stellte seinen Kaffee an der Ecke meines Schreibtischs ab. Er verschränkte die Arme vor der Brust und beobachtete mich.

„Was ist los?", fragte ich. Mason verweilte, bis er bekam, was er wollte, aber es gab nichts zu erzählen. Zumindest nichts, was ich erzählen wollte.

„Bridget Sanders hat heute Morgen angerufen und zwei Nachrichten hinterlassen. Sie ist besorgt wegen der beiden Neueinstellungen und will so schnell wie möglich Hintergrundinformationen bekommen."

Ich stöhnte und fuhr mir mit der Hand durch die Haare. Hintergrundüberprüfungen und Recherchen waren nicht die aufregendsten Aspekte unseres Jobs.

Es war eine einfache Arbeit, die angemessen bezahlt wurde, und ich hätte dankbar sein sollen für das zusätzliche Einkommen, das sie Eagle Tactical einbrachte, aber ich war lieber draußen im Einsatz.

„Sie hat mich gestern an meinem freien Tag angerufen. Ich sagte ihr, sie solle mir den Papierkram per E-Mail schicken, und ich würde mich so schnell wie möglich darum kümmern." Bridget konnte ein oder zwei Tage warten, bis die Hintergrundprüfungen zurückkamen.

Mason setzte sich an den Rand meines Schreibtisches. „Ich glaube, Bridget ist in dich verknallt. Warum sollte sie sonst auf deinem Handy anrufen, wenn sie die Anfragen auch auf dem normalen Weg hätte stellen können?"

„Du bist verrückt", sagte ich. Die Frau war Mitte sechzig. Sie war nett, aber sie war nicht mein Typ. Ich ging auf die vierzig zu und bevorzugte Frauen, die näher an meinem Alter waren. „Sie war schon immer ungeduldig und wollte Ergebnisse, bevor sie überhaupt die Namen der Angestellten durchgegeben hat."

„Stimmt." Mason erhob sich von meinem Schreibtisch und holte sich seine Tasse Kaffee. „Sie hat mich über die beiden Einstellungen informiert. Hast du die Namen schon gesehen?"

War das der Grund, warum Mason an meinem Schreibtisch herumhing und mich belästigte? „Lass mich raten, eine von ihnen ist Ariella." Ich wusste bereits, dass sie sich für die Stelle im Blue Sky Resort beworben hatte. Das würde bedeuten, dass sie den Job bekommen sollte, was eine gute Nachricht war.

„Ja, und die andere ist deine unbeliebteste Person."

Ich hatte keine Ahnung, wer das sein könnte. „Meine Mutter?", scherzte ich.

„Wow. Ich denke daran, ihr das beim nächsten Festtagsessen, zu dem ich eingeladen bin, zu sagen", sagte Mason mit nach oben gebogenen Lippen. Er stupste mich an der Schulter an. „Sieh mal nach."

Ich rollte mit den Augen, bevor ich die E-Mail fand und die Bewerbung öffnete, um die Namen der Bewerber zu lesen. Die erste Bewerbung war Ariella Cole, das war keine Überraschung. Wenigstens würde sie den Job bekommen. Als ich die zweite Bewerbung öffnete, hustete ich und verschluckte mich fast an der Luft.

Mason klopfte mir auf den Rücken. „Stirb nicht deswegen."

„Emma Foster". Ich las den Namen laut vor. „Was macht sie denn in Breckenridge?" fragte ich Mason, nicht dass ich erwartet hätte, dass er die Antwort kennt.

Die leibliche Mutter meiner Tochter war zurückgekehrt.

„Da bin ich überfragt", sagte Mason. „Ich dachte, sie lebt in Los Angeles."

„Das dachte ich auch." Dort hat sie vor drei Jahren gelebt, als Izzie geboren wurde.

Mason nippte an seinem Kaffee, seine Augen waren die ganze Zeit auf mich gerichtet. „Du bist stinksauer. Ich kann es in deinem Gesicht sehen."

„Nun, ich bin nicht glücklich darüber, dass sie plötzlich wieder in der Stadt ist. Sie hat ihre Rechte an Izzie aufgegeben."

Ich hoffte, dass Emma es sich nicht anders überlegt hatte und jetzt Teil der Gleichung sein wollte. Das war nicht möglich, nicht für mich. Ich wollte Isabella auch nicht verwirren.

Was, wenn Emma wieder wegging? Ich musste mein kleines Mädchen beschützen, und wenn das bedeutete, Emma von Izzie fernzuhalten, würde ich alles tun, was nötig war.

„Du könntest dafür sorgen, dass sie den Job im Blue Sky Resort nicht bekommt", sagte Mason. Seine Augen funkelten als er grinste, und sich sein Gesicht erhellte.

„Du bist völlig verrückt, wenn du glaubst, dass ich die Ergebnisse des Background Checks manipulieren werde."

Das war nichts, was ich tun würde. Auch wenn ich Emma nicht in meiner Nähe haben wollte, würde ich ihr Leben oder ihre Zukunft nicht zerstören. Ich griff nach meinem Kaffee und nahm noch einen Schluck.

„Willst du, dass ich es tue?", fragte Mason.

Ein Teil von mir wollte, dass er alles tat, was nötig war, um Emma fern und Izzie in Sicherheit zu halten, aber ich würde eine solche Aktion niemals gutheißen oder daran beteiligt sein.

„Du weißt, dass ich nicht Ja sagen kann." Auch wenn ein kleiner Teil von mir dafür sorgen wollte, dass Emma aus unserem Leben verschwindet.

„Du solltest sie direkt damit konfrontieren, statt der Situation auszuweichen. Wenn sie im Blue Sky Resort arbeiten wird, dann geh sie besuchen", sagte Mason.

Er trat von meinem Schreibtisch zurück und schlenderte auf die Tür zu.

„Das würde ich auch tun. Mach ihr klar, dass du nichts mit ihr zu tun haben willst und wenn sie vorhat, in der Stadt zu bleiben, dann nicht wegen Isabella oder dir."

Ich atmete schwer aus. Mason hatte recht.

„Ja, das kann ich machen." Ich hatte auch ihre vorläufige Adresse in ihrem Antrag auf Hintergrundüberprüfung.

Ich warf einen Blick auf die Informationen. Ich erkannte die Adresse als eine Mieteinheit, eine kleine Hütte außerhalb der Stadt, nicht allzu weit vom Resort entfernt. Ich konnte sie besuchen und ihr Bescheid sagen, bevor ich noch mehr Zeit und Energie in unsere Gemeinschaft investierte.

Was auch immer sie wegen Izzie bedauerte, es war zu spät. Ich würde nicht zulassen, dass sie meiner Tochter etwas antut.

„Kannst du dich um die Hintergründe kümmern, während ich bei Emma vorbeischaue?"

„Klar, doch", sagte Mason. „Du weißt, wie sehr ich es liebe, in den Leben der Menschen zu graben und ihren Schmutz aufzudecken.

---

Ich fuhr in Richtung des Blue Sky Resorts. Gleich auf der anderen Straßenseite waren Blockhütten zu mieten. Ich hielt vor der Hütte Nr. 218 an und kletterte aus meinem Truck.

Mit einem schweren Atemzug und einem Knoten im Magen klopfte ich energisch an die Tür. Ich wollte nicht hier sein, aber es musste getan werden. Ich würde nicht zulassen, dass sie sich in die Angelegenheiten meiner Tochter einmischt.

Die Tür öffnete sich träge und ohne Eile. Sie stand in ihrem seidenen Negligé, eine Hand an der Tür, und musterte mich von Kopf bis Fuß. „Jaxson, ich habe nicht erwartet, dich zu sehen."

„Ernsthaft? Da willst du also anfangen."

Ich konnte nicht glauben, wie frech sie war! Ich stapfte an ihrer Haustür vorbei und ließ mich in das Mietobjekt ein. Die Hütte war klein, viel kleiner als das Haus, das Ariella gekauft hatte.

„Was machst du in der Stadt?", fragte ich mit dröhnender Stimme. Ich tat nicht so, als würde ich mich freuen, sie zu sehen, denn ich war nicht im Geringsten froh über ihre Rückkehr.

Emma schloss die Tür hinter sich und huschte ins Zimmer. „Ich bewerbe mich um einen Job. Allem Anschein nach, hast du das schon geahnt. Sie müssen Eagle Tactical gebeten haben, den Hintergrundcheck zu machen, habe ich recht?"

„Du solltest nicht hier sein, Emma. Du hast deine Rechte als Izzies Mutter abgetreten." Ich werde nicht zulassen, dass sie zurück in unser Leben kommt und alles ruiniert.

Sie schlug die Hände vor sich zusammen. „Ich weiß, und ich hätte das nicht tun sollen", sagte sie und sah mich mit ihren stechenden braunen Augen an. „Damals war ich noch nicht bereit, Mutter zu werden, aber jetzt bin ich es."

„Nein." Meine Antwort war energisch. „Du hattest vor, sie zur Adoption freizugeben. Wenn du dein Elternrecht an mich abtrittst, ist das nicht anders. Du kannst nicht einfach weglaufen und dann zurückkommen und Elternteil spielen, wenn dir danach ist."

Emmas Augen quollen über. „Jaxson, bitte."

„Nein. Ich werde dir nicht im Weg stehen, wenn du diesen Job annimmst, aber du darfst keinen Kontakt zu meiner Tochter haben. Ich ging auf die Tür zu.

„Unsere Tochter", flüsterte sie.

Mein Handy surrte und ich nutzte den Moment, um zu gehen. Ich schnappte mir mein Handy, ging aus der Hütte und schloss die Tür hinter mir. Ich wollte nicht, dass Emma das Gespräch mitbekam oder mir hinterherlief. „Hey, Mason. Was gibt's?" Ich erkannte seine Nummer.

„Du wirst es nicht glauben, aber Ariella Cole, sie war mit Benjamin Ryan verheiratet."

„Derselbe Benjamin Ryan, der ins Gefängnis kam, weil er Millionen von Investoren gestohlen hat?"

Dieser Tag wurde immer schlimmer.

Mein Magen sackte zusammen, als meine Beine nicht mehr mitmachten, als wären sie in Blei gehüllt. Ich ging zu meinem Truck, kletterte hinein und setzte mich auf den Vordersitz, um mich zu sammeln.

In meinem Kopf drehte sich alles.

Ich wusste, dass eine Frau wie Ariella nicht in die Berge in eine kleine Stadt mitten im Nirgendwo zog, weil sie die Natur liebte. Sie wollte vom Stromnetz wegkommen.

Hatte sie mich zum Narren gehalten, weil sie keinen Strom hatte? Ich hätte alles darauf gesetzt, dass sie keinen Strom haben wollte. Sie wollte nicht gefunden werden.

„Das ist richtig. Ihr Familienname, Ariella Ryan, tauchte auf, als ich nach ihr suchte, aber ihre Daten wurden gelöscht. Ich habe weiter geforscht, als ich ihren Namen und den ihres Ex-Mannes erkannte. Sie wurde verhaftet und angeklagt, aber vor Gericht freigesprochen", sagte Mason. „Was ihre Vergangenheit angeht, ist sie sauber genug, um den Job zu bekommen, aber ich dachte, das interessiert dich vielleicht."

„Scheiße."

Ich hatte durch ihren Mann eine Menge Geld verloren. Das Geld, wo ich glaubte, in Immobilien investiert zu haben, wurde stattdessen für ein Schneeballsystem verwendet, bei dem mein Geld dazu diente, andere Investoren zu bezahlen, bis er erwischt wurde.

Meine gesamten Ersparnisse waren eines Tages verschwunden, obwohl Benjamin ins Gefängnis musste, glaubte ich nicht, dass Ariella so unschuldig war, wie sie vorgab zu sein.

# KAPITEL DREIZEHN

ARIELLA

Ein lautes, kräftiges Klopfen erklang an meine Haustür. Ich hatte keinen Besuch erwartet.

„Nur eine Sekunde!", rief ich und ging zur Tür. Ich riss sie auf und war überrascht, Jaxson auf der gegenüberliegenden Seite zu sehen. „Ich habe nicht damit gerechnet, dich heute zu sehen", sagte ich.

Er war gestern nach den wenigen Küssen, die wir geteilt hatten, verärgert gegangen.

„Du hast mich angelogen, wer du bist. Dein richtiger Name ist Ariella Ryan."

Seine Augen verengten sich und seine Hände ballten sich an der Seite zu Fäusten. Er sah mehr als wütend aus. Die Spitzen seiner Ohren waren rot und passten zu seinen Wangen.

Ich wich einen Schritt zurück, als er mein Haus betrat. Ich hielt Abstand zwischen uns, obwohl ich nicht spürte, dass ich in körperlicher Gefahr war.

„Das war mein Familienname . Ich habe meinen Geburtsnamen wieder angenommen und bin rechtlich gesehen Ariella Cole. Ich habe dich nie belogen."

„Das hast du auch nicht!" Seine Stimme donnerte.

Ich erschauderte und zuckte vor der Intensität seiner Wut zusammen. „Ich wurde freigesprochen. Ich wusste nicht, worin mein Ex-Mann verwickelt war", sagte ich.

Glaubte er mir denn nicht? Ich war weder ein Dieb noch ein Monster. Ich war nicht derjenige, der hinter Gittern saß, weil er Millionen gestohlen hatte.

„Das hast du nicht! Du hast eine Yacht, eine Villa und ein Ferienhaus im Südpazifik besessen!"

„Ich wusste nichts von diesen Käufen", sagte ich. Das war die Wahrheit.

Ich wusste nichts von dem zusätzlichen Bankkonto oder dem Luxus, den Benjamin sich gegönnt hatte. Während unserer Ehe hatte er mit meinem Namen unterschrieben und ihn gefälscht, um mich weiter in seine illegalen Geschäfte zu verwickeln.

Er pirschte sich näher heran und drang in meinen persönlichen Bereich ein. „Ich glaube dir nicht", zischte er.

„Ich sage die Wahrheit", flüsterte ich und starrte zu ihm auf in seine eisblauenAugen. „Ich wusste, dass das Geschäft gut lief, aber ich wusste nicht, woher das Geld kam. Ich war naiv und habe einem Mann vertraut, der mich ausgenutzt hat." Ich wich einen Schritt zurück, während die Hitze von seinem Körper auf meinen überging.

„Wo ist das Geld, das du gestohlen hast?" Er folgte mir, ich stand mit dem Rücken zur Wand und konnte nirgendwo hin.

„Ich habe nichts gestohlen", sagte ich und blieb standhaft. „Ich bin keine Diebin. Mein Ex-Mann war dafür verantwortlich, und er sitzt für das, was er getan hat im Gefängnis."

Seine Hand stützte sich an der Wand ab und hielt mich fest. Sein Körper war nur Zentimeter von meinem entfernt. „Ich war einer der Kunden deines Ex-Mannes", sagte Jaxson und sein Atem war heiß an meiner Wange.

„Es tut mir leid", sagte ich und entschuldigte mich schnell. „Ich weiß nicht, was du von mir willst." Meine Stimme war kaum mehr als ein Flüstern, während ich in seinen eisigen Blick starrte.

Man musste kein Genie sein, um zu sehen, dass er wütend war, aber es war nicht meine Schuld. Konnte er das nicht erkennen?

„Die Regierung hat unsere Konten eingefroren. Sie nahmen das Geld, das er gestohlen hatte, und verteilten es." Zumindest dachte ich, dass es so war.

Seine Nasenflügel blähten sich auf und er schnaufte. Er war immer noch sauer auf mich, aber war ihm nicht klar, dass ich deshalb gegangen war? Er wollte nicht, dass ich einen Neuanfang machte. „Sag mir, warum das mein Problem ist."

Ich öffnete meinen Mund und schloss ihn schnell wieder. Ich musste vorsichtig sein, um ihn nicht noch mehr zu verärgern.

„Es ist nicht dein Problem. Es ist meins. Ich werde das Geld für den Kühlschrank besorgen. Ich schwöre, ich werde es dir zurückzahlen."

Sobald ich einen Job hatte, würde ich ihm als Erstes das Geld zurückgeben, das er mir geliehen hatte.

Er zog sich zurück und ging im Raum auf und ab. „Es geht nicht um das Geld für den blöden Kühlschrank. Es geht um die Tatsache, dass du mich angelogen hast, Ariella. Siehst du nicht, wie das auf mich wirkt? Ich musste es von Mason erfahren, dass du eine Lügnerin bist."

„Ich bin keine Lügnerin." Ich hatte nur versäumt, ihm Informationen über meine Vergangenheit zu geben, aber wir hatten uns gerade erst kennengelernt. Warum dachte er, dass ich ihm etwas über meine Vergangenheit anvertraue?

Ich stieß mich von der Wand ab, verschränkte die Arme vor der Brust und setzte mich an den Rand der Matratze.

„Du bist ein Arschloch", sagte ich und starrte ihn an.

„Wie bitte?"

„Du hast mich gehört." Meine Hände zitterten, aber ich schob sie weiter in die Ärmel meines Hemdes, damit er es nicht bemerkte.

Wut stieg in mir auf. Wie konnte er es wagen, mir nicht zu glauben? Hatte er vor, mich daran zu hindern, den Job im Blue Sky Resort zu bekommen? So musste er es herausgefunden haben, durch den Background-Check.

Solch ein Mist.

War das Grund genug, um mich für die Stelle zu disqualifizieren?

„Alles, was ich für dich getan habe, und jetzt bin ich das Arschloch." Sein Kiefer war wie versteinert und er ging auf die Tür zu. Er riss die Tür auf und ließ einen kalten Windstoß in den Raum wehen.

Ich zitterte nicht, weil ich nicht wollte, dass er mein Unbehagen sah.

„Viel Glück in deinem neuen Job und deinem neuen Leben", rief er und schlug die Tür zu, als er hinausging.

„Scheiße!", schrie ich und stand wütend mitten im Raum. Ich konnte ihn draußen sehen, wie er in seinen Truck stieg und die Straße hinunterfuhr.

Ich konnte nicht weiterlaufen, egal, wie schwer es wurde.

―――――

Am Montagmorgen begann ich meinen neuen Job und die Einarbeitung im Blue Sky Resort. Während Jaxson über meine Vergangenheit Bescheid wusste, war mein Arbeitgeber nicht informiert worden.

Ich kam nicht umhin, mich zu fragen, ob er etwas damit zu tun hatte oder war es die Tatsache, dass mein

Strafregister seit meiner Entlassung gelöscht worden war.

Ich war nicht der einzige neue Mitarbeiter, was eine Erleichterung war. Emma und ich verbrachten den ersten Monat damit, uns an die Routine zu gewöhnen und aßen jeden Nachmittag zusammen zu Mittag. Es war schön, jemanden zu haben, mit dem ich reden konnte und der nichts über meine Vergangenheit wusste.

„Willst du nach der Arbeit etwas trinken gehen?", fragte Emma. Sie arbeitete an der Rezeption, während ich die meiste Zeit des ersten Monats damit verbracht hatte, Ski- und Snowboardausrüstung auszugeben. Das war gar nicht so schlimm, abgesehen von den stinkenden Schuhen, die gelegentlich zurückkamen und mit Desinfektionsmittel eingesprüht werden mussten.

Ich hatte zwar wenig Geld, aber es war auch Zahltag, also konnte ich es mir leisten, einen Drink zu spendieren. Ich musste Freunde finden und wollte die Zeit an einem anderen Ort als meiner Hütte oder dem Resort verbringen.

„Das wäre fantastisch", sagte ich. „Kennst du eine gute Bar in der Stadt?" Unser Arbeitstag neigte sich schon dem Ende zu, und ich wollte unbedingt raus.

„Nun, es ist keine Bar, aber sie haben tolles Essen und servieren Getränke. Es ist gleich die Straße hoch, Lumberjack Shack."

Ich stöhnte auf. Warum musste sie ausgerechnet das Lokal vorschlagen, in das mich Jaxson an meinem ersten Abend in Breckenridge mitgenommen hatte? Der Laden gehörte Lincoln und Jaxson war mit ihm befreundet, was bedeutete, dass wir uns immer wieder über den Weg laufen konnten.

„Oh, stimmt etwas nicht mit dem Laden?"

Ich hatte gar nicht bemerkt, dass sie meine Unzufriedenheit gehört hatte. „Nein."

Ich hatte keine gute Ausrede und war nicht bereit, ihr meine Vergangenheit anzuvertrauen oder dass ich früher Ariella Ryan war. Sie musste nichts über meinen Ex-Mann oder die Verbrechen erfahren, die er in unser beider Namen begangen hatte. Ich war auch nicht bereit, mit jemandem über Jaxson zu sprechen.

„Okay, gut." Emma runzelte die Stirn. „Ich kenne nicht allzu viele Orte in der Stadt. Ich bin auch noch neu hier."

War es so offensichtlich, dass ich nicht aus Breckenridge oder Montana stammte? „Wo kommst du her?", fragte ich. Ich hatte gar nicht bemerkt, dass sie neu in der Stadt war. Wenigstens hatten wir noch etwas anderes gemeinsam als unseren Arbeitgeber.

„Ich komme aus Kalifornien. Ich habe mein ganzes Leben an der Westküste gelebt, in Los Angeles."

„Hattest du das Stadtleben satt?" Das habe ich vermutet. Warum sollte jemand das sonnige Wetter verlassen, um hierherzukommen? Es sei denn, sie hatte auch ein Geheimnis?

„Ich bin früher mit meiner Familie, meiner Schwester und ihren Kindern in den Ferien hierhergekommen."

Zumindest kannte sie sich in der Gegend aus, wenn sie in oder um Breckenridge Urlaub gemacht hat. „Warst du mit deiner Familie in dem Resort?"

„Wir haben nicht im Blue Sky übernachtet, aber sie sind mit dem Snowboard die Pisten heruntergefahren, während ich mir ein paar andere Sehenswürdigkeiten angesehen habe. Emma zwinkerte mir zu. Ihre braunen Augen funkelten im Licht, bevor sie auf ihre Uhr schaute. „Wenn du den Weg zum Lumberjack Shack kennst, treffen wir uns dort."

„Klingt gut." Ich schnappte mir meine Handtasche und ging zu meinem Auto.

Ich war dankbar, dass Declan ein paar minimale Reparaturen erledigt und mir einen Satz Reifenketten angeboten hatte. Er zeigte mir, wie ich die Ketten auf meine Reifen aufziehen musste und machte mir klar, dass ich nicht die ganze Zeit mit ihnen fahren sollte, sondern nur, wenn ich auf dem schneebedeckten Terrain fuhr, hauptsächlich den Berg hinauf.

Ich würde hoffentlich nicht noch einmal stecken bleiben.

Declan hatte mich früh an meinem ersten Arbeitstag mit seinem Truck abgeholt. Ich hatte mich mit ihm über die Bezahlung geeinigt und war zur Orientierung zum Resort gefahren, wo ich gerade noch rechtzeitig ankam.

Meine Kreditkarte war fast ausgeschöpft, und da ich keine Vollkaskoversicherung für das Auto hatte, würde ich keinen Cent von der Versicherung bekommen, um den Schaden zu bezahlen. Declan war auf der Fahrt zu meinem Auto sehr ruhig gewesen und ich war dankbar, dass er Jaxsons Namen nicht ein einziges Mal erwähnt hatte.

Als ich die Tür meines Autos aufschloss, bildete sich eine Gänsehaut auf meinen Armen und ein Schauer lief mir über den Rücken. Jemand beobachtete mich. Ich wusste es einfach. Ich wirbelte herum, die Schlüssel in der Hand, um sie als Waffe zu benutzen, wenn ich in Gefahr war.

Es war niemand hinter mir.

Es waren ein paar Leute auf dem Parkplatz. Trotzdem erkannte ich keinen von ihnen: eine Familie, die ihren Kofferraum öffnete, um ihre Skiausrüstung zu holen, eine Frau, die ihre kleine Tochter im Kindersitz anschnallte, und ein Herr mit Baseballmütze und leichter Jacke, der neben seinem Auto stand.

Allein der Mann mit der dünnen Lederjacke schien fehl am Platz zu sein. Die Baseballmütze könnte ein Trick sein, damit ich ihn nicht erkenne. Ich versuchte, ihn nicht anzustarren.

Mein Verstand spielte mir einen Streich. Ich hatte mir Sorgen gemacht, dass jemand herausfinden würde, wer ich war, Ariella Ryan, und mich wegen des Geldes, das mein Ex-Mann gestohlen hatte, verfolgen würde. Das war schon einmal passiert, als wir in New York lebten.

Ich kletterte in mein Auto und fuhr vom Parkplatz zur Hauptstraße in die Stadt. Der Ferienort lag etwa vierzig Meilen südlich von meinem Wohnort. Der Winter war überraschend mild und der Schnee, der gefallen war, begann zu schmelzen, sodass die Straße schlammig und nass war. Declan hatte einen neuen Satz Reifen auf mein Auto aufgezogen, obwohl sie schon etwas abgenutzt waren, hatten sie immer noch mehr Leben als meine alten Reifen, die mir nichts als Kopfschmerzen bereitet hatten.

Im Radio gab es keine Musik, die Sender waren zu weit weg von unserem Wohnort. Mein Auto hatte kein Satellitenradio, also musste ich eine CD einlegen, um Musik zu hören. Ich fuhr den Berg hinauf, der Schneematsch war erst kürzlich an den Rand gepflügt worden, wahrscheinlich von einem der Stadtbewohner.

Die Sonne ging langsam unter, aber nicht, bevor ich vor Lincolns Restaurant hielt.

Emmas Auto war noch nicht zu sehen, aber ich war ihr ein Stück vorausgefahren. Ich warf einen Blick auf mein Handy. Sie hatte nicht angerufen, was zumindest eine gute Nachricht war. Sie hatte mir nicht abgesagt.

Ich ging auf den Vordereingang zu, die Holztür war schwer, als ich sie aufschwang. Es gab keine Wirtin, und selbst in der Hauptsaison nahm niemand Reservierungen an.

Auf einem Schild am Eingang stand „Setzen Sie sich", also nahm ich an der Bar Platz und legte meinen Mantel auf den zweiten Hocker, um Emma einen Platz zu sichern.

Der Barkeeper stand mit dem Rücken zu mir. Seine enge Jeans und sein dunkles, schwarzes T-Shirt schmiegten sich an seine Kurven. Ich leckte mir über die trockenen Lippen und schaute ihn an. Sein Hintern sah verdammt gut aus.

Ich hatte schon seit Ewigkeiten keinen Mann mehr gehabt, über den ich fantasieren konnte. Mein Ex-Mann war im Bett nicht gerade eine Wucht. Seine Bedürfnisse standen immer an erster Stelle, und wenn er fertig war, war ich es auch.

„Kann ich einen Beinspreizer bekommen?", fragte ich frech.

Der Barkeeper drehte sich um und sah mich an.

Das Lächeln auf meinem Gesicht fiel auf den Boden. Mein Magen verkrampfte sich. „Jaxson", flüsterte ich und räusperte mich. Seine Augen fixierten meine. „Was machst du hier?"

Ich versuchte, selbstbewusst zu klingen, als würde es mir nicht das Herz brechen, ihn nach dem Streit bei mir zu Hause zu sehen.

„Arbeitest du nicht bei Eagle Tactical?", fragte ich. Hatte er kürzlich den Beruf gewechselt? War etwas zwischen ihm und seinen Militärkameraden vorgefallen? Er hatte sich mir gegenüber feindselig verhalten. War da noch mehr, was ich nicht wusste?

Er schnappte sich einen Lappen und wischte den hölzernen Tresen ab, wobei er mir auswich. „Ich helfe Lincoln nur aus. Freitags ist hier immer viel los, und ich habe früher Feierabend gemacht."

„Richtig." Ich warf einen Blick über meine Schulter und hoffte, dass Emma bald hier sein würde. Ich könnte ihre Unterstützung im Moment gut gebrauchen. Ich war mir nicht sicher, wie lange ich es noch mit Jaxson aushielt, mit ihm zu reden und so zu tun, als ob alles in Ordnung wäre, denn das war es nicht.

„Ich mache dir einen besonderen Drink", sagte er und holte ein Schnapsglas unter dem Tresen hervor.

Ich sah wortlos zu, wie er eine Jalapena-Pfefferschote in zwei Hälften schnitt und sie in das Schnapsglas legte.

Mein Magen machte einen Salto. Ich war nicht scharf auf scharfe Getränke oder Speisen. Dann goss er Tequila und einige Spritzer scharfe Soße in das Glas und schob das Gebräu über die Theke.

„Dein Anus Burner. Viel Spaß." Seine Augen funkelten vergnügt, bevor er vor die Bar ging, um einem anderen Gast zu helfen.

„Das habe ich wohl verdient", murmelte ich vor mich hin.

„Was ist das?", fragte Emma.

Ich drehte mich auf meinem Stuhl herum und zog meinen Mantel weg. „Ich habe dir einen Platz freigehalten."

„Ich habe gesehen, dass du den Barkeeper getroffen hast." Sie setzte sich, lehnte sich an die Bar und winkte Jaxson zu, um seine Aufmerksamkeit zu bekommen. „Jaxson!"

Er ignorierte Emma, weil sie bei mir war. „Ich entschuldige mich im Voraus, wenn er dir einen beschissenen Drink macht. Wir reden gerade nicht miteinander."

„Warte, du kennst meinen Freund?" Emma drehte sich zu mir um.

Meine Augen weiteten sich und ich nippte an dem Getränk, um nichts sagen zu müssen, und vergaß für einen Moment das heiße und ekelhafte Gebräu, bis es meine Lippen berührte.

Ich hustete und versuchte, mich nicht zu verschlucken.

„Wir sind Nachbarn", sagte ich, ohne etwas anderes zu verraten. Wie lange waren sie schon zusammen? Jaxson hatte es nicht erwähnt, als wir uns das erste Mal trafen, aber das war schon über einen Monat her.

# KAPITEL VIERZEHN

JAXSON

Was zum Teufel hatte sie in der Bar zu suchen? Es war schon schlimm genug, dass Ariella aufgetaucht war, um etwas zu trinken, aber jetzt gesellte sich auch noch Emma zu ihr.

Waren sie wirklich befreundet?

Ich wollte nach draußen gehen und etwas erschießen.

„Jaxson!" Emmas Stimme hallte durch die Bar, aber ich ignorierte sie. Besteht die Chance, dass sie einfach weggeht?

Ich konnte sehen, wie sie mir zuwinkte und sich über die Bar lehnte, um meine Aufmerksamkeit zu erregen.

Ich atmete schwer aus. Ich konnte sie nicht ewig ignorieren, selbst wenn ich es wollte.

Es war schon schlimm genug, sich mit Ariella herumzuschlagen, aber jetzt musste ich auch noch der Mutter meines Kindes gegenübertreten, der Frau, die auf meinem Herzen herumgetrampelt war und Izzie aufgegeben hatte. Ich hatte sie bereits zur Rede gestellt und gehofft, dass sie zurück nach Kalifornien gegangen war, aber so viel Glück hatte ich wohl nicht.

Ich schluckte die Galle hinunter, die in meinem Hals aufstieg, und setzte ein falsches Lächeln auf, ganz fröhlich.

„Ist er nicht toll?", sagte Emma mit einem tausend-Watt-Grinsen. Sie legte ihren ganzen Charme an den Tag. Dieses Spiel können auch zwei spielen.

„Ja", sagte Ariella. Sie nuckelte an ihrem Schnapsglas, hatte es aber kaum angerührt. Sie rutschte auf dem Hocker hin und her und sah sehr unbehaglich aus.

Lag es an dem Anus Burner oder daran, dass sie nicht damit gerechnet hatte, mich zu sehen? Ich war auch nicht besonders erfreut, sie zu treffen.

„Was willst du, Emma?"

Emma klimperte mit den Wimpern und grinste mich selbstgefällig an. „Abgesehen von dir?"

„Das steht nicht auf der Speisekarte", sagte ich und versuchte, professionell zu bleiben.

Wusste Ariella, dass Emma die Mutter von Isabella war? Sie waren beide vom Blue Sky Resort angestellt worden.

Waren sie jetzt Freunde? Ich wollte nicht fragen, weil ich nicht auf die Antwort vorbereitet war.

Ariella nippte an ihrem Getränk und zog eine Grimasse.

„Du wirst alles herunterschlucken, jeden einzelnen Tropfen", sagte ich und starrte Ariella an.

Gott, es machte mich an, wie ihre Finger über den Rand des Schnapsglases strichen.

Wie lange war es her, dass ich mit einer Frau zusammen war? Die Tatsache, dass ich mich nicht erinnern konnte, bedeutete, dass es verdammt lange her war.

Sie hob das Glas an ihre Lippen, öffnete den Mund und trank das ekelhafte Gebräu, das ich vor vielen Jahren dank meiner Militärkameraden probieren durfte.

Ariella schloss die Augen und zuckte zusammen, als sie das Getränk hinunterschluckte und das leere

Schnapsglas auf die hölzerne Barplatte knallte. „Ich will einen Screwdriver", sagte Ariella ganz sachlich.

Emma schaute von Ariella zu mir und legte ihre Stirn in Falten. „Mach mir einen Sex on the Beach."

„Du bekommst, was ich dir gebe", sage ich. Wir waren noch lange nicht fertig.

Ich schnappte mir einen Shaker und mixte Eis, Wodka, Orangensaft, Zitronensaft und Triple Sec. Dann goss ich das Ganze über Eis und füllte es mit Ginger Ale auf.

Ich reichte Emma den Drink.

„Wenigstens ist es nicht das, was du hattest", sagte Emma zu Ariella.

„Genieß deinen Golden Shower." Ich holte ein weiteres Glas von der Theke, um Ariella einen Drink zu machen.

Emma starrte den Schnaps an, mit einem Ausdruck des Ekels im Gesicht. „Warum musst du so ein Arsch sein?"

„Das habe ich auch gesagt", mischte sich Ariella ein. „Ich weiß nicht mehr, ob ich es laut gesagt habe, aber ich habe es gedacht", murmelte sie.

„Keine Sorge, dein Drink ist der nächste", sagte ich. „Ich habe dich nicht vergessen." So sehr ich Emma auch verachtete, Ariella frustrierte mich, aber ich hasste sie nicht.

Nicht wirklich.

Ich hatte einen Monat lang die Nachricht ertragen müssen, dass sie gelogen und mir nicht gesagt hatte, wer sie war. Es hatte weh getan, aber wir waren nicht zusammen. Sie war mir nichts schuldig.

Ich wollte nicht darauf hinweisen, dass ich hart gewesen war, und ich wollte mich ganz sicher nicht entschuldigen, aber ich musste etwas tun.

„Ich bin nicht sicher, ob ich Durst habe", sagte Ariella und schaute auf Emmas Getränk.

Ich schnappte mir einen weiteren Shaker und mischte ihn mit Eis, Wodka, Pfirsichschnaps, Orangensaft und Cranberrysaft. Ich hatte dieses Gebräu schon einmal getrunken und es hatte mir hervorragend geschmeckt.

Ich servierte ihr den Drink auf Eis und schob das Glas zu Ariella. „Genieße deinen Tight Snatch", sagte ich und starrte sie an, ohne mich zu wehren.

„Warum konntest du mir das nicht machen?", sagte Emma und griff nach Ariellas Getränk.

Ariella nahm es Emma aus der Hand und führte das Glas mit einem leichten Lächeln an ihre Lippen. „Du weißt genau, was ich mag."

Wollte sie mit mir flirten?

War ich heute Abend ein Arsch zu ihr gewesen und versuchte sie, sich wieder mit mir anzufreunden? War es der Alkohol, der aus ihr sprach?

Ich hatte sie mit dem zweiten Drink abgewimmelt. Ich wollte nicht, dass sie heute Abend auf dem Heimweg einen Unfall baut.

„Hey, Ladys", sagte Declan und kam zur Bar herüber. Er legte einen Arm um Ariella und den anderen um Emma.

„Declan!" Emma quietschte und ihre Augen weiteten sich. „Kannst du diesem Griesgram bitte sagen, dass er mir einen Drink machen soll, den ich gerne hätte?"

Declan schnaubte und zeigte auf das gelb gefärbte Getränk. „Was hat er dir gemacht?", fragte er.

„Einen Golden Shower", sagte ich und grinste. „Wir wissen alle, dass sie es verdient hat."

„Autsch", sagte Declan und trat von den Damen weg.

Er kam auf die andere Seite und ging hinter die Theke. Er drehte sich zu mir um, wobei er seine Stimme so leise hielt, dass nur ich ihn hören konnte. „Nimm dir den Abend frei. Du tust Lincoln keinen Gefallen, wenn du die Kunden verärgerst."

Ich war nicht der Typ, der weggeht oder nachgibt. „Lincoln hat mich um Hilfe gebeten."

„Ja, aber ich glaube nicht, dass es ihm gefällt, wenn seine Kunden nicht mehr wiederkommen, weil du ihnen eklige Drinks servierst."

„Mein Tight Snatch ist ziemlich gut", sagte Ariella. Sie konnten unser privates Gespräch hören. Sie nippte an ihrem Getränk und schenkte mir ein warmes Lächeln.

Declan packte mich am Arm und zerrte mich in den hinteren Raum, sodass ich nicht in Hörweite der Kunden war. „Was zum Teufel ist hier los?"

„Emma ist jetzt mit Ariella befreundet!" Ich konnte es nicht einfach so stehen lassen.

Es war schon schlimm genug, dass Emma zurückgekommen war, aber jetzt freundete sie sich auch noch mit Ariella an. Für mich bedeutete das, dass sie nicht vorhatte, bald zu gehen.

„Oh, wie schrecklich", sagte Declan lachend und rollte mit den Augen. „Ich habe schon viel Schlimmeres erlebt, ohne dass du ins Schwitzen gekommen wärst. Diese beiden Frauen haben dich ganz schön aufgeregt, Jaxson. Geh nach Hause und mach deinen Kopf frei."

„Das kann ich nicht tun." Ich wollte nicht gehen. Lincoln brauchte mich, und Ariella hatte ich seit einem Monat nicht mehr gesehen.

So wütend ich auch auf sie war, ich war froh, sie zu sehen. Es bedeutete, dass sie noch in Breckenridge war und nicht meinetwegen abgereist war.

„Scheiße, Mann. Du bist verknallt. Ich bin mir nur nicht sicher, in wen."

Ich verschränkte die Arme vor der Brust, mein Gesicht war neutral. „Du bist verwirrt."

„Ich glaube, du bist derjenige, der verwirrt ist", sagte Declan. „Ich weiß, dass du wütend auf Emma bist, aber sie hat dir von Izzie erzählt. Du könntest ihr eine zweite Chance geben."

Emma?

Dachte er, ich hätte noch Gefühle für Emma? „Emma ist die Mutter meines Kindes, aber das war's. Ich kann sie nicht einmal so ansehen, wenn ich weiß, dass sie Izzie, meine Tochter, einem Fremden überlassen wollte."

„Nun, sie hat das Richtige getan. Sie hat nicht gelogen, dass sie nicht weiß, wer der Vater ist, und sie ist zu dir gekommen. Das kann nicht einfach gewesen sein."

Er hatte recht. Es war für keinen von uns leicht. „Es geht nicht um Emma."

„Natürlich nicht." Declans Augen verengten sich. „Also geht es um Ariella?"

„Nein", antwortete ich ein wenig zu schnell und energisch.

Declan grinste. „Okay, gut. Ich weiß, dass sie eine Vergangenheit hat, aber sie ist heiß. Wenn du sie nicht um ein Date bittest oder ihr folgst, werde ich es tun."

„Wage es ja nicht!" Der Gedanke, dass Declan Ariella mit nach Hause nimmt, ließ mein Blut kochen.

Schmunzelnd ging er rückwärts aus dem Raum und näherte sich der Bar. „Ich hätte dich nie für den eifersüchtigen Typ gehalten."

„Scheiße", murmelte ich vor mich hin, als ich mich wieder auf den Weg machte, um dem Barkeeper zu helfen. „Ich auch nicht."

Auf den ersten Blick konnte ich weder Ariella noch Emma sehen. Sie waren beide aufgestanden und tanzten jetzt zu der lauten Musik.

Mit dem Drink in der Hand wiegte sich Ariella im Takt der Musik. Ihre Hüften bewegten sich so, dass mein Körper auf eine Weise reagierte, auf die ich heute Abend nicht vorbereitet war.

Es fiel mir schwer, mich auf etwas anderes als sie zu konzentrieren, während ich hinter der Bar stand.

Ariella schaute mir in die Augen und lächelte. Ob es die Drinks waren oder die Tatsache, dass sie Spaß hatte, konnte ich nicht sagen.

Sie nickte in meine Richtung, um mich zu bestätigen.

Ich riss meinen Blick von ihr los. Sie hatte mich belogen, mir vorgegaukelt, dass sie Hilfe und Geld brauchte, und ich war der Trottel, der ihr einen verdammten Kühlschrank gekauft hatte.

Ich hasste mich selbst dafür, aber noch mehr hasste ich Ariella dafür, was sie mich fühlen ließ.

Ein Mann, den ich nicht kannte, schlenderte zu ihr hinüber, tanzte an ihr vorbei und stellte sich zwischen Ariella und Emma.

Der jüngere Mann war kleiner als ich und ein paar Pfund schwerer, aber nicht muskulös.

Ich musste mir keine Sorgen machen, dass er ihr Interesse weckte, oder? So attraktiv war er nicht.

Ariella lachte und täuschte ein Lächeln vor.

Hat sie mit ihm geredet? Ich konnte nicht glauben, dass er ihre Zeit verdient hatte. Ich starrte auf den Tresen, nahm einen Lappen, schrubbte das Holz und rieb es kräftig, als ob das die Wut und den Schmerz in meiner Brust vertreiben würde.

Ich weigerte mich, meinen Blick nach oben zu richten.

Ich wollte nicht sehen, wie ein anderer Mann mit Ariella flirtete. Auch wenn ich wütend auf sie war, war sie für alle anderen tabu.

Meine Hände ballten sich zu Fäusten, und ich warf den Lappen auf den Boden. Meine Füße knallten auf die Fliesen, als ich hinter der Bar hervorkam.

Ihre blauen Augen weiteten sich, als ich mich näherte, und sie bewegte sich unbeholfen und hob eine Hand, um den Herrn aufzufordern, sich zurückzuziehen. „Bitte verschwinden Sie", sagte Ariella.

Ihre Stimme war sanft, zaghaft und nicht im Geringsten bedrohlich.

„Jetzt komm schon", stöhnte der Mann und trat näher heran. Seine Lippen waren an ihrem Ohr, als er ihr etwas zuflüsterte.

Ich eilte über die Tanzfläche, um mich zu vergewissern, dass es ihr gut ging.

Ich stellte mich zwischen ihn und Ariella und legte meinen Arm um sie. „Tut mir leid, dass ich zu spät komme, Baby", sagte ich und drückte meine Lippen auf ihre.

Ich wollte ihr den Arsch retten oder ihr eine Ohrfeige verpassen.

# KAPITEL FÜNFZEHN

ARIELLA

Wie aus dem Nichts küsste er mich.

Ich öffnete den Mund, um Jaxson zu fragen, was zum Teufel er da tat, als seine Zunge in meinen Mund glitt, was mich nur noch sprachloser machte.

Schweiß rann mir die Stirn hinunter und mein Herz raste, als ich mich auf der Tanzfläche nicht mehr bewegte.

Mein Körper reagierte auf seine Zunge in meinem Mund und seine Hände um meine Hüften, die mich näher, enger und fester an sich zogen. Er schmiegte sich an meinen Oberschenkel.

Ich schluckte den Kloß in meinem Hals hinunter und zog mich langsam zurück.

Jaxson starrte mich an. Seine Finger wanderten über meinen unteren Rücken und glitten unter mein Hemd.

Seine Berührung ließ mich erschaudern.

Mein Inneres schmolz und ließ meine Knie zittern.

„Sieht aus, als wäre er weg", sagte Jaxson, obwohl seine Augen meinen Blick nicht zu verlassen schienen.

„Was? Oh, richtig!" Hatte er mich deshalb so innig geküsst, um den betrunkenen Verlierer abzuwehren, der ein Nein nicht akzeptieren würde?

Ich hatte es im Griff.

Dann stürzte er sich auf mich und küsste mich. Ich lehnte mich näher und mein Atem streichelte flüsternd sein Ohr. „Ich denke, ich sollte dir danken, dass du mich gerettet hast."

Emma war nicht im Geringsten hilfreich gewesen. Sie war nirgends zu sehen, dabei hatte ich gerade noch mit ihr getanzt. „Wo ist Emma hin?" Ich löste mich aus Jaxsons Umarmung.

„Sie ist wahrscheinlich gegangen, als ich angefangen habe, dich zu küssen."

„Emma mag dich", sagte ich.

Ich wollte mich nicht zwischen sie stellen, wenn sie etwas miteinander hatten.

Seine Hände lösten sich nicht von meinen und seine Finger streichelten mit beruhigenden Bewegungen meinen unteren Rücken und meine nackte Haut. Seine Berührungen hatten etwas Hypnotisches an sich, das mich näher zu ihm hinzog.

„Was Emma und ich hatten, endete lange bevor du hierher kamst", sagte Jaxson.

Wusste Emma das?

Sie hatte ihn als ihren Freund bezeichnet, als wir in die Bar kamen. Wollte sie nur, dass es wahr ist?

„Ich arbeite mit Emma. Sie ist eine der wenigen Freunde, die ich in der Stadt habe." Sie war die einzige Freundin, die ich überhaupt hatte.

Zu Hause hatte ich alle entfremdet, und das wollte ich hier nicht tun.

Dies war meine zweite Chance, ein Neuanfang, bei dem fast niemand meine Vergangenheit kannte.

„Hat sie dir gesagt, dass sie Izzies leibliche Mutter ist?", fragte Jaxson.

„Was?" Ich wich einen Schritt zurück, die Nachricht traf mich wie ein Messer in der Brust. In der Bar war es dampfig, erdrückend.

Ich löste mich aus Jaxsons Umarmung und ging den Flur entlang, um die Tür nach draußen zu finden.

Ich brauchte Luft.

Ich musste mich abkühlen, bevor mir von den Nachrichten schlecht wurde.

Ich stolperte durch das Gedränge der Gäste und fand einen Weg den Flur hinunter, durch einen Hinterausgang hinaus in die frostige Nachtluft.

Dunkelheit umhüllte den Himmel. Der Neumond spendete kein Licht, obwohl es viele Sterne gab, konnte ich nicht viel mehr sehen als meine Hände vor mir.

Ich beugte mich vor und atmete mehrmals tief durch. Ich brauchte nichts zu sehen, um zu wissen, dass ich kurz davor war, mich zu übergeben.

Wahrscheinlich hatte das mehr mit dem Adrenalin zu tun, das durch meinen Körper schoss, aber ich war erschöpft und ausgelaugt.

„Ariella", sagte Jaxson und eilte mir nach draußen hinterher. Er legte mir seine warme und beruhigende Hand auf den Rücken.

Ich wollte mich von ihm losreißen, ihm sagen, dass er mich nicht anfassen soll, dass ich nicht zu ihm gehöre, aber ich konnte es nicht tun.

Mir fehlten die Worte.

Mein Körper war zu müde, um zu sprechen, zu erschöpft, um meine rasenden Gedanken zu erklären. Ich konnte ihn niemals glücklich machen, nicht so wie Emma es konnte.

„Atme einfach", sagte er und rieb meinen Rücken über meinen Pullover.

Ohne Mantel war es draußen eiskalt, und erst jetzt spürte ich etwas anderes als die Hitze eines Infernos, das in mir tobte.

„Du zitterst ja. Meinst du, du schaffst es wieder rein? Ich kann uns ein ruhiges Plätzchen suchen, wo wir uns hinsetzen können."

Ich nickte und sagte nichts. Ich vergaß, dass er in der Dunkelheit wahrscheinlich nicht viel sehen konnte. „Ja", sagte ich.

Er führte mich zurück in die Bar, durch die Menge der Gäste, sowohl Einheimische als auch Auswärtige, die im Resort Urlaub machten und dort wohnten. Jaxson nahm meine Hand und führte mich wortlos die hintere Treppe hinauf.

„Wohin gehen wir?", fragte ich schließlich, erschöpft von dem Adrenalinrausch.

Manche Menschen fanden den Kampf-oder-Flucht-Reflex anregend. Ich fand ihn anstrengend.

Ich habe nie verstanden, warum Leute gerne Bungee-Jumping machen oder sich mit einem Fallschirm aus einem Flugzeug stürzen. Ich zog einen weit weniger aufregenden Lebensstil vor.

„Lincoln hat eine Wohnung im Obergeschoss. Dort können wir eine Weile pennen. Das ist besser als draußen, und wenn du dich besser fühlst, kann ich dich nach Hause fahren."

Wahrscheinlich dachte er, ich würde keinen Alkohol vertragen, obwohl ich ein Leichtgewicht war, hatte das eine nichts mit dem anderen zu tun.

Jaxson schloss die Tür auf, schaltete das Licht an und führte mich in die Wohnung, wobei er eine Hand auf meinen Rücken legte und mich auf das Sofa setzte. „Danke", flüsterte ich und starrte zu ihm hoch.

Er schien auf einer Mission zu sein, öffnete den Kühlschrank und nahm sich etwas. Anscheinend hatte Lincoln nichts dagegen.

„Trink das", sagte er und brachte mir eine Flasche Wasser. „Brauchst du auch Cracker?" Er reichte mir das Wasser und begann dann, bevor ich antworten konnte, die Schränke auf der Suche nach Crackern zu durchwühlen.

„Das wird reichen. Danke." Meine Hände zitterten, als ich mich auf die Couch setzte. Ich kämpfte damit, die blöde Flasche Wasser zu öffnen.

Die meisten Leute haben das Zittern nicht bemerkt, aber wenn mein Adrenalin mich bei meinem Versuch, hart zu sein, besiegt hat, wurde es ziemlich offensichtlich.

„Wie viele Drinks hattest du heute Abend? Ist dieser Idiot auch nur in die Nähe deines Drinks gekommen?" Jaxson runzelte die Stirn. Er zog die Stirn in Falten, als er sich neben mich auf das Sofa setzte. „Scheiße."

„Was?", fragte ich. Hatte er das Zittern erst jetzt bemerkt? „Nein, ich habe heute Abend niemanden außer dir an meine Drinks gelassen. Ich hatte nur zwei. Das ist keine große Sache."

Ich schob die Plastikwasserflasche und meine Hände zwischen meine Beine, in der Hoffnung, das Zittern zu stoppen, aber es waren nicht nur meine Hände, die zitterten. Auch meine Beine wippten.

Scheiße, ich hasste meinen Körper. Er verriet mich jedes Mal, wenn ich einen Gefühlsausbruch hatte, der mein Herz zum Rasen brachte.

Das Sitzen hatte mir sehr geholfen, und obwohl das Zittern noch nicht nachgelassen hatte, hatte ich nicht mehr das Gefühl, dass ich mich übergeben oder ohnmächtig werden würde.

Er bemerkte die ungeöffnete Flasche in meiner Hand und nahm sie mir ab, wobei er den Deckel löste, bevor er sie mir zurückgab. „Ist das meine Schuld?"

Warum kam er zu diesem Schluss?

Wie konnte es denn seine Schuld sein? „Jaxson, du redest Unsinn." Ich nippte an dem Wasser und brauchte zwei Hände, um den Inhalt nicht über mich zu schütten. Das verdammte Zittern half mir auch nicht weiter.

Warum konnte ich nicht ein normales Leben führen, wie alle anderen auch?

Warum musste ich das Pech haben, Mitte dreißig zu sein und ein Nervensystem zu haben, das mich hasste?

Ich hatte mich jahrelang selbst darum gekümmert, aber vor neuen Leuten machte es mir Angst.

„Der Drink, den ich für dich gemacht habe", sagte er, starrte auf meine Hände und beobachtete, wie ich die Wasserflasche für einen weiteren Schluck an meine Lippen führte. „Ich war ein Arschloch."

„Du warst sauer", sagte ich, nachdem ich ihm verziehen hatte. Er hatte mich auf der Tanzfläche gerettet. Der brennende, leidenschaftliche Kuss hat auch geholfen. Ich würde den nächsten Monat darüber nachdenken. „Ich kann dir versichern, dass das nicht an dem ekelhaften Getränk lag, das du gemacht hast."

„Muss ich einen Arzt rufen? Dein Gesicht ist gerötet."

„Mein Herz rast auch", sage ich und lache. Ich hatte mich an die Symptome gewöhnt, aber ich hasse es, wenn sie mein Leben beherrschen. „Entspann dich. Setz dich einfach zu mir." Ich mochte seine Gesellschaft, obwohl ich mir nicht sicher war, ob ich ihm schon so viel gestehen wollte.

„Okay", sagte er und setzte sich zurück auf das Sofa. Er sah nicht im Geringsten entspannt aus. Jaxson schob ein Bein über das andere. Dann setzte er seinen Fuß ab und veränderte seine Position auf dem Sofa, bevor er zwei Füße abstellte.

Ich saß da, bewegte mich nicht und sah zu, wie er sich buchstäblich in seinem Sitz wälzte. „Hast du Ameisen in deiner Hose?"

„Ich bin froh, dass du dich in der Lage fühlst, einen Witz zu machen und all das hier lustig findest."

„So weit würde ich nicht gehen", sage ich und setze die Wasserflasche für einen weiteren Schluck an meine Lippen. „Ich schätze, ich bin das einfach gewohnt, obwohl es nicht lustig ist, kann ich die Spirale meist schon vor dem Untergang erkennen."

„Passiert das oft?", fragte Jaxson. Er lehnte sich nach vorn, die Hände im Schoß gefaltet, und seine Augen verließen meine nicht.

Ich war es nicht gewohnt, mit jemand anderem als meinem Arzt zu Hause über meine gesundheitlichen Probleme zu sprechen. Ich musste einen neuen Arzt in Breckenridge finden, aber ein Neurologe, der auf autonome Störungen spezialisiert war, würde nicht leicht zu finden sein.

„Das passiert gelegentlich. " Ich führte das nicht weiter aus. Ich war mir nicht sicher, ob ich mich ihm anvertrauen wollte. Jeder, dem ich vertraute, verriet mich.

„Wir müssen nicht darüber reden, wenn es dir unangenehm ist", sagte Jaxson.

Mit einem lauten Seufzer lehnte ich mich auf der Couch zurück und ließ das Ledersofa meinen Körper so gut wie möglich umschließen. Es war viel bequemer als mein Sofa zu Hause. Eines Tages werde ich mir neue Möbel kaufen, aber ich hatte noch Rechnungen zu bezahlen. „Wo ist Izzie?", fragte ich.

„Sie ist zu Hause bei meiner Schwester, die für eine Woche in der Stadt ist."

„Warum bist du nicht zu Hause bei deiner Familie?" Das überraschte mich allerdings. Ich wusste nicht viel über ihn. Bis heute hatten wir nicht mehr miteinander gesprochen.

Jaxson streckte sich und legte seinen Arm um meine Schultern auf der Rückenlehne der Couch.

Ich sah ihn an und er lächelte mich verschämt an, bevor er seine Aufmerksamkeit wieder auf die Wand richtete. „Sie ist ganz schön anstrengend."

„Deine Schwester oder Izzie?"

„Beide." Jaxson schnaubte und lachte leise vor sich hin. „Izzie hat meine Geduld auf die Probe gestellt, wie es alle Dreijährigen tun, und meine Schwester Skylar ist genauso nervig wie Izzie.

Ich hielt meine Zunge im Zaum und lächelte, während ich Jaxson anstarrte. „Wohnt sie weit weg?", fragte ich.

„Sie wohnt etwa vier Stunden entfernt, das heißt, sie hat nicht vor, heute Abend zu gehen."

„Das ist schade. Ich hatte gehofft, dass du mir dein Schlafzimmer zeigen würdest, aber ich denke, wenn du einen Hausgast hast geht das nicht", sagte ich und neckte ihn.

Er stöhnt auf. „Du bringst mich noch um."

„Das bezweifle ich ", sage ich und drehe mich zu ihm um. Ich lege meine Hand auf seine Brust und klopfe beruhigend auf sein Hemd. „Ich glaube, du kannst ein wenig Familienzeit vertragen. Du bist ein harter Kerl. Ich meine, du verdienst dein Geld mit diesem Eagle Tactical."

Ich wusste nicht, was alles dazu gehört, aber es war ein Job mit hohem Adrenalinspiegel, etwas, das ich nie machen konnte.

Ich hatte zwar schon einmal einen hochrangigen Job, aber meine Aufgaben waren nie risikoreich gewesen. Ich war mit der Überwachung von einem Computer beauftragt worden, in einem Büro an einem anderen Ort auf der Welt. Das war ein weiteres Geheimnis.

Er griff nach meinem Handgelenk, seine Finger verschränkten sich mit meinen. „Bist du immer so neugierig?", fragte Jaxson und lehnte sich näher zu mir.

Eine Hand hielt meine. Die andere, die er um das Sofa gelegt hatte, war jetzt in meinen Haaren verheddert. Er zog mich näher zu sich heran und auf seinen Schoß.

Erschrocken verschüttete ich die offene Wasserflasche über sein Hemd und seine Hose.

Er schrie vor Kälte auf, und ich sprang von seinemSchoß , als hätte ich ihn gerade verstümmelt.

Meine Hand ruhte auf meinem Herzen, als mir klar wurde, was passiert war. „Ich kriege noch einen Herzinfarkt."

„Wenigstens siehst du nicht aus, als hättest du in die Hose gemacht."

Ich kichere leise vor mich hin. Ich versuche, nicht zu grinsen, aber das schien mir ein Ding der Unmöglichkeit zu sein. „Du hättest dich einpinkeln können?"

„Genau, denn das ist viel besser."

„Schnippisch ist nicht deine Farbe", sage ich.

Er schnappte sich ein Handtuch aus der Küche und tupfte seine Hose ab, um sie in einem lahmen Versuch abzutrocknen.

„Benötigst du Hilfe?" Ich saß auf dem Sofa und beobachtete ihn, während ich darauf wartete, dass er sich wieder beruhigte.

Er tupfte sich immer wieder den klatschnassen Schritt ab und vergaß dabei, dass sein Hemd feucht war.

Das schien ihn nicht zu stören.

„Keiner wird es sehen. Hier oben sind nur du und ich." Ich erinnerte ihn daran, dass wir allein sind. „Hier gibt es bestimmt einen Trockner. Du kannst deine Sachen ausziehen und sie in den Trockner stecken. Schalte ihn für ein paar Minuten ein."

„Das würde dir gefallen, oder? War das die ganze Zeit dein Plan?" Er zog zuerst sein Shirt aus, knüllte es zusammen und warf es zu mir auf das Sofa.

Seine Hände gingen zum Knopf seiner Jeans und öffneten ihn, bevor er den Reißverschluss nach unten schob.

Die Zeit stand still, während ich den Atem anhielt und darauf wartete, dass er sich weiter auszieht.

„Ja, du hast mich erwischt. Ich wollte dich nackt in Lincolns Haus sehen", sagte ich und verbarg ein breites Grinsen, das sich nicht verbergen ließ.

Jaxson zog seine Jeans herunter und warf sie mir zu.

„Erwartest du, dass ich deine Wäsche wasche? Falls du es noch nicht gemerkt hast, wir sind nicht mehr in den 1950ern." Ich konnte meinen Blick nicht von ihm abwenden.

Ohne Shirt hatte er einen beeindruckenden Körper. Er brauchte keine Bräune, um seine Muskeln zu zeigen.

Mein Blick wanderte über seinen Körper und begutachtete jeden Zentimeter, den ich sehen konnte, denn seine Boxershorts standen mir im Weg, wenn ich etwas Aufregenderes sehen wollte.

„Du hast Glück", sagte Jaxson. Er stakste auf mich zu und beugte sich halb nackt vor.

Ich atmete schwer aus.

Mein Körper reagierte darauf und ich wollte ihn berühren, ihn schmecken und alles erkunden, was er zu bieten hatte. Ich hatte Mühe, meine Augen offenzuhalten, während sein Körper über mir schwebte und mich reizte.

Ich rückte näher, als er sich zu mir lehnte, und wollte einen Kuss, eine Kostprobe von dem, was er anbot. Ein Kuss war vorhin in der Bar nicht genug gewesen.

Ich sehnte mich nach mehr.

In seiner Nähe zu sein, halb nackt, erregte mein Inneres und machte mich unruhig unter ihm. Er schwebte über mir und seine Augen bohrten sich in meine.

Jaxson riss mir seine nassen Klamotten aus den Händen und ließ mich atemlos und keuchend zurück.

„So ein Quälgeist", murmelte ich leise vor mich hin.

Eine Stimme neben der Tür räusperte sich, ziemlich laut, um unsere Aufmerksamkeit zu erregen.

Jaxson trat einen Schritt zurück, die nassen Klamotten in der Hand, um zu sehen, wer die Wohnung betreten hatte.

„Habt ihr es nicht zurück zu Jaxson geschafft?", fragte Lincoln. Er schloss die Tür hinter sich und stakste in die Küche, wobei seine Schritte schwer auf dem Boden schlugen.

Das war keine rhetorische Frage.

„Bitte tut mir einen Gefallen und macht nichts auf dem Sofa. Ich mag es und würde es nur ungern wegwerfen oder verbrennen, nachdem Jaxsons Arsch das ganze Leder verschmutzt hat."

Lincoln hatte Sinn für Humor. Ich lachte und bedeckte meine Lippen. „Wir sind nur hierhergekommen, um uns auszuruhen." Es war eine lahme Ausrede, aber ich wollte ihm nicht den wahren Grund sagen und sein Mitleid ertragen.

„Natürlich wolltet ihr das." Er warf einen Blick auf Jaxson, der nur mit seinen Boxershorts und einem Lächeln bekleidet war.

„Ob du es glaubst oder nicht, sie hat Wasser über mich geschüttet und ich wollte gerade meine Wäsche in deinen Trockner geben", sagte Jaxson.

„Das ist eine Ausrede und ich kaufe sie dir nicht ab", sagte Lincoln.

Jaxson starrte mich an und wartete auf meinen Beitrag. „Hilf mir mal."

Ich nahm einen weiteren Schluck aus der fast leeren Wasserflasche. „Du machst das hervorragend ."

Es war lustig zu sehen, wie er sich aufregte und von seinem Freund gehänselt wurde.

Lincoln schien nicht wütend zu sein, obwohl er wahrscheinlich nicht begeistert war, Gäste in seinem Haus zu empfangen, warf er uns auch nicht raus.

Lincoln zeigte auf Jaxson. „Versucht der Kerl, dich auszunutzen, wenn ja, werde ich ihm in den Arsch treten." Er ging auf Jaxson zu und hielt ihm seine Hand für die nassen Klamotten hin.

Wollte er sehen, ob ich Wasser auf ihn verschüttet hatte?

„Er ist ein echter Gentleman", sagte ich.

Lincoln grunzte vor lachen, zufrieden mit der nassen Kleidung. „Ich werfe das in den Trockner. Du kannst dir etwas aus meiner Kommode leihen. Ich möchte dich lieber nicht halb nackt in meinem Wohnzimmer haben."

„Ach", jammerte ich aus Protest. „Ich habe die Show genossen."

Lincoln polterte mit schweren Schritten den Flur hinunter, die nassen Klamotten in der Hand. „Nun, ich nicht, und ich wohne hier."

„Na gut." Ich trank das letzte Wasser aus und fühlte mich schon viel besser. Vielleicht war es das Geplänkel und die Tatsache, dass die beiden Männer mich von allem anderen abgelenkt hatten, was mir zu schaffen machte.

Ich hatte nicht bemerkt, dass Jaxson im Flur verschwunden war, bis er mit einer grauen Jogginghose und einem schwarzen T-Shirt ins Wohnzimmer zurückkam.

„Also, wo waren wir?", fragte Jaxson und kam auf das Sofa zu. Er stellte sich vor mich, schwebte über mir, während ich zu ihm aufschaute. Seine Beine spreizten meine, ohne mich auch nur zu berühren.

Ich wimmerte aus Protest. Seine Nähe und die Tatsache, dass ich ihn kurz zuvor noch halb unbekleidet gesehen hatte, weckten in mir noch mehr Verlangen nach ihm.

Als ob der Kuss nicht schon mein erstes Verhängnis gewesen wäre.

„Du wolltest mir gerade sagen, warum du keine Freundin hast", sagte ich.

# KAPITEL SECHZEHN

JAXSON

„Das kann ich beantworten", unterbrach mich Lincoln, als er zurück ins Wohnzimmer stapfte.

„Mir wäre es lieber, du würdest das nicht tun", rief ich und hoffte, dass er sich um seine eigenen Angelegenheiten kümmern würde.

Ich warf Lincoln einen finsteren Blick zu und warnte ihn, er solle endlich die Klappe halten.

Er hatte keine Probleme, ein Date mit einer Frau zu finden. Er war in der Lage, jedes Mädchen, das er wollte, in der Bar aufzureißen und mit nach Hause zu nehmen. Dazu kam, dass das Restaurant, in dem er arbeitete, und dass ihm gehörte, eine Bar und ein Schlafzimmer im Obergeschoss hatte.

Ich wollte nicht über all die Frauen nachdenken, die er schon auf der Couch hatte, auf der Ariella saß.

Sie starrte mich mit dunklen, gefühlvollen Augen an, ihre Wangen waren immer noch rot, aber nicht mehr so rot wie vorhin, als ich sie zum Ausruhen nach oben gebracht hatte. „Musst du nicht kochen und dich um die Gäste kümmern?", fragte ich.

„Ich bin nach oben gekommen, um herauszufinden, warum du nicht in der Bar warst. Du kannst dir vorstellen, wie überrascht ich war, als ich dich und Ariella bereits ausgezogen in meiner Wohnung vorfand."

„Es war wirklich nur, weil ich Wasser auf ihn verschüttet habe", sagte Ariella mit leiser, zaghafter Stimme. Hatte sie Angst vor Lincoln? Er war ein großer Kerl, genau wie ich, und wie der Rest unserer Gruppe von Brüdern, die gedient hatten.

„Hinterlasse nur keinen Fleck auf der Couch. Ich will das Sofa nicht ersetzen müssen", scherzte er, bevor er sich zur Tür hinaus und die Treppe hinunter zurückzog.

„Ich hoffe, ich habe dir keinen Ärger bereitet ", sagte Ariella, während ihr Blick auf ihren Schoß fiel.

Ich griff nach unten und hob mit meinem Daumen ihr Kinn an, damit sie mich ansah. Ich wollte ihr in die Augen blicken, die Wahrheit sehen, wissen, was sie dachte.

Es war gefährlich, meine Zeit und Energie in eine Frau zu investieren, die sich vielleicht nie binden wollte. Das war der einfache Teil.

Sie hatte mich angelogen und ich konnte den nagenden Verdacht nicht loswerden, dass sie mir vielleicht noch mehr verheimlicht hatte.

Mein Körper hatte mich verraten, als ich sie auf der Tanzfläche geküsst hatte, obwohl ich normalerweise einen kühlen Kopf bewahrte, konnte ich das in ihrer Gegenwart nicht tun.

Ich löste meinen Griff von ihrem Kinn und konnte meinen Blick der wie gebannt war nicht von ihr abwenden.

„Du hast meine Frage nicht beantwortet", flüsterte Ariella und starrte zu mir hoch.

Ich stieß einen schweren Seufzer aus und wusste nicht, wie ich antworten sollte. Es war viel komplizierter, als nur keine Freundin zu haben. Sie wusste über Izzie Bescheid. „Isabella ist eine lebenslange Verpflichtung. Sagen wir einfach, dass nicht jeder so empfindet."

„Das glaube ich nicht", flüsterte Ariella. Sie griff nach meiner Hand und nickte mit dem Kopf neben sich auf den leeren Platz auf dem Sofa.

Ich ließ mich auf das Leder fallen, das Material schmiegte sich nach einem langen Tag angenehm an meinen Körper. „Ich will meine Zeit nicht mit einer Frau verschwenden, die nicht daran interessiert ist, auf Dauer bei mir zu sein."

„Was ist mit Emma?", fragte sie. „Warum bist du nicht mit ihr zusammen?"

Ich fuhr mir mit einer Hand durch die Haare und zerzauste sie. Sie wusste, wie man schwierige Fragen stellt. „Ich liebe sie nicht."

Kann die Antwort so einfach sein?

Es war die Wahrheit.

Wir waren nie verliebt.

„Oh", sagte Ariella, ihre Stimme war sanft und ihr Mund formte ein kleines „O".

„Sie kam vor ein paar Jahren mit ihrer Schwester und deren Kindern für einen Familienurlaub in die Stadt. Während die Snowboard fahren gingen, kam sie auf einen Drink in die Bar. So haben wir uns kennengelernt. Wir haben uns beide betrunken und sind dann bei mir gelandet."

Es war wirklich so einfach, wie es sich anhörte. Ich habe den Teil weggelassen, in dem ich mich besoffen habe, nachdem meine Schwester zu Besuch kam und einfach gegangen war. Das Haus war ruhig und leer und ich musste mich von ihrem Genörgel und ihren Vorwürfen, ich sei schuld am Tod unseres Vaters, ablenken.

„Für mich ist es offensichtlich, dass sie dich zurückhaben will." Sie rutschte auf dem Sofa hin und her und zog ihre Beine auf das Leder und zur Seite, um sie unter sich zu schieben.

Ich hatte gesehen, wie Emma sich heute verhalten hat, und ich war nicht überrascht.

Ich war schockiert, als ich erfuhr, dass sie für einen Job nach Breckenridge gezogen ist.

Nach der anfänglichen Wut hatte sich der Ekel gelegt. Sie kann leben, wo immer sie will, aber das bedeutet nicht, dass ich ihr das Sorgerecht geben oder Isabella sehen lassen muss. Das ist kein Gespräch, das ich mit Ariella führen will.

„Jemanden zurückhaben zu wollen, bedeutet, dass er ursprünglich ihnen gehörte. Das war nie der Fall. Wir waren nie Freunde oder Liebhaber. Wir hatten betrunken einen Nachmittag miteinander verbracht, aber das war eine Fehleinschätzung." Es war das einzige Mal, dass ich mich auf ein One-Night-Stand eingelassen hatte, und was hat es mir gebracht?

„Das hat sie mir nicht gesagt."

Das habe ich auch nicht erwartet. Ich kenne Emma zwar nicht besonders gut, aber ich hatte nicht gedacht, dass sie so offen mit Informationen umgeht, selbst wenn sie und Ariella Freunde waren.

„Ich bin nicht überrascht. Es hat nicht zu ihrem Vorteil funktioniert. Sie denkt, wir sind mehr, als wir sind, besonders wegen Izzie."

Ich wollte Emma nicht.

Ich bin mir nicht sicher, ob ich mein Herz mit Ariella riskieren will, aber ich würde es bereuen, wenn ich es nicht versuchen würde. Sie hatte etwas an sich, das mich in ihren Bann zog.

„Was ist mit dir? Hast du noch mehr Geheimnisse, von denen ich wissen sollte?" fragte ich.

Sie schürzte die Lippen und ihre Augen verengten sich. „Im Internet bin ich buchstäblich ein offenes Buch. Such nach meinem Namen und du findest jedes Detail meines Lebens."

War es so einfach? „Hast du mir deshalb deinen richtigen Namen nicht gesagt?", frage ich.

Hatte sie Angst, ich könnte nicht damit umgehen, zu wissen, wer sie war? Es war nicht mein bester Tag, als ich erfuhr, dass ihr Ex-Mann für den Diebstahl von Geldern der Investoren I verantwortlich war.

Ich machte ihr keine Vorwürfe mehr, dass sie etwas damit zu tun hatte. Sie war angeklagt und freigesprochen worden. Ich hatte ihren Fall zwar nicht so genau verfolgt wie den ihres Ex-Mannes, aber ich hatte ein wenig nachgeforscht, nachdem ich herausgefunden hatte, dass sie mich angelogen hatte.

„Ich wollte eine zweite Chance, und neu anfangen. Als ich mit diesem Dreckskerl verheiratet war, gab es Drohungen gegen mein Leben. Ziegelsteine wurden durch unsere Fenster geworfen, und jemand sprühte Graffiti auf die Fassade und die Türen. Monatelang hatte ich Angst, nach Hause zu gehen und schlief in meinem Auto, wo ich arbeitete. Das war nicht von Dauer. Ich wurde gefeuert, obwohl ich freigesprochen wurde, war es nicht so, dass sie mir meinen Job wieder anbieten wollten. Sie sagten mir, ich sei schlechte Publicity und ein zu großes Risiko."

Ich konnte ihre Frustration spüren.

Ihr Ton wurde lauter und entschlossener, während sie sprach. Sie setzte sich aufrechter hin und schob eine Strähne ihrer dunklen Haare hinter ihr Ohr.

„Ich dachte, keine Werbung ist schlechte Werbung", sagte ich. Ich schätze, das war nicht wahr.

„Das ist eine Lüge", sagte Ariella.

Ich versuchte, einen klaren Kopf zu bewahren und ruhig zu bleiben.

Es beunruhigte mich zu hören, dass ihr Leben in Gefahr war. Ich hatte in meinem Beruf schon mit einigen gestörten Menschen zu tun. „Haben die Drohungen aufgehört, seit du hierhergezogen bist?", fragte ich. Sie würde es mir doch sagen, wenn sie in Gefahr wäre, oder?

Langsam nickte sie. „Keiner scheint zu wissen, wer ich bin. Solange das so bleibt, geht es mir gut. Ich hoffe einfach, dass mit der Zeit alles vorbeigeht." Sie zwirbelte ihr langes dunkles Haar. „Ich weiß nicht, ob du das weißt, aber ich war blond, als das alles passierte - der Prozess, die Drohungen, die Nachrichten in den Medien. Die langen dunklen Haare haben dafür gesorgt, dass mich niemand mehr erkennt.

Ich mochte ihre Haare.

Verdammt, ich mochte fast alles an ihr.

Ich war nicht sehr glücklich über ihre Vergangenheit, aber ich akzeptierte sie. Ich stieß einen leisen Atemzug aus und meine Finger verhedderten sich in ihren Locken.

Ich beugte mich vor. Ich wollte sie küssen, um ihr den Schmerz und die Schwierigkeiten ihrer Vergangenheit zu nehmen. „Ich mag dein dunkles Haar. Ich finde, es sieht sexy aus", flüsterte ich.

Alles an ihr war sexy, von ihrer geschwungenen Unterlippe bis zu ihrem federnden Schritt.

Ihre Augen schlossen sich langsam und sie lehnte sich vor, unsere Lippen trafen aufeinander, als ich sie näher zu mir zog. Als ich sie auf meinen Schoß zog, vertiefte sich der Kuss.

Sie drückte sich gegen meine Hüften und erweckte mein Inneres mit den süßen Geräuschen, die sie mit einem leisen Stöhnen aus ihrer Kehle von sich gab, zum Leben.

Ich wollte sie verschlingen und jeden Zentimeter ihres Körpers schmecken, aber das konnten wir nicht hier tun, nicht in Lincolns Wohnung über der Bar.

Ich zog mich mit aller Kraft zurück und presste meine Stirn gegen ihre. Ich hörte, wie sie leise und schwer nach Luft schnappte, und sie stahl mir einen weiteren Kuss. „Ich sollte dich nach Hause ins Bett bringen", flüsterte ich.

„Das würde ich sehr gerne tun."

————

Ich führte Ariella die Treppe hinunter und gab ihren Autoschlüssel schnell bei Lincoln ab.

Er erklärte sich bereit, ihr Auto zu fahren und es später abzustellen, während Declan ihm folgte um ihn wieder nach Hause zufahren.

Wir gingen zur Seitentür hinaus, um ungestört zu sein.

Ich hielt sie dicht bei mir, eine Hand auf ihrem Rücken, um sie in der Dunkelheit an meiner Seite zu halten. Ich hatte schon immer ein gutes Sehvermögen in der Nacht und konnte mich schneller anpassen als die meisten anderen Leute.

Ich öffnete die Beifahrertür und half ihr in den Truck. Ich wartete, bis sie sich angeschnallt hatte, bevor ich die Tür schloss und zur Fahrertür ging.

Ich wollte mit ihr nach Hause gehen und jedes Stückchen ihrer Haut verführen.

Würde sie mich hereinbitten? Ich wollte nicht aufdringlich sein oder die Situation ausnutzen.

Sie hatte zwei Drinks, aber das war schon eine ganze Weile her. Obwohl sie wahrscheinlich selbst hätte nach Hause fahren können, wollte ich mir die Gelegenheit nicht entgehen lassen, mich um sie zu kümmern.

Die Fahrt war kurz und schnell. Ich hielt vorn an und eilte zur Beifahrertür. Ich führte sie zu der dunklen Hütte, denn ich wollte sichergehen, dass sie sicher hineinkam, vor allem ohne Licht in der Veranda.

„Du solltest draußen Solarleuchten installieren", sagte ich. Ich bezweifelte, dass sie vor dem Tauwetter im Frühling viel tun wird. Es war zu kalt, um den Garten umzugraben.

„Das werde ich auf meine To-do-Liste setzen", sagte Ariella. Sie stand draußen, die Schlüssel in der Hand, und machte keine Anstalten, die Tür aufzuschließen .

Ich hatte nicht vor zu gehen, bevor sie nicht hineingegangen war. Ich steckte die Hände in meine Manteltaschen, um mich warmzuhalten, und schlurfte mit den Füßen. „Ich hoffe, es geht dir besser."

„Das tut es. Danke für den Abend. Willst du mit hereinkommen? Ich kann dir einen Kaffee, ein

Getränk oder etwas anderes anbieten?" Sie kaute auf
ihrer Unterlippe.

Ariella sah nervös aus.

Ich konnte nicht sagen, ob sie zögerte oder nur Angst
hatte, dass ich sie abweisen würde.

„Ich hätte gerne etwas anderes", sagte ich und
neckte sie.

Ihre Wangen röteten sich und ich wartete darauf, dass
sie die Tür aufschloss, bevor ich ihr hinein folgte. Sie
machte die Laterne an und zündete noch ein paar
Kerzen an. Das sorgte für ein schönes,
stimmungsvolles Licht.

„Kann ich dir etwas zu trinken bringen?", bot Ariella
an. Sie zog ihren Mantel und ihre Stiefel aus. Ich tat
das Gleiche und hängte meinen Mantel neben die Tür.

„Ich nehme, was du hast ", sagte ich, als ich mich dem
Holzofen näherte.

Ich bückte mich um die Tür zu öffnen. Das Scharnier
quietschte aus Protest. Ich notierte mir, dass ich es
wenn ich das nächste Mal vorbeikam, reparieren
würde.

„Ich werde etwas Holz auf das Feuer werfen." Ich
freute mich zwar darauf, mit Ariella unter die Decke

zu klettern, aber ich wollte auch nicht, dass es in der Hütte eiskalt ist.

Aber so hätte ich eine Ausrede, um mich an sie zu kuscheln und sie zum Schwitzen zu bringen.

Ich schürte das Feuer und ließ es wieder auflodern, indem ich ein Stück Holz hineinwarf und dann noch eins. Ihr Blick verließ mich nicht. „Siehst du etwas, das dir gefällt?"

„Eigentlich schon", sagte sie und schlenderte zu mir herüber.

Die zwei Bierflaschen die sie der Hand hielt stellte sie auf dem Couchtisch ab und zupfte an ihrer Unterlippe, die sie zwischen die Zähne nahm.

War das eine nervöse Angewohnheit oder etwas anderes? Ich war noch nicht oft genug in ihrer Nähe, um es zu bemerken.

„Was ist das?", fragte ich und schenkte ihr ein Grinsen.

Sie gestikulierte auf meine Kleidung. „Du hast zu viel an. Mir hat gefallen, was ich heute Abend gesehen habe. Zu schade, dass Lincoln hereingekommen ist."

„Es war zu schade, nicht wahr?" Ich würde morgen meine Klamotten holen und Lincolns Sweatshirts zurückbringen müssen.

Ich schlenderte auf sie zu und zog sie in meine Arme, ihr Körper schmiegte sich eng an den meinen, eine perfekte Passform. „Es wäre fair, dich nur in deiner Unterwäsche zu sehen."

## KAPITEL SIEBZEHN

ARIELLA

Ich schluckte den Kloß hinunter, der sich in meinem Hals bildete.

Wollte er mich in meiner Unterwäsche sehen?

Natürlich wollte er das, ich hatte ihn ja zu mir nach Hause eingeladen. Ich dachte doch nicht, dass er nur einen Drink wollte, oder?

„Du zuerst", sagte ich und meine Lippen berührten fast seine.

Sein Körper drückte sich eng an meinen, seine Finger streichelten meinen unteren Rücken, so wie er es vorhin getan hatte, als er mein Hemd hochzog. Seine warmen Hände streichelten meine nackte Haut, aber er zog mein Hemd nicht aus, sondern reizte mich nur.

Jaxson trat einen halben Schritt zurück, zog sein Hemd hoch und über den Kopf und ließ es mit einem dumpfen Schlag auf den Boden fallen. „Du bist dran."

Die Kälte in der Luft verursachte eine Gänsehaut auf meinen Armen, aber mein Atem wurde lauter, rauer und schwerer, als die Wärme meine Sinne überflutete.

Die Raumtemperatur hatte sich nicht verändert. Ich war diejenige, die beim Anblick von Jaxson ohne Hemd heiß und unruhig wurde.

Konnte ich das zulassen?

Es gab noch ein weiteres Geheimnis, ein großes, dass er nicht kannte. Ich hätte es ihm schon früher am Abend sagen sollen, als er gefragt hatte, aber ich habe das letzte Stück festgehalten und es in meinem Herzen gehütet.

Als ich mich nicht von der Stelle rührte, streiften seine Finger meine Haut und schoben mein Hemd Zentimeter für Zentimeter nach oben, wobei er sich Zeit ließ - ich hob meine Arme in die Luft und ließ ihn mich ausziehen.

Er fiel auf die Knie, seine Lippen lagen auf meinem Bauch, sein Atem war warm und einladend und machte meinen Körper unruhig.

„Ich muss dir etwas sagen."

Seine Hände hielten meine Hüften fest und drückten mich an sich, während er eine warme Spur über meinen Bauch und meinen BH küsste. Jaxsons Finger strichen über meine Brüste, neckten mich und küssten mich sanft, während er mir mein Hemd über den Kopf zog und es auf den Boden warf.

„Geht es um deine Gesundheit?", fragte er und hielt kurz inne, während sein Blick an meinem hängen blieb.

Ich schüttelte den Kopf. „Der Arzt gibt Entwarnung", sagte ich und zwang mich zu einem Lächeln, um meinen Witz zu untermalen.

Sex, das könnte ich tun. Es gab keine Regeln gegen intime körperliche Aktivitäten.

Ich wollte ihm die Wahrheit darüber sagen, womit ich meinen Lebensunterhalt verdiente, bevor ich gefeuert wurde, aber jetzt war nicht der richtige Zeitpunkt.

„Dann ist das alles, was zählt." Er grinste, seine Augen waren dunkel vor Verlangen. Er küsste mich heiß und innig auf die Lippen, seine Finger verhedderten sich in meinen Haaren und zogen mich enger an seinen Körper.

„Du hast immer noch zu viele Klamotten an. Du hattest vorhin keine Jogginghose an", erinnerte ich ihn, während meine Hände zu seinen Hüften wanderten und den Bund des weichen, dehnbaren Materials streichelten.

„Mach schon", sagte er und gab mir die Erlaubnis, ihn auszuziehen.

Ich griff mit meinen Fingern sowohl in seine Jogginghose als auch in seine Boxershorts und zog alles in einer Bewegung herunter. Mein Blick schweifte über seinen nackten Körper, über jeden Zentimeter von ihm.

Ich wollte ihn in den Mund nehmen, ihn schmecken, ihn berühren, ihn auf jede erdenkliche Weise streicheln.

Wie lange war es her, dass eine Frau vor ihm auf die Knie gefallen war?

Er räusperte sich, um meine Aufmerksamkeit zu erregen, und ich richtete mein Blick zu ihm nach oben

.

„Du bringst mich um", stöhnte er zwischen zusammengebissenen Zähnen. Jaxson hob mich vom Boden auf und stellte mich auf die Füße, damit ich nicht mehr auf die Knie gehen konnte.

Ich kicherte unwillkürlich und leckte mir über die Unterlippe, weil ich ihn schmecken wollte.

Jaxson stürzte sich auf mich. Seine Zunge strich über meine Lippen und schob sich eilig in meinen Mund.

Mit einer Hand an meiner Hüfte, die andere in meinen Haaren, zog er mich fester an sich.

Ich hatte immer noch meine Hose und meinen BH an, und er stand nackt da. Für mich war das wie ein wahr gewordener Traum. Ich hatte mir vorgestellt, wie er aussah und wie sich seine Haut bei meiner Berührung anfühlt, aber ich hätte nie gedacht, dass ich eine Nacht mit ihm erleben würde.

Er zog sich zurück, jeder Atemzug war schwer, seine Augen verengten sich. „Jedes Mal, wenn du deine Zunge herausstreckst oder auf deiner Unterlippe kaust, werde ich dich küssen, und zwar kräftig.

„Ist das eine Drohung?" Mir gefiel, was er vorhatte.

„Nur du würdest das als Herausforderung sehen, Sommersprosse", knurrte Jaxson, während er sprach.

Ich wollte nicht zugeben, wie sehr er mich erregte und mein Körper errötete bei dem Spitznamen, den er mir gegeben hatte.

Mein Inneres war warm und mein Herz pochte gegen meinen Brustkorb wie ein Gefangener, der ausbrechen will. Die Hitze brannte auf meiner Haut und in meinem Inneren und wartete auf die süße Erlösung.

Meine Zunge schoss heraus und forderte ihn auf, mich fest zu küssen. Ich wollte erleben, was er zu bieten hatte. Ich mochte diesen Tanz, die Art und Weise, wie wir spielten, was nicht weich und süß war.

Er packte meine Hüften, zog mich zu sich heran und sein Mund senkte sich hart auf meinen. Seine Zunge strich über meine Lippen und schob sich in meinen Mund.

Ich öffnete meine Lippen und ließ ihn gewähren, was immer er wollte. Ich war ihm ausgeliefert und bereit, alles zu tun.

Er brauchte nur das Kommando zu übernehmen.

Er hob mich in seine Arme, und ich schlang meine Beine um seinen Körper. Jaxson trug mich zum Bett, unsere Lippen verschmolzen zu leidenschaftlichen Küssen und keiner von uns löste sich vorher.

In aller Eile legten wir uns auf die Matratze, Jaxsons Körper bedeckte meinen, er krabbelte über mich und ich ließ meinen Griff um seine Hüften los. Ich behielt meinen Mund auf dem seinen, und die feurigen Küsse schienen nie zu enden.

Seine Hände drückten auf meine Hose und ich bot meine Hilfe an, indem ich meine Hüften anhob, damit er den Stoff herunterschieben konnte. Ich stöhnte auf, als er sich von meinen Lippen zurückzog. Er ließ meine Hose über meine Hüften gleiten und küsste eine Spur zwischen meinen Schenkeln, während er mich weiter neckte.

Ich wurde unruhig und verlangte nach mehr. „Bitte", keuchte ich, schon ziemlich atemlos. Ich lag auf dem Rücken und war ihm ausgeliefert, sodass er mit mir machen konnte, was er wollte.

„Bitte, was?", fragte Jaxson und zog eine Augenbraue hoch.

Ich war mir nicht sicher, was er hören wollte. Ich wollte nicht betteln, aber das tat ich bereits, als seine Finger an meinem Höschen kitzelten und er sich herunterbeugte und sanft über meine Mitte blies.

Mein Inneres pochte und wollte berührt, befriedigt und zufriedengestellt werden. Wollte er mich bis zur Besinnungslosigkeit reizen? „Bitte, Sir?"

„Nicht das, wonach ich gesucht habe, aber das klingt überzeugend ", trällerte Jaxson. „Ich hätte dich nie für eine unterwürfige Person gehalten."

„Das bin ich auch nicht", erwiderte ich abwehrend.

„Es ist nicht schlimm, wenn du es bist, Sommersprosse", sagte Jaxson grinsend. Seine Finger streiften meinen erhitzten Kern durch mein Höschen, aber er hatte meine letzten beiden Kleidungsstücke noch nicht ausgezogen, weder mein Höschen noch meinen BH.

Da ich unruhig wurde, bewegte ich mich leicht, öffnete meinen BH und ließ den Stoff auf das Bett fallen, ohne mich darum zu kümmern, wo er landete. „So ist es besser", sagte ich mit einem leisen Seufzer.

„Das ist es", sagte Jaxson, der mit meiner Entscheidung zufrieden war. Seine Zunge kitzelte mich durch mein Höschen und fand die Stelle, an der sich meine Zehen kräuselten.

Meine Augen fielen zu, meine Finger zerrten an den Bettlaken und kringelten sich zwischen meinen Zehen, während seine Finger sich die Zeit nahmen, mir auch noch den letzten Rest meiner Kleidung auszuziehen. Seine Lippen und seine Zunge tanzten über meine Haut und bahnten sich einen warmen Weg meinen Oberschenkel hinunter, Zentimeter für Zentimeter, bis ich nichts mehr anhatte.

Ich versuchte, mich aufzusetzen und zog ihn zu mir heran. Was war aus dem harten und wilden Tempo geworden, mit dem wir begonnen hatten? Ich wollte das, und er war langsam und zärtlich, genoss seine Zeit mit mir.

„Du bringst mich um", murmelte ich und wölbte meinen Rücken von der Matratze, als seine Küsse immer weiter in Richtung seines Ziels wanderten.

Sein Atem verweilte einen Moment, bevor er wieder meinen Körper hinaufkroch, während seine Finger zwischen meine Schenkel glitten und meine Nässe fanden. „Ich werde dich nicht töten, sondern dich nur mehrmals an den Rand bringen", flüsterte Jaxson, bevor seine Lippen wieder auf meinen landeten.

Warme Finger streichelten meinen Körper, erregten mich, während er meine Beine weiter auseinander führte und über mich kletterte. Meine Hand wanderte über seine Haut, wollte ihn in sich aufnehmen, ihn berühren, ihn streicheln, bevor ich ihn in mich hineinführte.

Langsam wurde seine Wärme, sein Körper, eins mit meinem. Ich hob meine Hüften und schlang meine Beine um ihn, führte ihn weiter und tiefer und wölbte meinen Rücken von der Matratze. Alles passte perfekt.

Ich klammerte mich an ihn und eine Flut von Wärme kribbelte in meinem Körper. Meine Zehen krümmten sich und mein Inneres krampfte sich zusammen.

„Ich werde—"

Ich ließ ihn nicht los, unsere Körper waren eins. Es war zu gut, zu intensiv, und ich brauchte mir keine Sorgen zu machen. „Das solltest du auch", murmelte ich in sein Ohr und knabberte an seinem Ohrläppchen, bevor ich ihn endlich losließ und er nach Luft schnappend auf die Matratze sank.

Er zitterte und stöhnte bei den letzten Stößen und fiel gegen mich, bevor er sich auf die Seite rollte und nach Luft schnappte.

Eine lange Stille legte sich über uns, unser Atem ging schwer und unsere Herzen rasten im Gleichklang.

Mir fielen die Augen zu, und die warme Decke, die ich über meinen nackten Körper gezogen hatte, lullte mich in den Schlaf.

Ich wollte etwas sagen, aber mir fehlten die Worte.

Der Schlaf hüllte mich ein, und nach dem anstrengenden Tag zuvor war ich völlig erledigt.

———

Ich drehte mich im Bett um, streckte meinen Arm aus und empfand die Matratze neben mir als kalt. Ich war allein.

„Jaxson?", murmelte ich und rieb mir den Schlaf aus den müden Augen.

Er hat mir nicht geantwortet. Niemand antwortete.

Irritiert setzte ich mich im Bett auf und stellte fest, dass ich tatsächlich nackt war und die letzte Nacht nicht geträumt hatte.

Ich seufzte. Ich wusste nicht, warum er gegangen war, aber das war auch egal. Wenn er wollte, dass es nicht mehr als ein One-Night-Stand war, konnte ich diese Verantwortung übernehmen. Ich hatte ihm von Anfang an gesagt, dass ich nicht auf der Suche nach einer Verpflichtung oder einer Beziehung war.

Widerwillig schob ich mich aus dem Bett.

„Scheiße!", fluchte ich und warf einen Blick auf die batteriebetriebene Uhr auf meinem Nachttisch. Mein Wecker hatte nicht geklingelt.

Wenn ich mich nicht bald aus dem Bett schwang, würde ich zu spät zur Arbeit kommen. Im Halbschlaf stolperte ich durch das Haus, zog mir frische Kleidung an und ließ den Kaffee aus. Im Resort würde es Kaffee geben, und ich könnte mir eine Tasse holen, wenn ich zur Arbeit komme.

Ich warf die Sachen über, schlüpfte in die warmen Stiefel, die Jaxson mir gegeben hatte, und eilte zur Tür hinaus.

Ich konnte es mir nicht leisten, eine schlechte Note in meiner Anwesenheitsliste zu bekommen oder meinen Job zu verlieren. Die Bezahlung war zwar nicht spektakulär, aber ich war im letzten Monat gut über die Runden gekommen.

Mein Fuß war wie Blei auf dem Gaspedal und ich raste in einem Tempo den Berg hinunter, das mir gar nicht behagte, ich hatte mich daran gewöhnt, täglich hin und her zu fahren.

Ab und zu warf ich einen Blick auf die Uhr und wünschte mir, die Zeit würde anhalten. Ich wusste, dass das unmöglich war, aber ich hoffte, dass ich bei meinem rasanten Versuch, den Berg hinunterzufahren, ein paar Minuten aufgeholt hatte.

Die einzige Möglichkeit, schneller zu sein, wäre gewesen, die Pisten hinunterzufahren, und das wäre weder für mein Auto noch für mich gut ausgegangen.

Meine weißen Knöchel umklammerten das Lenkrad. Ich versuchte, nicht an Jaxson zu denken, an die Hitze seiner Küsse, den Geschmack seiner Lippen, die Wärme seines Körpers über mir, die mich überwältigte.

Die letzte Nacht war fantastisch gewesen, und danach war er spurlos verschwunden.

Ich warf einen Blick auf mein Handy, er hatte keine SMS geschrieben. Es gab auch keine verpassten Anrufe. Ich hätte nicht wütend sein sollen, aber ich hatte das Recht, etwas zu fühlen.

Er hatte mir die Tür zu meinem Herzen geöffnet. Es war nicht leicht, ihm zu vertrauen, und er war sofort verschwunden, als er bekam, was er wollte. Sex.

„Verdammt soll er sein!", rief ich und schlug mit der Hand gegen das Lenkrad.

Mein Herz pochte gegen meine Brust. Ich rutschte auf dem Stoff des Sitzes hin und her, weil ich es eilig hatte, zur Arbeit zu kommen und aus verschiedenen Gründen nervös war.

Ich musste das, was wir getan hatten, geheim halten. Ich konnte es niemandem erzählen, schon gar nicht Emma.

Als ich auf den Parkplatz fuhr, trat ich auf die Bremse und das Auto ruckte vorwärts, als ich abrupt zum Stehen kam. Ich stieg aus dem Auto, schloss die Türen ab und eilte mit flottem Schritt ins Innere des Resorts.

Die Rezeption war gleich um die Ecke, und ich stürmte hinein. Als ich gerade um die Ecke kam, erstarrte ich.

Ich erkannte den Herrn von neulich, den mit der Lederjacke und der Baseballmütze, eine seltsame Kombination für das aktuelle Wetter.

Alle in Breckenridge hatten dicke Daunenjacken, Skimäntel oder schwere Parkas an. Die schwarze Lederjacke sah nicht im Geringsten warm aus und musste für den Frühling gemacht sein.

„Es tut mir leid, Sir. Wir können keine Informationen über unsere Gäste im Resort herausgeben", sagte Emma.

Sie stand hinter der Rezeption und hatte ein aufgesetztes Lächeln im Gesicht. Sie legte die Stirn in Falten und neigte den Kopf leicht zur Seite.

„Ich bin nicht auf der Suche nach einem Gast. Ich glaube, die Frau ist eine Angestellte und ihr Name ist Ariella Ryan."

## KAPITEL ACHTZEHN

*JAXSON*

Die letzte Nacht war unglaublich, fantastisch, die beste Nacht meines Lebens.

Nein, ich habe nicht übertrieben.

Das Zusammensein mit Ariella erinnerte mich daran, wie schön es war, den Komfort eines anderen und ein warmes Bett zu teilen.

Ich wollte nicht gehen, aber meine Schwester Skylar hatte auf Izzie aufgepasst. Ariella hatte sich nicht von der Stelle gerührt, als ich sie zum Abschied küsste, nachdem ich meine Kleidung angezogen hatte. Ich hatte eine kurze Notiz auf ihren nagelneuen Kühlschrank gekritzelt.

*Ich muss nach Hause zu Izzie. Ich wünschte, ich könnte die ganze Nacht bei dir bleiben. Schick mir eine SMS, wenn du willst, dass ich dir Frühstück bringe. -Jaxson*

Ich hatte erwartet, dass sie eine SMS schreiben oder anrufen würde. Damit ich weiß, dass sie nicht bereut, was zwischen uns passiert ist und dass es für sie mehr als nur ein One-Night-Stand war. Ich wollte nicht übereifrig wirken und sie auch nicht vergraulen.

Mein Telefon surrte auf meinem Schreibtisch und ich griff danach, in der Hoffnung, dass Ariella mir geantwortet hatte.

*Wann macht Izzie ein Nickerchen?*

Es war nur Skylar.

Sie hatte mich unangekündigt besucht und blieb eine Woche. Ich konnte meinen Job nicht einfach sausen lassen, und der Urlaub war normalerweise gut geplant.

Außerdem war die Zeit mit meiner Schwester kaum als Urlaub zu bezeichnen. Wenigstens musste Izzie dadurch nicht in die Kita gehen, was kein schlechter Kompromiss war. Die Kita schloss immer um sechs Uhr, und ich war schlecht darin, pünktlich zu kommen. Einer der Jungs holte Izzie oft ab, wenn ich für einen Kunden im Einsatz war.

Ich ignorierte die SMS meiner Schwester. Izzie würde nicht so einfach für Skylar schlafen gehen. Sie hasste Nickerchen, und es war noch nicht einmal Mittag.

Skylar würde sie den ganzen Tag unterhalten müssen, nicht nur für ein paar Stunden. Das war der Preis dafür, dass sie zu Besuch kam.

Ich war ein Arsch, aber wenn sie Zeit mit ihrer Nichte verbringen wollte, musste sie so tun, als ob sie dabei sein wollte.

Es gab immer noch keine Nachricht von Ariella.

Mit einem schweren Seufzer trabte Declan in mein Büro. „Wir müssen uns treffen", sagte Declan, die Arme vor der Brust verschränkt und die Augenbrauen zusammengezogen.

„Klar. Worüber?"

„Komm mit", sagte Declan und gab mir ein Zeichen, ihm zu folgen. Seine schweren Stiefel trampelten über den Boden, als er mich in den Konferenzraum führte, wo der Rest des Eagle Tactical Teams am Tisch saß.

„Was ist hier los? Gibt es einen neuen Auftrag?" fragte ich. Normalerweise wurde ich zuerst gefragt, aber in letzter Zeit war ich mit etwas anderem beschäftigt. Lincoln saß mit Declan, Aiden und Mason am Tisch.

Lincoln räusperte sich. Sein Gesichtsausdruck war grimmig. „Wir sind besorgt über deine Beziehung zu dem neuen Mädchen." Ich hatte nicht erwartet, ihn heute bei Eagle Tactical zu sehen.

Er war ein Auftragnehmer für uns, arbeitete an bestimmten Aufträgen, wenn wir sein Fachwissen brauchten, aber er war wegen seines Restaurants nicht Vollzeit angestellt.

In meinem Körper brodelte es, und ich ballte meine Fäuste, wobei sich meine kurzen Nägel in meine Handfläche gruben. „Mein Privatleben geht niemanden etwas an."

Ich konnte es nicht fassen! Wollten sie eine Intervention starten? Sie wussten, dass ich nicht herum schlief. Ich hatte eine Tochter, um die ich mich sorgen und kümmern musste.

Mason lehnte sich in seinem Stuhl zurück, viel zu entspannt für diesen Anlass. „Du kommst ihr zu nahe, Jaxson. Das Mädchen bedeutet Ärger, im Wert von zweiundvierzig Millionen Dollar."

Das war genau die Summe, die man ihr vorgeworfen hatte, gestohlen zuhaben. „Das hat sie nicht", sagte ich und verteidigte sie. „Was ihr Ex-Mann getan hat, macht sie nicht aus. Außerdem, haben wir nicht alle eine zweite Chance verdient?"

Sie hatte die Hölle durchgemacht.

Das hatten wir alle. Wir haben einander durch gute und schlechte Zeiten getragen. Keiner von uns war frei von der Last und den Fehlern, die wir in der Vergangenheit gemacht hatten.

„Hör mal, ich kenne sie nicht so gut", sagte Lincoln, „aber ich habe gesehen, wie ihr es euch in meiner Wohnung gemütlich gemacht habt, und das sieht dir gar nicht ähnlich. Du stürzt dich nicht Hals über Kopf auf die heiße Braut von nebenan. Das ist Aidens Art."

Mein Kiefer krampfte sich zusammen. „Du weißt nicht, wovon du redest." Es ging sie nichts an, dass wir Sex hatten. Es war ja nicht so, dass sie es wissen konnten!

„Ich weiß, dass du ein anständiger Mann bist", sagte Lincoln, „aber was du getan hast, war nicht anständig. Sie hatte getrunken. Declan hat mir erzählt, dass du ihr an der Bar beschissene Drinks serviert hast."

Es schien, als hätte Lincoln mir nicht geglaubt, als er gestern Abend gesehen hatte. „Ich habe sie nach oben gebracht, damit sie etwas Wasser trinkt, sich abseits der Menge hinsetzt und sich beruhigt. Ich hatte ihr vorher zwei Drinks gegeben und dachte, sie hätte eine Panikattacke, nachdem ich unten etwas zu ihr gesagt hatte, während wir tanzten. Sie hat ein anderes medizinisches Problem. Das spielt keine Rolle", sagte ich und verwarf meine Argumente.

Sie mussten nicht über ihre Krankengeschichte Bescheid wissen oder darüber, was sie bis ins kleinste Detail durchgemacht hatte.

„Richtig." Mason glaubte mir nicht.

„Ich schwöre, sie hat Wasser auf meine Kleidung verschüttet. Bei dir zu Hause ist nichts passiert, Lincoln." So schäbig war ich nicht.

Ich hätte ihr zwar gerne die Kleider vom Leib gerissen und sie meinen Namen schreien hören, aber das hätte ich nicht auf seiner Couch und in seinem Haus getan.

„Aber es ist doch etwas passiert?", fragte Lincoln.

Es ging sie nichts an, was zwischen uns vorgefallen war. Wir waren erwachsen und durften uns benehmen, wie wir wollten.

Sie war nicht betrunken. Zwischen ihrem Alkoholkonsum und dem Zeitpunkt, an dem ich mit ihr ins Bett fiel, waren zwei Drinks und mehr Zeit vergangen—etwas, von dem keiner von ihnen etwas wissen musste.

Aiden saß still da und hatte die Hände auf dem Tisch gefaltet. Ich hatte noch nie erlebt, dass er so

schweigsam war. „Hast du etwas hinzuzufügen?"
fragte ich.

„Ich habe sie noch nicht kennengelernt", sagte Aiden.
„Ich habe ihre Akte gelesen, die wir auf Wunsch
unseres Kunden über sie erhalten haben. Ich bin
selten damit einverstanden, Geschäft und Vergnügen
zu vermischen, aber ich habe dich noch nie so
glücklich gesehen. Trotzdem kenne ich sie nicht. Ich
weiß nur, was auf dem Papier steht, und das Mädchen
hat Geheimnisse. Wusstest du, womit sie ihren
Lebensunterhalt verdient hat, bevor ihr Leben in die
Brüche ging?"

Ich hatte sie nicht gefragt, und nachdem ich den
Namen „Ariella Ryan" gesehen und die Verbindung
erkannt hatte, gab es für mich keinen Grund mehr,
weiter nach Informationen zu suchen. „Nein, ich
schätze, ich weiß nicht, was sie beruflich gemacht hat.
Ist das wichtig?"

Ich hatte sie nicht gefragt. Ich hätte es tun sollen. Ich
glaubte nicht, dass es wichtig war.

„Bevor sie gefeuert wurde, war Ariella Ryan Agentin
der CIA. Sie überwachte mehrere Jahre lang die Welt,
bevor sie heiratete und sich in New York City
niederließ, wo sie in einer Außenstelle arbeitete und
vorgab, Kuratorin eines kleinen Museums zu sein."

Ich hielt Declans Blick stand.

Meinte er das ernst?

Die Frau hatte viele Geheimnisse, aber eine CIA-Agentin? Ich konnte mir nicht einmal vorstellen, dass das der Wahrheit entsprach.

Sie war klein und zerbrechlich, obwohl ich sie nicht für hilflos hielt, hatte ich gesehen, wie sie gestern Abend reagiert hatte, und bezweifelte, dass sie für den Außendienst geeignet war.

„Du bist skeptisch", sagte Mason. „Das war ich auch, besonders, nachdem ich sie kennengelernt habe, aber es ergibt einen Sinn. Warum sollte sie sonst netzunabhängig leben wollen?"

Ich schüttelte den Kopf. Ich habe es nicht geglaubt.

Sie war wütend gewesen, als sie herausfand, dass die Hütte keinen Strom hatte, sehr wütend sogar.

Hatte sie mit mir gespielt?

Declan schob mir einen Aktenordner über den Tisch.

Ich öffnete die Akte und blätterte schnell durch die Seiten, um zu sehen, was wahr war und was nicht. „Warum ist das nicht aufgetaucht, als ich nach ihrem Namen gesucht habe?"

„Sie steckt tief drin", sagte Mason. „Ihre Tarnung wäre fast aufgeflogen, als ihr Ex-Mann verhaftet wurde. Danach werden die Details ein wenig unscharf, aber wir vermuten, dass ihre Ehe nur ein Vorwand gewesen sein könnte. Sie ging in die Tiefe, ein wenig zu tief, und als die Regierung ihren Mann verfolgte, setzte ihr jemand eine Zielscheibe auf den Rücken und verfolgte auch sie."

Ich fuhr mir mit einer Hand durch die Haare. „Das hört sich alles verrückt an." Es fiel mir schwer zu begreifen, was sie mir erzählt hatten, aber als ich auf die Akte starrte, war alles da. Eine Kopie ihres Ausweises und ein Scan ihres CIA-Ausweises, einschließlich ihrer Dienstmarke. „Bist du sicher, dass sie das ist?"

„Es kommt noch schlimmer", sagte Mason. „Wir haben viel in ihrer Vergangenheit geforscht. Wir vermuten, dass ihr Mann nicht für das Schneeballsystem verantwortlich war, für das er letztes Jahr ins Gefängnis kam. Sie wird immer noch von denselben Männern gejagt, die ihren Mann hereingelegt haben. Nach dem, was ich im Internet gefunden habe, gibt es einen Treffer für Ariella Ryan, auch bekannt als Ariella Cole."

Die Angst kroch in meine Brust und erdrückte mich. Sie war in Gefahr.

„Die gute Nachricht ist, dass ihr genauer Aufenthaltsort noch nicht entdeckt wurde", sagte Aiden. „Wir haben noch Zeit, ihr zu helfen, wenn du das willst."

Ich stand auf, die Akte offen, aber vergessen auf dem Konferenztisch. „Natürlich, das ist es, was ich will. Sie braucht unsere Hilfe. Wenn sie bei der CIA ist, dann ist sie praktisch eine von uns."

„Ich bin mir nicht sicher, ob ich so weit gehen würde", erwiderte Lincoln in scharfem Ton und mit starrem Blick. Er schien nicht damit einverstanden zu sein, ihr zu helfen.

Selbst wenn sie nicht bei der CIA gewesen wäre, sondern nur ein Mädchen mit einer selbstzerstörerischen Vergangenheit, hätte ich ihr trotzdem geholfen.

Es gefiel mir zwar nicht, dass sie mich angelogen und mir die Wahrheit vorenthalten hatte, aber sie benötigte meine Hilfe.

Ich wollte sie nicht im Stich lassen, wenn es hart auf hart kam.

Mein Handy surrte in meiner Tasche. „Ich schwöre, dass es wieder Skylar ist", grunzte ich leise und zog mein Handy heraus.

Ich hielt einen Finger hoch, um den Jungs zu sagen, dass sie einen Moment warten sollten. „Es ist Ariella", sagte ich.

Mein Magen drehte sich wie eine Rebe und die Sorge stand mir ins Gesicht geschrieben. Ich schluckte den aufsteigenden Kloß in meinem Hals hinunter und stellte meine Füße fest auf den Boden, um mich zu erden. Ich hatte viel Übung darin, mich nicht von meinen Gefühlen überwältigen zu lassen. Heute war es nicht anders.

Ich musste für Ariella stark sein, und so wütend ich auch war, dass sie mich angelogen hatte, musste ich auch einen kühlen Kopf bewahren. Ich wollte nicht, dass sie sich jetzt von mir abwendet, nicht nach dem, was wir letzte Nacht erlebt haben.

„Na los, geh schon ran." Mason deutete auf mein Telefon.

Die Jungs wollten mir keine Privatsphäre gönnen, aber das hatte ich verdient, nachdem ich den Kopf in den Sand gesteckt hatte, ohne die Wahrheit über ihre Vergangenheit und die Gefahr, die uns alle umgab, zu kennen.

„Hallo?" Ich bekam kein weiteres Wort heraus, bevor ihre Worte flüsternd aus ihr heraussprudelten.

„Ich bin's, Ariella. Ich brauche deine Hilfe. Jemand im Resort ist auf der Suche nach mir und er benutzt meinen Familiennamen. Kannst du das Hotel überwachen lassen und herausfinden, wer es ist?"

Sie wusste sicherlich eine Menge darüber, was wir mit Eagle Tactical ohne Durchsuchungsbefehl machen können.

Ein normaler Bürger wäre nicht so gut informiert, aber ein CIA-Agent kennt unsere Fähigkeiten und weiß, was er will.

„Bist du in Gefahr?", fragte ich, ohne auf ihre Frage zu antworten.

Sie wusste immer noch nicht, dass ich ihre frühere Karriere kannte, ihr Leben vor ihrer Heirat und das Geheimnis, das sie vor mir bewahrt hatte.

War ich wütend auf sie, weil sie mich betrogen hatte? Ja, aber ich wollte nicht zulassen, dass das mein Urteilsvermögen trübt, wenn sie meine Hilfe braucht.

„Ich weiß es nicht", flüsterte sie. „Möglicherweise. Ich hoffe, es ist nur jemand hinter mir her, weil Benjamin etwas gestohlen hat."

„Ariella, wir müssen reden, ein paar Dinge klären." Ich stand auf, denn ich konnte nicht einfach dasitzen und zuhören, was sie sagte. Ich stellte das Telefon auf Lautsprecher.

„Ich weiß", stammelte sie. „Shit. Er kommt aus dieser Richtung."

„Beschreibe ihn mir." Ich stellte ihren Anruf stumm. „Sie ist im Blue Sky Resort. Wir benötigen sofortigen Zugang zu den Überwachungsbildern. Ich erinnere mich, dass wir das System eingerichtet haben und alles in der Cloud gesichert ist."

Declan richtete sich auf und der Stuhl quietschte, als er aufstand. „Ich werde daran arbeiten, einen Zugang durch die Hintertür zu bekommen. Sobald ich seinen Namen habe, werde ich Mason bitten, den Typen zu überprüfen."

„Ich will wissen, ob er auch nur einen Strafzettel auf seinen Namen hat", sagte ich.

„Natürlich", sagte Declan.

Masons Blick blieb grimmig, aber er sagte nichts.

Ich schaltete das Gespräch ab und versuchte zu verstehen, was Ariella über die Beschreibung des Mannes gesagt hatte.

Lincoln hatte sich alles notiert, während wir miteinander geredet hatten, und ich warf einen Blick auf die Liste mit der Beschreibung seiner Größe, seines Gewichts, seiner Haarfarbe und seiner Kleidung.

„Ich hielt es merkwürdig, dass er eine Lederjacke trug, obwohl Schnee auf dem Boden lag. Das hat meine Aufmerksamkeit erregt, aber ich habe ihn nicht erkannt", sagte Ariella. „Er stand draußen auf dem Parkplatz, als ich gestern Abend von der Arbeit kam. Ich bin fast an ihm vorbeigelaufen, als er mit Emma gesprochen hat."

„Mason und Declan helfen mir, an das Überwachungsmaterial heranzukommen und diesen mysteriösen Mann zu überprüfen. Ich werde mit Lincoln zum Resort fahren und dich abholen. Kannst du dich verstecken? Wir schicken dir eine SMS, wenn wir im Resort sind."

Am anderen Ende der Leitung ertönte ein gedämpftes Keuchen.

Mein Herz schlug mir bis zum Hals.

Ich schnappte mir mein Telefon vom Konferenztisch, zog meine Jacke an und eilte zu meinem Truck.

Schwere Schritte folgten mir und Lincoln war mir auf den Fersen, während er versuchte, mich einzuholen. Ich hatte nicht angekündigt, dass ich jetzt gehen würde, aber als ich das Geräusch eines

Kampfes hörte, konnte ich keinen Moment länger warten.

„Ariella?" Ich zog den Schlüssel aus der Tasche, ließ den Motor an und eilte hinaus in die Kälte.

Anzeichen eines Kampfes, ein Keuchen, ein Klacken, etwas war heruntergefallen.

War es das Telefon?

Die Leitung war tot.

## KAPITEL NEUNZEHN

ARIELLA

Schweißnasse, raue Hände rissen mich aus meinem Versteck im Flur.

Mein Handy fiel zu Boden und der Angreifer trat mit seinen Stiefeln auf mich ein, zertrümmerte mein Gerät und zermalmte den Bildschirm unter seinen Stahlkappenstiefeln.

Ich hatte nicht damit gerechnet, dass jemand von hinten kommen würde, nicht als der Mann mit der Baseballkappe nur ein paar Meter entfernt, um die Ecke, vor mir stand.

Ich hatte mich versteckt.

Das hat mir wenig gebracht. Meine taktische Verteidigungsausbildung kam zum Tragen.

In meinen Jahren bei der CIA hatte ich ein praktisches Kampftraining absolviert, obwohl ich nur ein Büroangestellte mit einem Hintergrund in Technik, Wissenschaft und Profilerstellung war. Die einzige Außendiensttätigkeit, die ich ausgeübt hatte, waren Überwachungseinsätze, eine Nebenwirkung meiner gesundheitlichen Probleme, die zu Beginn meiner Laufbahn aufgetreten waren, nachdem ich alle erforderlichen Schulungen und Tests bestanden hatte. Ich hatte Glück.

Er hielt meinen Nacken in einem Schwitzkasten, sodass ich nicht mehr atmen konnte, und ich hatte nur noch Sekunden, bevor ich bewusstlos wurde.

Ich rammte meinen Ellbogen in die Leiste des Angreifers, schlug ihm meinen Kopf auf die Nase und drehte mich herum, um seinem Griff um meinen Hals zu entkommen.

Keuchend versuchte ich, so viel Sauerstoff wie möglich aufzusaugen, und mein Herz schrie um Hilfe, aber die Worte kamen mir nicht über die Lippen.

Ich erkannte den blonden, helläugigen Mann nicht. Seine dicken Muskeln ragten aus seinem T-Shirt heraus.

„Connor! Sie ist hier drüben!"

Connor?

Das muss der mit der blöden Baseballkappe gewesen sein, der nach mir gefragt hat. Ich kannte den Namen des Mannes nicht, und auch der Angreifer mit den Kulleraugen war mir fremd.

Connor, der Mann mit der Baseballkappe, schlenderte um die Ecke. Seine Schritte polterten auf dem Fliesenboden und kamen auf mich zu, um mir den Ausgang aus dem Flur zu versperren.

„Was willst du?" Ging es um das Geld, das Benjamin gestohlen hatte, oder waren sie hinter mir her, weil ich einmal für die CIA gearbeitet hatte?

Hatte mein früherer Arbeitgeber oder jemand anderes meine Identität verraten?

Ich hatte keinen Zugang zu Staatsgeheimnissen und als ehemaliger Agent keine besonderen Privilegien. Ich war eine Schande für die Behörde, und das würde mir klar, als ich gezwungen war, zu kündigen.

Der Mann mit den hellen Augen zerrte an meinen langen dunklen Haaren und nahm eine Handvoll in seine Handfläche, um die Strähnen zu packen. Er zerrte kräftig daran.

Ich schrie vor Schmerzen, während er mich durch den hinteren Flur zum Ausgang zerrte.

Ich schrie um Hilfe, trat und grub meine Zehen in die Steinstraße, aber es half nichts.

Ich versuchte mich zu drehen, um mich zu befreien, aber er bewegte sich schnell und meine Haare verhedderten sich in seinem Griff.

Connor stand vor mir, ein Springmesser in der Hand. Der kalte Stahl streifte meine Wange. „Hast du schon Angst?", zischte er zwischen schiefen Zähnen, während sein Partner mich festhielt.

„Lass mich los!" Ich sträubte mich gegen ihn und wehrte mich mit aller Kraft, die ich aufbringen konnte.

Mein Ellbogen rammte sich in seinen Bauch.

Er schleuderte mich gegen die eisigen Ziegel des Gebäudes.

Mein Kopf schlug gegen die raue Oberfläche, bevor meine Beine unter mir einknickten.

„Wir wissen, wer du bist", sagte Connor und trat mir gegen die Brust, was mir erneut den Atem raubte. „Wir wollen unsere Investition zurückhaben. Die ganzen zwei Millionen Dollar, und da wir großzügig sind, legen wir noch zwei Millionen Zinsen drauf. Du wirst es uns heute Abend bis zum Sonnenuntergang geben."

Ich schnaubte leise vor mich hin. Das musste schmutziges Geld sein.

Was zum Teufel hatte sich Benjamin dabei gedacht, als er ihr Geld genommen hatte, um es zu investieren und zu stehlen? Zwei Millionen waren keine kleine Summe, und sie wollten vier Millionen bis Sonnenuntergang?

Der Mann mit den glasigen Augen hielt mich fest, sein Gewicht drückte mich auf den Boden, seine Arme überwältigten mich, während Connor die Klinge an meine Haut führte.

Lachend zerrte er an meinem Mantel und riss ihn in Fetzen. Die Klinge kratzte an meiner Haut und zerrte an meiner Kleidung.

Ein Feuer brannte auf meinen Armen und meiner Brust. Ich wehrte mich mit meinen Unterarmen und kämpfte darum, aufzustehen. Ich versuchte, ihn umzudrehen, aber zu zweit war das ein unmöglicher Kampf.

Je länger ich am Boden blieb, desto leichter war es für sie, mich weiter anzugreifen.

Meine Finger streiften über das Steinpflaster. Ich ließ einen Stein in meine Handfläche gleiten, bereit, mich damit zu verteidigen.

Connor löste seinen Griff, klappte das Schnappmesser zu und steckte es in seine Gesäßtasche.

Ein schweres Schnauben verließ die Lippen von Knopfauge, und mit nur einem Mann und keiner Waffe auf der Haut schwang ich meine Hüften und stieß meinen Körper herum, nutzte meine Beine, um ihm die Beine unter den Füßen wegzutreten und zwang ihn auf den Rücken, während ich ihn festhielt und mit dem Stein auf ihn einschlug.

„Fass mich nie wieder an", knurrte ich und atmete schwer vor lauter Wut, die mich zusammen mit der Kälte frösteln ließ.

Connor griff nach unten und reichte seinem Kumpel eine Hand, um ihm aufzuhelfen. „Vier Millionen, oder du gräbst ein Grab für das kleine Mädchen und ihren Daddy."

Woher wussten sie von Jaxson und Izzie?

Ich hielt ein paar Sekunden lang die Luft an, bevor ich langsam und gleichmäßig ausatmete.

Wie lange hatten sie mich schon beobachtet? Seit dem Tag, an dem ich in die Hütte gezogen bin?

Ich hatte Izzie seit über einem Monat nicht mehr gesehen. Jaxson und ich waren uns bis gestern Abend nicht mehr nahegekommen.

Die Welt drehte sich um mich. Ich lehnte mich mit dem Rücken gegen die kalten, rauen Ziegel des Gebäudes und ließ sie mein Gewicht und meine wackeligen Beine tragen.

„Ich werde dir das Geld besorgen." Ich biss die Zähne zusammen und eine gewisse Härte machte sich in mir breit.

Ich wusste nicht, wie ich sie retten sollte.

Ich hatte zwar keine vier Millionen Dollar, aber ich würde nicht zulassen, dass einem von ihnen etwas passiert. „Wo ist die Übergabe?", fragte ich.

———

Ich stand draußen, mit einer zerrissenen Jacke und fröstelnd vor dem Haupteingang.

Ich ging vom Hinterausgang, wo ich bedroht und geschlagen worden war, zum Haupteingang. Ich warf meine zerrissene Jacke weg, die Blutflecken erinnerten mich an meine Schwäche.

Ich wusste nicht einmal, woher ich blutete. Alles schmerzte, und die Schnitte, wo die Klinge meine Haut aufgeschlitzt hatte, brannten, aber ich hatte keine größeren Verletzungen gesehen.

Während ich auf Jaxson wartete, schien die Zeit stillzustehen.

Fröstelnd stand ich in meinem zerrissenen blassrosa Pullover da. Er war zu dünn für den Winter, und meine Jacke war wertlos, genauso wie der Pullover, den ich trug, aber der kam erst auf den Müll, wenn ich zu Hause war.

Sein dunkelblauer Truck raste auf den Parkplatz und kam abrupt vor der Ferienanlage zum Stehen.

Jaxson ließ den Truck noch laufen, bevor er aus dem Fahrzeug sprang.

Lincoln saß auf dem Beifahrersitz, sein Gesichtsausdruck war mürrisch. Er sah weder erfreut aus, mich zu sehen, noch darüber, dass sein Tag unterbrochen wurde.

Jaxson eilte zu mir, zog seinen Mantel aus und legte ihn mir um die Schultern.

Er öffnete die Hintertür und half mir in seinen Truck. Die Wärme seiner Jacke und die Hitze umgaben mich.

„Danke", sagte ich. Meine Schultern bebten, als ich im Truck zitterte.

Jaxson setzte sich neben mich auf den Rücksitz und schloss die Tür des Trucks.

Da wir so dicht beieinander saßen, konnte ich mich nicht bewegen und seine Knie drückten gegen meine Beine. Seine warme Hand streifte meine Wange, die andere verhedderte sich in meinem Haar und musterte mich von Kopf bis Fuß.

Anders als die Männer, die mich angegriffen hatten, war Jaxsons Berührung sanft und doch fest.

Ich zog eine Grimasse. Mein Kopf tat weh, weil ich gegen die Mauer geknallt worden war.

„Ich fahre uns ins Krankenhaus", sagte Lincoln und rutschte auf die Fahrerseite.

„Das ist nicht nötig." Ich wollte nicht ins Krankenhaus fahren.

Es würde zu viele Fragen geben und die Polizei würde mich dazu bringen, Anzeige zu erstatten, und es würde eine Untersuchung eingeleitet. „Ich kann nicht ins Krankenhaus gehen. Ist das nicht zwei Stunden von hier entfernt?"

„Etwas weniger als das", antwortete Jaxson.

Er lehnte sich nach vorn und holte eine Blechdose mit der Aufschrift „Erste Hilfe" unter dem Beifahrersitz hervor.

„Mir geht es gut", sagte ich, während er sich um die Wunde an meinem Kopf kümmerte.

Er nahm eine Taschenlampe aus seiner Ausrüstung und ließ mich dem Licht mit meinen Augen folgen.

„Seit wann bist du ein Sanitäter?", fragte ich.

Sein Gesichtsausdruck blieb ausdruckslos, und er schaltete das Licht aus. „Sie scheint keine Gehirnerschütterung zu haben. Warum fährst du uns nicht zurück zu Eagle Tactical?" fragte Jaxson. Seine Aufmerksamkeit galt wieder mir. „Seit wann bist du ein CIA-Agent?", entgegnete er.

Ich zuckte zusammen und schluckte den Kloß in meinem Hals hinunter. „Woher weißt du das?"

Keiner sollte das herausfinden. Man hatte mir versichert, dass meine Identität und meine Vergangenheit bei der Behörde reingewaschen worden waren.

Jaxson antwortete nicht auf meine Frage. „Was ist passiert?"

Ich rieb mir den Nacken und schüttelte seinen Mantel ab.

War es warm im Truck oder hatte ich unter seiner Beobachtung Fieber?

Er zog seinen Mantel fester um meine Schultern. Der Mantel lag warm um meine Schultern, und ich schlüpfte mit den Armen in die Ärmel. Jaxson schloss den Reißverschluss und zog ihn bis oben hin zu. „Du frierst ja, Sommersprosse. Du brauchst das mehr als ich."

Als ich den Namen hörte, den er mir gegeben hatte, wurde mir ganz warm ums Herz. „Mir ist nicht kalt", flüsterte ich. Mein Blick fiel auf seinen Schoß.

Er öffnete ein Alkoholtuch und wischte damit über die Schürfwunde an meiner Stirn.

Ich zischte wegen des Stichs, der durch meinen Kopf schoss. „Sag mir, dass du da Drogen drin hast."

Obwohl ich es zu schätzen wusste, dass er sich um mich kümmerte, mochte ich das Brennen nicht, das der Alkohol verursachte.

„Vielleicht gibt es ein paar Ibuprofen", sagte Jaxson. Er kümmerte sich um die Wunde an meinem Kopf und säuberte sie, bevor er sie mit Schmetterlingsverbänden verschloss. „Es gibt nichts Stärkeres, wenn du das wissen willst."

Er beugte sich vor und küsste meine Wunde, als er fertig war.

Lincoln beobachtete uns während der Fahrt und warf gelegentlich einen Blick in den Rückspiegel. Ich wusste nicht, was er von mir dachte. Ich war mir auch nicht sicher, ob ich das wissen wollte. Der Blick des Abscheus reichte aus, um mein Herz zum Sinken zu bringen.

Ich erzählte Jaxson alles über Connor und den Mann mit der Baseballkappe, wie sie mich überfallen hatten und bis zum Sonnenuntergang vier Millionen Dollar forderten. Den Rest wollte ich ihm zwar nicht erzählen, aber er hatte es verdient, die Wahrheit von mir zu erfahren.

„Sie hatten mich beobachtet, wahrscheinlich seit dem Tag, an dem ich in die Stadt kam. Sie wussten von dir und Izzie", sagte ich.

Jaxson klappte den Verbandskasten zu und schob ihn zurück unter den Sitz.

Seine Hand umklammerte meine. Ich hatte zwar schon immer gewusst, dass er große Hände hat, aber die Wärme milderte meine Angst ein wenig.

„Sie haben dich bedroht", sagte er sachlich, als wäre mein Leben nicht gerade an einem Nachmittag in die Luft gesprengt worden.

Ich zuckte zusammen, als ich versuchte, zu nicken. „Ja. Es tut mir so leid." Ich wollte nicht, dass er mich hasst.

Ich war zwar nicht scharf auf Lincolns unerträglichen Blick, aber das wollte ich von Jaxson nicht erleben.

Er hob die Hüften und holte sein Handy aus der Tasche. „Skylar, ich bin's, Jaxson. Du musst dafür sorgen, dass die Türen verschlossen sind und Izzie drinnenbleibt und sich von allen Fenstern fernhält. Schalte die Alarmanlage ein und nimm sie dann mit ins Spielzimmer. Mach für niemanden die Tür auf, ist das klar?"

Er legte den Hörer auf und steckte das Gerät zurück in seine Tasche. „Fahre direkt zu mir nach Hause", sagte Jaxson.

„Bestätigt", sagte Lincoln.

Lincoln hatte die Gänge von dem Truck heruntergeschaltet, er beeilte sich, den Bergpass hinaufzufahren, um schneller zu Jaxsons Haus zu kommen. Das Tempo wurde schneller, als die Bäume auf dem Weg nach oben an den Fenstern vorbeisausten.

Ich wusste nicht, was wir mit den Männern oder dem Geld, das sie wollten, machen würden, aber das waren die beiden Gedanken, die mir am wenigsten durch den Kopf gingen.

Ich machte mir Sorgen um Izzie. Jaxsons Hände drückten zaghaft meine.

Auch er war besorgt.

„Es tut mir leid", sagte ich mit leiser Stimme, damit das Gespräch nur zwischen uns beiden stattfand.

Lincolns steinerner Blick ließ mein Herz höher schlagen, und ich begegnete seinem Blick im Rückspiegel.

Jaxsons Kiefer war angespannt, und seine Schultern waren zurückgezogen. „Ich muss dich etwas fragen und du schuldest mir den Respekt, ehrlich zu antworten."

Ich wollte ihm sagen, dass ich immer ehrlich war, dass ich zwar Geheimnisse hatte, ihn aber nicht offen belogen hatte.

Mein Magen kribbelte vor Angst und Furcht.

Was würde er jetzt fragen?

Ich schenkte ihm das beste Lächeln, das ich aufbringen konnte, um seine Sorgen zu zerstreuen, und drückte seine Hände in meiner. „Natürlich. Was ist los?"

„Als du in der ersten Nacht in die Hütte eingezogen bist, hast du mir gesagt, du wärst schockiert darüber, dass du keinen Strom hast. Hast du mich angelogen? Je öfter ich diese Nacht in meinem Kopf durchspiele, denke ich, dass du wirklich überrascht warst. Aber ich weiß, dass du an einen Ort ziehen wolltest, an dem du nicht dem Strom ausgesetzt bist, ist es logisch, dass du keinen Strom haben wolltest."

Jaxson löste seinen Griff von mir und kramte wieder sein Handy hervor. Er rief das ursprüngliche Angebot für die Hütte auf. Er zeigte mir das Angebot und hielt mir sein Handy vor die Nase.

*Netzunabhängig. Ein ruhiges, rustikales Leben vom Feinsten, entweder das ganze Jahr über oder als ideales Ausflugsziel mit hunderten von Kilometern Wanderwegen rundherum.*

„Ich wusste nicht, dass netzunabhängig bedeutet, dass es keinen Strom gibt."

„Das hättest du aber tun sollen", fügte Lincoln vom Fahrersitz aus scharf hinzu.

Ich schürzte die Lippen und überlegte, was ich sagen sollte. Warum war er wütend auf mich?

War es, weil ich für die Agentur gearbeitet hatte oder weil er seinen Freund verteidigte? „Ja, netzunabhängig kann bedeuten, dass es keinen Strom gibt, aber es kann auch bedeuten, dass es eine kleine Stadt mitten im Nirgendwo ist, und genau das ist die Hütte und der Ort, an dem sie steht."

Ich hatte viel Zeit damit verbracht, mir Kleinstädte anzuschauen, aber die meisten konnte ich mir nicht leisten, und einen Kredit aufzunehmen wäre zu riskant gewesen. Ich musste mich unauffällig verhalten, aber das hat wenig gebracht.

Ich war trotzdem noch gefunden worden, und ich war mir nicht sicher, wo ich Mist gebaut hatte, außer mit meiner Kreditkarte. Sie war zwar meinem Geburtsnamen zugeordnet, dem Namen, den ich legal angenommen hatte, aber es war möglich, dass ein Arschloch das herausgefunden und mich enttarnt hatte.

Jetzt waren sie auf der Jagd nach mir.

„Scheiße."

„Was?", fragte Jaxson.

Er schob sein Handy zurück in seine Tasche. Wir bogen von der Straße ab und fuhren den letzten Weg zu seinem Haus durch den Wald den Berg hinauf.

„Mir ist gerade klar geworden, wie sie mich gefunden haben. Ich bin dumm gewesen. Ich dachte, wenn ich mich unauffällig verhalte, wird sich alles in Wohlgefallen auflösen, aber das war eindeutig ein Fehler."

„Du hast eine Menge Fehler gemacht", murmelte Lincoln vom Fahrersitz aus.

„Was meinst du?" Ich schoss zurück, drehte mich zu ihm um und ließ jede Spur von Jaxson gegen mich los.

Der Truck kam abrupt zum Stehen. „Wir sind da", sagte Lincoln und stellte den Truck auf Parken.

„Bleib im Truck. Lass die Türen verriegelt."

Lincoln stellte den Motor ab und nahm die Schlüssel mit. Sie schlossen den Truck ab und eilten ins Innere des Hauses.

„Wie soll ich denn warm bleiben?" fragte ich.

Keiner konnte mich hören. Die beiden Männer waren bereits draußen und eilten ins Haus, um sich zu vergewissern, dass es Izzie gut ging.

Ein roter Kombi stand in der Einfahrt vor dem Haus. Ich erkannte das Auto nicht, aber ich war ja noch nie bei ihm zu Hause. Ich schob mich näher an die Tür heran, blieb aber im Inneren des Fahrzeugs.

Der Motor des Trucks heulte auf und ich sprang in meinem Sitz auf, als ich merkte, dass Jaxson die

Startautomatik eingeschaltet hatte. Wenigstens würde ich nicht erfrieren.

Ein Teil von mir wollte helfen. Ich mochte es nicht, nur herumzusitzen und zuzusehen, wie sich die Ereignisse entwickelten, ohne selbst aktiv zu werden. Ich wusste auch, dass ich nichts taugte, wenn ich verletzt war, und ich konnte mir nicht den Luxus leisten, wie ein Agent mit gezogener Waffe und Schutzweste herumzulaufen.

Die Realität sah so aus, dass ich nie einen traditionellen Außeneinsatz hatte, es sei denn, man nennt Observationen und Überwachungsaktionen aufregend. Es war kein aufregender Job, aber er war wichtig, um die bösen Jungs zu fangen.

Ich vermisste es, meine Fähigkeiten einsetzen zu können. Das Resort war zwar nicht der aufregendste Job, aber ich dachte, er würde mir einen Neuanfang ermöglichen. Stattdessen wurde ich nur mit dem Mindestlohn entlohnt und man hatte mich aufgespürt. Das war nicht die Schuld von jemandem im Resort.

Ich neige dazu, Geheimnisse zu haben. Das war alles, was ich je gewusst hatte, aber wenn ich sehe was es mir gebracht hat.

Ich hatte Jaxson angelogen, den einzigenMann , den ich mochte und bei dem ich eine Chance hatte, nur weil es zu schwer und zu riskant war, die Wahrheit zu sagen. Ich hatte Angst, entlarvt zu werden, und was hatte ich davon?

Ich habe mich selbst gehasst.

*BUMM!*

*BUMM!*

Eine laute Explosion erschütterte den Truck und sprengte die Fensterscheiben.

Instinktiv hielt ich mir die Ohren zu und zog den Kopf nach unten, aber ich hörte nur ein leichtes Klingeln und danach Stille.

## KAPITEL ZWANZIG

JAXSON

Mit dem Schlüssel in der Hand rannte ich ins Haus, riss die Tür auf, schaltete den Alarm aus und ließ die Tür hinter mir weit offen, damit Lincoln mir folgen konnte.

Ich drehte mich nicht um, um zu sehen, wo er war. Ich wartete nicht auf ihn.

„Skylar! Izzie!" rief ich und eilte durch das Haus, die Treppe hinauf zum Spielzimmer, wo sie sich aufhalten sollten.

Ich riss die Tür auf und stürzte hinein, fand es aber leer vor.

„Skylar! Izzie!" Ich versuchte es noch einmal und hoffte, dass sie mir antworten würden, denn ich musste wissen, dass es ihnen gut ging.

Isabella war meine Welt, obwohl Skylar nicht meine Lieblingsperson war, vertraute ich ihr, dass sie auf Izzie aufpassen und dafür sorgen würde, dass sie in Sicherheit war.

Stille erfüllte das Haus, als ich jede Tür aufriss und alles nach den beiden absuchte.

Ich eilte die Treppe hinunter in den Keller und entdeckte Izzie in einem Wäschekorb auf einem Haufen Bettlaken.

Skylar hatte den Deckel des Trockners geöffnet und gerade die dunkle Wäsche gewaschen. Die Waschmaschine plätscherte und polterte, was wahrscheinlich schwer zu hören war, abgesehen davon, dass der Keller schallisoliert ist. Ich hatte ihn als Schulungsraum eingerichtet, bevor wir in das Gebäude investiert haben, das wir jetzt für Eagle Tactical haben.

Erleichtert atmete ich aus und warf meine Arme um Izzie, zog sie fest an mich und drehte sie herum, weil ich mich erleichtert fühlte, dass sie in Sicherheit war.

„Tut mir leid, ich habe euch nicht hereinkommen hören." Skylar warf mir einen Blick über ihre Schulter zu und zeigte auf Lincoln. „Wir kennen uns noch nicht", sagte sie, lächelte und streckte ihre Hand aus, um sich vorzustellen.

„Ich bin Lincoln Taylor." Er reichte ihr die Hand. „Es ist mir ein Vergnügen, dich kennenzulernen." Lincoln lächelte meine Schwester charmant an und führte ihre Hand an seine Lippen.

Skylar grinste und kicherte. Man musste kein Genie sein, um zu erkennen, was zwischen den beiden vor sich ging.

„Sie ist tabu." Ich wollte klarstellen, dass er nicht mit Skylar ausgehen sollte.

Wenn sie sich verabreden, würde ich sie öfter sehen müssen. Das war das Letzte, was ich wollte: dass Skylar einen weiteren Grund findet, sich in Breckenridge aufzuhalten.

Es gab auch noch andere Gründe.

Sie war viel zu jugendlich, um mit Lincoln klarzukommen.

Sie mochte es, auf dem Spielfeld zu spielen und Party zu machen. Ich hatte Glück, dass sie das nicht in der Stadt gemacht hatte, als sie nach Kneipenschluss betrunken nach Hause kam und durch die Haustür stolperte.

Solch ein Verhalten würde ich nicht dulden, schon gar nicht in Izzies Nähe.

*BUMM!*

Das Haus vibrierte von einer nahen Explosion. Ich drückte Izzie an meine Brust und bedeckte sie, unsicher, was um uns herum geschah.

Lincoln begegnete meinem Blick. Ich übergab Izzie wieder an Skylar. „Bleib hier unten." Meine Stiefel knallten auf dem Weg nach oben hart auf die Treppe und ich rannte zur Vordertür hinaus, um nach Ariella zu sehen.

Das Fenster des Trucks war zerbrochen. Ich rannte durch den Schnee zum Truck und rutschte mit den Füßen aus, aber ich konnte mich vor dem Sturz abfangen. „Ariella?"

Sie blickte auf, ihre Augen waren groß und ihr Körper zitterte.

„Ich saß gerade hier, als die Fenster explodierten. Es klang wie eine Explosion in der Nähe."

Niemand konnte das ohrenbetäubende Dröhnen überhören.

„Riechst du das auch?", fragte sie.

Ich drehte mich um und warf einen Blick über meine Schulter auf die Brücke zwischen unseren Häusern. Rauch stieg in den Himmel.

Ariella entriegelte die Tür und riss sie auf. Ich machte einen Schritt zurück, um ihr aus dem Weg zu gehen. Mit jedem Schritt, den sie auf die Brücke zuging, versanken ihre Füße im Schnee.

Anders als vor dem Haus, wo ich geschaufelt hatte und der Schnee leicht vereist war, war der Weg zur Brücke mit nassem Schnee bedeckt.

„Bleib bei Skylar", rief ich Lincoln zu, der mit gerunzelter Stirn und dem Telefon in der Hand auf der Veranda stand. Er deutete in die Richtung des Rauchs. Jetzt sah er ihn auch.

„Ich rufe die Feuerwehr an", sagte Lincoln.

Ich folgte Ariella durch den Wald und über die Brücke, den Weg zwischen unseren Grundstücken entlang. Das war viel kürzer und schneller als der Weg mit dem Truck.

Dichter, schwarzer Rauch stieg in die kalte Luft. Die Hitze des Feuers knisterte und peitschte mit dem Wind gegen die Hütte. Es gab keine Chance, etwas darin zu retten.

„Nein!“, rief Ariella und stürmte auf die Hütte zu.

Ich eilte ihr hinterher, packte sie an der Taille und hielt sie fest, als sie versuchte, sich aus meinem Griff zu befreien, indem sie sich drehte und wendete.

„Bitte! Ich muss da rein!“

„Das kannst du nicht“, flüsterte ich ihr ins Ohr, klammerte mich an ihren Körper, hielt sie zurück und wollte, dass sie bei mir bleibt.

Verstand sie denn nicht die Gefahr?

Das Feuer brüllte und dröhnte, das Geräusch war ohrenbetäubend, als es sich in das Gebäude fraß und das Feuer durch die Fenster nach draußen drang, wo kurz zuvor noch das Dach gewesen war.

Ihr Körper wurde in meinen Armen schlaff, ich hob sie hoch und trug sie zurück zu meinem Haus.

„Lass mich runter!“ Sie versuchte, sich aus meiner Umarmung zu befreien und gab schließlich nach, als ich sie nicht losließ. Ihr Kopf lehnte an meiner Brust, ihre Arme lagen um meinen Hals.

„Geht es ihr gut?“ Lincoln öffnete mir die Haustür, als ich sie hereinbrachte, und ich führte sie sanft zu dem Sofa, um sie hinzulegen.

„Mir geht es gut", sagte Ariella und setzte sich auf, wobei ihre Füße vom Sofa baumelten, anstatt sich auszustrecken, wie ich sie hingelegt hatte. Sie öffnete den Reißverschluss meines Mantels, zog ihn aus und reichte ihn mir.

„Was war in diesem Haus so wichtig, dass du es für nötig hältst, in die brennenden Flammen zu laufen? Ich weiß, dass du kein Haustier hast und dass niemand sonst dort wohnt." Ich war in der Nacht zuvor dort gewesen, und wir waren nur zu zweit, allein, und erkundeten den Körper des anderen.

Es kam mir vor, als wäre das schon eine Ewigkeit her.

Sie hatte meinen Brief, den ich ihr am Kühlschrank hinterlassen hatte, nicht einmal zur Kenntnis genommen. Das alles musste warten. Es gab dringendere Dinge zu tun. Außerdem war ich mir nicht einmal sicher, ob ich ihr verzeihen und mit jemandem zusammen sein konnte, der mich betrogen hatte.

Ich verdrängte die Erinnerungen an die letzte Nacht. Ich musste das, was zwischen uns passiert war, verdrängen.

„In meinem Rucksack waren ein paar Fotos." Ihr Blick war auf den Boden gerichtet.

Ich trat näher und beugte mich hinunter. „Was für Fotos?"

Ich konnte den Knoten in meinem Magen nicht ignorieren. Sie hielt es für nötig, mich wieder anzulügen.

Was hatte sie in der Hütte versteckt, für das es sich lohnte, ihr Leben zu riskieren?

„Das würdest du nicht verstehen." Ihre grünen Augen blickten zu mir auf.

„Versuch es doch, Sommersprosse." Ich hielt sie gegen das Sofa gepresst. Meine Beine spreizten sich über ihren.

Sie schluckte, ihre Zunge schoss heraus und leckte sich über die Lippen. Stille umhüllte den Raum.

„Ich sehe mal nach Skylar und Isabella", sagte Lincoln. Er eilte aus dem Zimmer und die Kellertreppe hinunter.

Jeder Schlag auf die Holzstufen war lauter als der vorherige.

Ariella knabberte an ihrer Unterlippe und zerrte den kirschrosa Rand zwischen ihren Zähnen. Ihr Blick fiel auf den Boden.

„Du *wirst* mir antworten, Sommersprosse." Ich hob ihr Kinn mit meinem Daumen an, meine Finger streiften ihre zarte Haut.

„Wie war die Frage?" Ihre Lippen zogen einen Schmollmund, ihre Stirn war gerunzelt und sie neigte den Kopf zur Seite.

„Du bist die Königin des Ausweichens, nicht wahr?" Ich konnte es in ihrem Gesicht sehen. „Spiel nicht mit mir." Ich mochte keine Spielchen und würde mich auch nicht auf sie einlassen. „Die Fotos in deiner Hütte. Was sind sie? Familienfotos? Oder etwas anderes? Es geht nur um dich und mich. Du schuldest mir eine ehrliche Antwort, Ariella. Vor allem, nachdem du mich angelogen hast, warum du nach Breckenridge gekommen bist."

Ein leiser Lufthauch entkam ihren Lippen mit einem Seufzer. Sie drückte sanft gegen meine Brust. Als ich ihr nicht aus dem Weg ging, rollte sie mit den Augen und verschränkte die Arme vor der Brust. „Es war keine Lüge. Ich habe noch nie jemandem erzählt, für wen ich gearbeitet habe, auch nicht, wenn sie mich eingestellt haben."

„Du meinst die CIA", sagte ich. Selbst jetzt vermied sie es, den Namen der Behörde zu benutzen.

Ariella drückte sich gegen das Sofa, konnte sich aber nicht weiter bewegen, als ihr Hintern es zuließ, ohne ihre Beine von mir wegzuziehen, was sie auch nicht tat.

Ich streckte die Hand aus und führte ihre Arme aus ihrer verschränkten Position. Als ich ihre Hände in die meinen nahm, spürte ich, dass ihre Finger von der Außentemperatur kalt waren. Auch ihre Wangen waren leicht errötet, was vermutlich an der Kälte lag. Es könnte aber auch an dem Stress liegen, dass ihr Haus bis auf die Grundmauern niedergebrannt war.

„Du bist ja eiskalt. Warum hast du nichts gesagt?"

„Es schien nicht wichtig zu sein", flüsterte sie und begegnete meinem Blick.

Auf der Rückenlehne des Ledersofas lag eine Wolldecke.

Ich stand auf, zog die warme Decke herunter, breitete den Sherpa aus und deckte sie damit zu. Ihre Schultern sackten in sich zusammen und sie schien sich zu entspannen, als sie unter der Decke saß. Ich setzte mich neben sie, meine Beine berührten die ihren, ich saß oben auf der Decke.

„Du musst besser auf dich aufpassen. Ich verstehe, dass du wegen des Feuers aufgebracht bist, aber was auch immer zerstört wurde, war es nicht wert, deswegen zu sterben."

„Das kannst du nicht wissen", sagte Ariella mit großen Augen. Sie drehte sich zu mir um. Ihre Hände umklammerten die Decke um ihren kleinen Körper.

„Dann erkläre es mir." Ich mochte es nicht, im Dunkeln gelassen zu werden. Sie gab mir immer nur ein Teil des Puzzles, eins nach dem anderen. „Ich mag es nicht, wenn man mich hinhält oder ich jemandem Geheimnisse entlocken muss."

Sie zitterte unter der Decke und ich konnte nicht sagen, ob es an der Kälte lag oder an den Adrenalinschüben, die sie am Vortag hatte.

War das ein alltägliches Phänomen, wenn es um ihre Gesundheit ging? Eine weitere Frage, auf die ich Antworten wollte, aber ich erwartete nicht, dass heute Abend alles geklärt wird . An erster Stelle stand die Lüge über ihre Vergangenheit, die Tatsache, dass sie für die CIA gearbeitet hatte, und was sie dazu gebracht hatte, ihr Leben zu riskieren, um den blöden Rucksack zu holen.

„Vor ungefähr vier Jahren war ich schwanger", sagte Ariella.

Als ich durch das Wohnzimmer lief, hätte ich ein Loch in den Boden machen können. Unruhige Energie strömte aus mir heraus, bis ich ihre schwache Antwort hörte.

Das überraschte mich. Ich schluckte den Kloß in meinem Hals hinunter. „Ich wusste es nicht." Ich wollte sie nicht überwältigen. Ich ging auf sie zu und überragte sie. „Was ist passiert?"

Sie starrte auf die Decke hinunter. „Noah wurde in der achtundzwanzigsten Woche als Frühgeburt geboren. Es gab Komplikationen, sowohl für das Baby als auch für mich. Er war ein Kämpfer, lebte zwei Wochen auf der Intensivstation, aber am Ende war es einfach zu viel."

Ich setzte mich neben sie, legte meine Hand auf ihren Oberschenkel und drückte sie beruhigend. „Es tut mir so leid."

Mein Herz tat mir weh.

Ihr Sohn wäre ungefähr im gleichen Alter, wie Izzie gewesen. Es brach mir das Herz, mir vorzustellen, was sie durchgemacht und erlebt hat.

Sie presste ihre Lippen fest aufeinander. „Ich auch. Das Feuer hat mir das letzte und einzige Bild genommen, das ich von meinem Sohn hatte."

Eine schwere Last lastete auf mir.

Ihre Augen glitzerten von Tränen und sie atmete schniefend ein, aber die Nässe fiel nicht von ihren Augen.

Ihre Kraft übertraf die meine.

„Ich will nicht mehr darüber reden. Es tut zu sehr weh, daran zu denken. Ich vermisse ihn jeden Tag, aber sein Krankenhausarmband und sein Foto waren in meinem Rucksack."

Ich zog sie auf meinen Schoß, meine Umarmung erdrückte sie und ich hielt sie fest an mich gedrückt.

Ihr Körper zitterte. Ihre Atemzüge waren flach und kurz.

„Lass mich dir den Schmerz nehmen", flüsterte ich ihr ins Ohr.

Ihre Wangen erröteten. Ihre Hände waren eiskalt und wanderten zu meinem Nacken,. Sie fuhr mit ihren Fingern durch mein Haar. „Das kannst du nicht. Keiner kann das."

Ich drückte meine Stirn fest gegen ihre. Das würde ich nicht als Antwort akzeptieren. Am liebsten hätte ich sie auf das Sofa gelegt und ihren Schmerz weggeküsst.

„Ich weiß nicht, wie ich hätte Noah allein, ohne Benjamin großziehen können." Ariella zuckte zusammen. „Es tut mir leid."

„Was denn?" Warum hat sie sich bei mir entschuldigt?

Sie küsste mich auf die Wange, bevor sie ihren Kopf auf meine Schulter legte. „Ich weiß nicht, wie du das machst." Sie hielt einen Moment inne und stieß einen schweren Seufzer aus. „Du ziehst deine Tochter allein groß. Ich finde es beeindruckend, dass du ein alleinerziehender Vater bist und Vollzeit arbeitest."

„Vielleicht tröstet es dich zu wissen, dass wir glauben, dass du und dein Ex-Mann reingelegt wurden", sagte ich.

Sie zog sich aus meiner Umarmung zurück. Ich dachte, das zu hören, hätte sie glücklich gemacht. „Was?"

„Das Blue Sky Resort hat verlangt, dass wir vor deiner Einstellung einen Background Check über dich machen. Ich habe nicht zu tief gegraben. Als ich erfuhr, dass du mit Benjamin Ryan verheiratet warst, bin ich ausgerastet."

„Ist das eine Entschuldigung?", fragte Ariella und legte ihren Kopf schief, bevor sie von meinem Schoß kletterte. Ich wollte nicht, dass sie sich zurückzieht.

„Das könnte sein", sagte ich. „Mason hat weiter geforscht und ist auf deinen früheren Arbeitgeber gestoßen. Es gab eine Reihe von fragwürdigen Transaktionen, die zur CIA zurückverfolgt wurden. Mason hat angedeutet, dass jemand dich und Benjamin hereingelegt haben könnte."

„Wer würde ihm eine Falle stellen? Es sei denn, sie haben auch mich hereingelegt, aber warum? Könnte es einen Maulwurf in der Organisation geben, jemanden, der mir die Schuld in die Schuhe schieben will?" Sie rieb sich die Schläfen und lehnte sich nach vorn, den Kopf in ihren Händen.

Ich hoffte, sie würde nicht krank werden. Ich wollte sie mit zu Eagle Tactical nehmen, aber ich war mir nicht sicher, ob sie dazu bereit wäre.

Die Wut verflog und löste sich auf, als sich ihr Körper entspannte. „Ich hätte nie gedacht, dass ich mich mal bei Mason bedanken will", sagte sie.

„Du wirst deine Chance bekommen."

„Benjamin war nicht schuldig?" Ihre Stimme war sanft, weil sie die Nachricht nicht verstand. „Er sitzt eine 150-jährige Haftstrafe im Bundesgefängnis ab, wegen Wertpapierbetrugs, Betrugs, Geldwäsche und so weiter. Mensch, ich bin ein solches Arschloch." Sie löste sich aus meiner Berührung. „Ich habe ihm gesagt, dass ich ihn hasse, dass ich ihn nie wieder sehen oder mit ihm reden will."

Ich hatte nicht bedacht, dass sie vielleicht immer noch Gefühle für ihren Ex-Mann hegte. Wenn er nicht schuldig war, welche Chance hatte ich dann, dass sie überhaupt mit mir zusammen sein wollte?

Ich fuhr mir mit der Hand durch mein kurzes Haar und musste schnell das Thema wechseln. Der Gedanke, dass Ariella sich schuldig fühlte und wieder mit ihm zusammen sein wollte, ließ mir die Galle hochkommen.

„Das mal beiseite", sagte ich und räusperte mich. „Wir haben dringendere Angelegenheiten. Du hast vorhin erwähnt, dass die Schläger, die dich angegriffen haben, vier Millionen Dollar gefordert haben."

„Das ist richtig. So viel Geld habe ich nicht. Wenn ich es hätte, glaubst du, ich würde dann in den Wäldern leben, ohne Strom und Heizung?"

Sie hatte eine zugängliche Heizung. Es war zwar nicht die einfachste Methode, um den Ort zu erwärmen, aber die Hütte konnte trotzdem gut warm gehalten werden. Ich habe mich zurückgehalten. Es hatte keinen Sinn, sich um eine Hütte zu streiten, die bis auf die Grundmauern niedergebrannt war. Die Feuerwehr würde mindestens zwanzig Minuten brauchen, um den Berg zu erklimmen, und das Wasser, das ihr Truck hatte, würde alles sein, was sie haben.

Zwanzig Minuten waren zu lang, um die Hütte zu retten, aber sie würden verhindern, dass sich die Zerstörung ausbreitet und den Wald in ein riesiges Pulverfass verwandelt.

Das Heulen der Sirenen, als sie sich näherten, hallte draußen durch die Baumkronen.

„So viel Geld habe ich auch nicht, aber ich glaube, es gibt noch einen anderen Weg." Ich ging zum Fenster und starrte einen Moment lang auf den Rauch, der sich wie Wolken zum Himmel wölbte, bevor ich mich umdrehte, um ihr meine Aufmerksamkeit zu schenken.

Ariella stand langsam auf und faltete die Decke wieder zusammen, wobei jede Ecke perfekt übereinander lag. „Ich würde nichts lieber tun, als diesen Männer nie wieder zu begegnen, aber ich weiß, wenn wir sie nicht aufhalten, wird es beim nächsten Mal noch schlimmer sein.

Sie legte die Sherpa-Decke über die Rückenlehne des Sofas, von der ich sie vorhin geholt hatte. „Glaubst du, dass sie für das Feuer verantwortlich sind?", fragte sie.

Ariella ging so leise wie möglich. Ihre Schritte waren geräuschlos. Hätte ich sie nicht aus den Augenwinkeln beobachtet, hätte ich nicht gewusst, dass sie neben mir steht.

Ich drehte mich um und beobachtete die Rauchfahne.

„Können wir nach draußen gehen und zusehen?" Ihre Stimme war sanft und zaghaft. Hatte sie Angst, ich würde Nein sagen?

Ich war zwar nicht scharf darauf, sie mitzunehmen, aber ich wollte den Tatort begutachten und feststellen, ob Beweise im Freien zurückgelassen worden waren. Wenn die Feuerwehr noch nicht da war, konnten wir vielleicht Reifenspuren oder Fußabdrücke entdecken.

Meine jahrelange taktische und militärische Ausbildung sagte mir, dass es sich nicht um einen Unfall handelte. Es war riskant, aber ich wollte nicht, dass Ariella etwas zustößt.

„Nimm das", sagte ich und bot ihr meinen Mantel an, den gleichen, den sie vorhin getragen hatte. Ich schnappte mir eine andere Jacke und zog sie an.

„Warte hier. Ich sage Lincoln, was wir machen, damit er sich keine Sorgen macht." Ich eilte die Kellertreppe hinunter und teilte Lincoln und Skylar mit, dass wir uns das Feuer nebenan ansehen und schauen würden, ob uns etwas Verdächtiges auffällt.

„Das ging aber schnell."

Ich hatte ihnen wenig zu sagen und wollte nicht, dass Ariella allein geht. Ich öffnete die Haustür und führte sie nach draußen. „Schwer zu sagen, aber wenn ich meinem Bauchgefühl vertraue, werden sie nicht weit von hier sein."

Wenn jemand das Feuer absichtlich gelegt hätte, wäre er hier geblieben, um sich den Schaden anzusehen, den er verursacht hat.

Mit meiner Hand auf ihrem Rücken führte ich sie durch den Wald und über die Brücke.

Sie lächelte und trug immer noch die Stiefel, die ich ihr geschenkt hatte. Ich hatte sie als Geschenk für meine Schwester gekauft, als sie zu Besuch kam und nie vernünftige Schuhe mitbrachte. Die Schachtel hatte ganz hinten in meinem Schrank gestanden und nun endlich das Licht der Welt erblickt.

Wir überquerten die Brücke. Durch die Baumreihe hindurch flackerten und blinkten die roten Lichter des Feuerwehrautos, das in die Einfahrt ihres Grundstücks einfuhr.

Sie grummelte vor sich hin. „Sieh dir das mal an! Der verdammte Schuppen hat überlebt."

Das Gebäude war in den letzten Zügen. Es war ein Wunder, dass der dichte Rauch das Gebäude nicht umgeworfen hatte.

„Ich schätze, ich weiß, wo ich künftig wohnen werde", murmelte sie und steckte ihre Hände in die Manteltaschen.

Auf gar keinen Fall würde ich sie in diesem krummen Schuppen wohnen lassen. „Was ist mit dem Versicherungsgeld für die Hütte?"

Die Versicherung würde für den Wiederaufbau des Hauses und ihre Lebenshaltungskosten bis zu einem bestimmten Betrag aufkommen, je nach Versicherungsschutz.

Die Feuerwehrleute lösten den Schlauch und nutzten den vorhandenen Wasservorrat. Es gab keine Hydranten in der Nähe.

Das Wasser löschte das Feuer und verursachte eine dichte Rauchwolke, die das Gebiet überflutete. Ich streckte mich aus, drückte Ariella an mich und steckte meinen Kopf in meine Jacke, um zu atmen.

Die Außenluft brannte mir in den Lungen.

Sie hustete in die Rauchschwaden, als der Wind auf uns zusteuerte, während wir hinter dem Grundstück standen. „Ich habe keine Versicherung", würgte sie hervor.

Die Flammen waren vom Wasser erstickt worden und erstickten uns, als der Wind auffrischte.

Der Luftzug ließ die verkohlten Überreste in Flammen aufgehen, Asche lag in der Luft und die Glut schwebte wie Glühwürmchen im Wind. Meine Augen brannten, und Ariella hustete wegen dem Rauch weiter.

Wir mussten umkehren. Es war dumm und gefährlich. Ich hatte sie direkt in die Gefahr gebracht.

Die Schwere der mit dunklem Rauch gefüllten Luft ließ mich umkehren. Die Brücke war nicht zu sehen. Ich legte einen Arm um ihre Taille und zog sie durch den dichten Rauch. Ich konnte nicht einmal meine eigenen Hände vor mir sehen.

Ich hielt den Atem an und zog sie fest an mich, damit sie sich nicht verirrte und in weitere Gefahr geriet. Der Rauch brannte mir in den Augen. Meine Nase kitzelte von der Asche. Das war meine Schuld.

Der Wind frischte auf und ich keuchte, weil ich Luft in meine Lunge brauchte. Ariella hustete und keuchte, denn der Rauch machte ihr noch viel mehr zu schaffen. Die Luft verfing sich unter den verkohlten Überresten der Hütte, und das Feuer loderte wieder auf, als wir dem Rauch zu nahe kamen, um etwas zu sehen.

Die Hitze brutzelte auf meinen Wangen.

Ich fluchte und riss Ariella näher an mich heran, indem ich sie hinter mich zog. „Lege deine Arme um meine Taille", forderte ich.

Ich benötigte meine Hände, um mich durch die Bäume zu tasten, obwohl ich mich nicht verbrennen wollte, wollte ich noch weniger, dass sie diejenige ist, die von den wilden Flammen getroffen wird.

Als wir das Feuer umgingen, erstickte ein nasser Windstoß die Flammen für einen Moment. Mehr Rauch stieg in die Luft.

Ich hustete und stolperte vorwärts.

Meine Augen brannten.

Durch die Hitze und Wärme, die in der Nähe war und immer noch auf dem Fundament köchelte, führte ich uns um das Grundstück herum. Schweiß bedeckte meine Wangen und meine Stirn, während sich auf meinem Rücken eine Gänsehaut bildete, weil es so kalt war.

Als ich sie um das Feuer herum und weg vom Rauch führte, um der Gefahr zu entgehen, spürte ich die Helligkeit, bevor ich etwas sehen konnte. Der Rauch trübte meine Sicht, aber ein Fuß schlug vor dem anderen auf den Boden auf.

Keuchend ließ ich mich nach vorne fallen, weg von den Rauchschwaden, meine Knie auf dem eiskalten Schnee, und atmete die frische Luft ein - der Rauch lag hinter uns.

Ich hörte die Rufe der Feuerwehrleute. Ich war nicht gut für Ariella.

Meine Hände klammerten sich an die Erde und schnappten nach jedem Atemzug Sauerstoff, den ich bekam.

Mit verschwommenen Augen ragte ein Mann über mich.

Eine Maske bedeckte seinen Mund und meine Sicht schwankte und verschwamm, bevor die Welt schwarz wurde.

## KAPITEL EINUNDZWANZIG

ARIELLA

„Jaxson?" Er stolperte vorwärts, einen Fuß vor dem anderen, bis er auf die Knie fiel.

Ich hockte mich hin und hielt ihn fest.

„Hilfe!", rief ich nach den Feuerwehrleuten und hoffte, dass ein Sanitäter in der Nähe war. Meine Hände umklammerten seine Jacke und meine Finger streichelten sein Haar. Ich sah keine Brandspuren, keine Anzeichen von Verletzungen.

Es sei denn, es war etwas, das ich nicht sehen konnte, vielleicht eine Rauchvergiftung. Könnte es etwas anderes sein, dass ich nicht kannte? „Bitte, helft ihm!"

Das Schmatzen von Stiefeln auf dem Schnee jagte mir einen Schauer über den Rücken und ließ mir die

Haare zu Berge stehen. Es erinnerte mich an knirschendes Glas unter meinen Füßen. Ein Team von Sanitätern eilte herbei, um zu helfen.

Jaxsons Körper erschlaffte, aber meine Hände fingen ihn auf, bevor er mit dem Gesicht auf den Schnee aufschlug, und führten ihn so anmutig wie möglich nach unten.

Ich hustete und keuchte. Wellen von Schwindel überkamen mich, aber ich ignorierte das Gefühl, dass sich alles drehte.

Jaxson brauchte Hilfe.

Ich konnte warten. Ich würde warten, denn er war in Not. Er hatte eine Tochter, und wenn ihm wegen meiner Unachtsamkeit etwas zustieß, würde ich mir das nie verzeihen.

Ein Sanitäter führte mich sanft weg und sagte mir, dass sie Platz brauchen. Ich wollte seine Hand nicht loslassen; ich wollte die einzige Verbindung, die ich zu jemandem hatte, nicht verlieren. Loszulassen, war keine Antwort, die ich akzeptieren würde.

„Nein", schüttelte ich wiederholt den Kopf und zitterte, obwohl mir nicht kalt war.

Übelkeit überfiel meinen Magen und ich schob mir eine verirrte Haarsträhne hinters Ohr und atmete durch den Mund aus. Alles, um mein Essen nicht zu verschütten. Aber ich konnte mich nicht daran erinnern, wann ich das letzte Mal etwas gegessen hatte.

Mein Kopf pochte, mein Herz klopfte und mein Magen krampfte. „Ich werde ihn nicht verlassen", sagte ich und drückte seine Hand fest. „Er hat mich nicht verlassen."

„Wir müssen dich untersuchen", sagte der Mann und betrachtete die Beule, die ich mir vorhin zugezogen hatte. „Du solltest dich auch untersuchen lassen."

„Ohne Jaxson gehe ich nirgendwo hin." Ich weigerte mich, meinen Griff von seiner Hand zu lösen. Keiner würde uns trennen.

Der Sanitäter murrte und gab einen resignierten Seufzer von sich. „Würdest du dich wenigstens hinsetzen, damit ich dich auch untersuchen kann? Ich mache mir Sorgen wegen der Verletzung an deinem Kopf."

Er hatte noch nicht einmal die ganzen Schnitte und blauen Flecken gesehen, die ich mir vorhin zugezogen hatte.

„Mir geht es gut", beharrte ich und zeigte auf den Verband an meinem Kopf. „Das hat nichts damit zu tun." Ich ging in die Hocke, behielt Jaxson im Auge und ignorierte die Aufmerksamkeit, die der Sanitäter auf mich richtete.

„Ja, und du blutest durch deinen Verband", sagte der Sanitäter. Mit behandschuhten Händen holte er ein paar Mullbinden aus einer Tasche in der Nähe und drückte sie auf meine Stirn.

Ein Stich ließ mich zusammenzucken. Im Schnee waren frische Blutstropfen zu sehen - mein Blut.

Mein Hintern sackte in den kalten, matschigen Schnee.

Meine behandschuhte Hand rieb über die Blutspuren, um sie vor den wachsamen Blicken der anderen zu verbergen.

„Warum kommst du nicht mit mir? Setz dich in den hinteren Teil des Krankenwagens, damit ich deinen Kopf verarzten kann", sagte der Sanitäter.

Ein anderer Sanitäter kümmerte sich um Jaxson und deckte sein Gesicht mit einer Sauerstoffmaske ab.

„Wird er wieder gesund?"

Der Sanitäter begleitete mich durch den Schnee und den nassen Schlamm zur Ladefläche des

Krankenwagens. Er riss die Doppeltüren auf, reichte mir die Hand und half mir hinein.

„Setz dich." Er deutete auf die Trage.

Ich wäre lieber aufgestanden, aber ich tat, wie mir gesagt wurde. Ich setzte mich auf die Kante der harten Liege, die Lippen fest aufeinandergepresst und die Hände in die Seite des Bettes gegraben.

Er knallte die Türen von außen zu.

„Hey!", schrie ich und sprang von der Trage, um den Türgriff zu probieren. Er hatte mich eingesperrt. „Hilfe!"

Alles außerhalb des Krankenwagens klang gedämpft. Konnten sie meine Hilfeschreie hören?

„Hilfe! Lasst mich raus!" Meine Hände schlugen hart gegen die Metalltüren.

Eine Tür schlug zu, und der Motor des Krankenwagens schnurrte auf. „Scheiße", murmelte ich. „Hilfe! Ich bin eingeschlossen!" Ich versuchte es erneut, aber es antwortete niemand.

Der Krankenwagen ruckte vorwärts und meine Füße taumelten, bis ich mich an der nahen Wand festhielt, um mich zu stützen. Ich hatte kein Telefon und Jaxson war nicht in der besten Verfassung gewesen, als ich dummerweise in den Krankenwagen gestiegen war. Er war kein Sanitäter, aber wie hatte er die anderen getäuscht, wenn keiner von ihnen ein Sanitäter war?

Hatte Jaxson nicht erwähnt, dass die Fahrt zum Krankenhaus zwei Stunden dauert?

Ich konnte mir im Moment keine Sorgen um Jaxson machen. Ich hoffte, dass Lincoln ihn finden würde.

Ich musste fliehen.

Die Tür ließ sich von innen nicht öffnen. Ich öffnete den nächstgelegenen Schrank. Drei Regale waren leer, aber auf dem untersten Regal stand ein kleiner schwarzer Rucksack.

Ich bückte mich, um nach dem Rucksack zu greifen, und öffnete den Reißverschluss, um ein paar Dinge zu finden, die ich nicht brauchte: Mull, Verbandszeug und medizinisches Klebeband. Darin befanden sich dieselben Dinge, die er zuvor für meine Stirn benutzt hatte, um als Sanitäter zu erscheinen, ohne tatsächlich einer zu sein.

Ich eilte auf die andere Seite des Krankenwagens und sah mir den anderen Schrank an. Darin befanden sich mehrere unbeschriftete Fläschchen, aber keine Spritzen, die ich sehen konnte.

„Drogen?"

Was haben sie damit gemacht? Ich schlug die Fläschchen auf den Boden. Ich würde nicht riskieren, dass er sie an mir ausprobiert.

Der Krankenwagen wurde immer schneller, als wir den Berg hinunterfuhren an der Stadt vorbeifuhren.

Ich konnte zwar nicht aus den Fenstern sehen, aber durch die steile Abfahrt und das hohe Gewicht des Krankenwagens konnte ich das Quietschen der Bremsen bei jeder Kurve hören.

Ich schlug mit den Fäusten gegen die dicke Trennwand zwischen dem Fahrer und mir.

Der Fahrer ignorierte mich. Er saß allein auf dem Vordersitz.

Wenigstens hatte ich nur eine Person, gegen die ich mich wehren musste, als er schließlich anhielt und die Tür öffnete. Er konnte mich nicht ewig hier drin lassen.

„Was wollt ihr?", brüllte ich. Meine Hände ballten sich zu Fäusten und ich hämmerte gegen die Scheibe. „Lass mich los!"

Das Glas war schmutzig, dick und hatte eine klebrig-getrocknete Beschichtung an den Rändern. Das Fenster war zum Öffnen und Schieben gedacht, aber jemand hatte dafür gesorgt, dasses sich nicht öffnen lässt .

„Scheiße!" Hatte er etwas damit zu tun, dass meine Hütte niederbrannte? Das schien wahrscheinlich zu sein. „Wer bist du?"

Mehrere Fahrzeuge standen in der Mitte des Passes und blockierten den Verkehr.

„Was soll's", brummte er.

Seine Stimme war zwar gedämpft, aber ich konnte ihn hören, was bedeutete, dass er mich auch hörte.

Er trat hart auf die Bremse und schleuderte meinen Körper durch den hinteren Teil des Krankenwagens, wo ich gegen die Wand prallte und die Trage gegen meine Knie stieß.

Ich schnitt eine Grimasse und unterdrückte ein Stöhnen wegen des Schmerzes. Ich wollte nicht, dass er auf dumme Gedanken kommt.

Die Reifen quietschten, als er den Motor hochdrehte.

Ein Einzelsitz war neben dem Innenfenster positioniert und ich saß mit dem Gesicht zur Vorderseite des Krankenwagens. Ich kniete auf dem Sitz und hielt mich an der Rückenlehne fest, damit ich durch das Glas schauen konnte.

Mehrere Fahrzeuge hatten den Hauptpass des Berges blockiert. Hatte es einen Unfall gegeben?

Durch die schmutzige Öffnung entdeckte ich einen mir bekannten Truck. Mein Herz flatterte in meiner Brust.

Könnte Jaxson dort sein?

Nein, ich musste im Wahn sein.

Er war auf dem Gipfel des Berges zu Hause und lag bewusstlos im Schnee vor meiner abgebrannten Hütte. Mehr als eine Person besaß ein solches Fahrzeug.

Ich konnte Gestalten außerhalb ihrer Trucks am Straßenrand sehen, aber das Gesicht von niemandem erkennen. Das Glas war zu schmutzig und verzerrt. Jeder sah verschwommen aus.

„Hilfe!", schrie ich. Konnte mich jemand hören?

Er drückte das Gaspedal durch, als der Krankenwagen vorwärts schlingerte und direkt auf die vielen Fahrzeuge zusteuerte, die unten warteten.

„Scheiße", ich klammerte mich an den Sitz und griff nach der Schnalle, um den Gurt zu schließen, aber sie war in zwei Teile zerschnitten worden. Er war wertlos.

Der Fahrer des Krankenwagens weigerte sich, das Tempo zu drosseln, als das Fahrzeug die Bergstraße hinunter raste und in die Trucks, Geländewagen und Polizeiautos krachte, die mitten auf der Straße standen.

Ich klammerte mich an den Sitz und wurde durch den Aufprall von der Sitzbank auf den Boden geschleudert. „Hilfe!", kreischte ich.

Konnten die Männer, die draußen standen mich hören?

Das Knirschen von Metall übertönte ihre Stimmen.

Mein Kopf pochte, und der Motor des Krankenwagens heulte auf. Der hintere Teil des Fahrzeugs geriet ins Schleudern, und ich konnte nur vermuten, dass es durch das Eis und den Schnee war.

Das Fahrzeug drehte sich und wurde in eine Schlucht hinuntergeschleudert, wobei ich in dem hinteren Teil des Krankenwagens herumgeschleudert wurde, bis die Dunkelheit die Oberhand gewann.

———

Jeder Teil von mir, innen und außen, schmerzte wie Feuer, das über meine Haut tropfte.

Ich stöhnte auf und meine Augenlider flatterten auf. Die Helligkeit ließ das Hämmern in meinem Kopf noch intensiver werden und spendete eine Wärme, die mich glauben ließ, es sei die Sonne.

„Sieht aus, als wäre sie aufgewacht", sagte eine schroffe Stimme.

Es kostete mich all meine Kraft, mich zu konzentrieren, um wach und aufmerksam zu bleiben.

Meine Finger berührten die kalte Steinoberfläche, auf der ich mich zusammengerollt hatte.

Ich war nicht in einem Bett.

Es gab keine piepsenden Maschinen oder Anzeichen dafür, dass ich in ein Krankenhaus gebracht worden war. Die letzte Erinnerung, die ich hatte, war die an den Unfall, was bedeutete, dass ich noch nicht geflohen war.

Ich atmete schwer aus und zuckte zusammen.

Es tat weh, zu atmen. Das war kein gutes Zeichen.

Ich rollte mich auf dem harten Boden zusammen und zwang mich zu sitzen, den Rücken gegen eine kalte Zementplatte gepresst.

Das helle Licht, das mich vorhin gewärmt hatte, war das Flackern einer einzelnen Glühbirne in einem dunklen Raum gewesen.

Wurde ich in einem Keller festgehalten?

Es gab kein Anzeichen mehr von dem Krankenwagen.

Der Raum roch alt und muffig und es kitzelte in meiner Nase. Ich verzog das Gesicht, um nicht niesen zu müssen, und blickte zu der schwach beleuchteten Lampe hoch.

Zwei Männer mit langen, dicken Bärten saßen auf Hockern im Dunkeln, mit Messern in den Händen, und beobachteten mich.

Ich strich mit den Fingern über den kalten Steinboden. Ich war verletzt, aber ich konnte mich bewegen. Meine Finger und Zehen wackelten. Die Männer hatten mich nicht gefesselt. Es gab keine Fesseln, die mich daran hinderten, mich zu bewegen.

„Was wollt ihr?", fragte ich mit heiserer Stimme und ausgetrocknetem Mund.

Ein Mann schnitzte mit seinem Messer einen Stock, dessen Ende scharf war.

Hatte er vor, das an mir zu benutzen?

Ich biss mir auf die Zunge, und der heftige Schmerz half mir, mich aus dem Nebel zu befreien, der meinen Kopf umgab. Wäre ich nicht in einen Unfall verwickelt gewesen, hätte ich vermutet, dass ich unter Drogen gesetzt worden war. War es möglich, dass beides passiert war?

Der zweite Mann zupfte mit seinem Messer an den Rändern seiner Fingernägel und putzte damit zwischen seinen Zähnen. Mit zusammengekniffenen Augen stand er auf und ragte von oben herab. „Es hat sich herausgestellt, dass ein Preis auf deinen Kopf ausgesetzt ist. Wir kassieren nur das Kopfgeld. Warte ab."

Das war das Letzte, was ich tun wollte: sitzen bleiben und auf meinen Tod warten.

Was ist mit Jaxson passiert? Ging es ihm gut?

Ich wollte nicht, dass diese Männer wussten, dass er mir etwas bedeutete, nicht wenn sie das gegen mich verwenden würden.

„Wie viel bin ich wert?" Wenn es ihnen um Geld ging, konnte ich sie davon überzeugen, dass ich einen Sack voller Reichtümer im Auslandhabe . Alles, was sie tun müssten, wäre, mich leben zu lassen.

Wussten sie, wer ich war, wofür mein Ex-Mann verurteilt worden war, oder war dieses Kopfgeld wegen meiner Arbeit für die Agentur ausgesetzt?

Der jüngere der beiden Männer, der mit einem langen, scharfen Stock hantierte, zückte sein Mobiltelefon.

„Der Käufer sagt, sie ist tot oder lebendig gleich viel wert."

„Da haben wir aber Glück", sagte der zweite Mann und seine Augen leuchteten bei der Aussicht auf meinen Tod.

„Was auch immer er dir zu geben bereit ist, ich kann es verdoppeln!" Würden sie meinen Bluff durchschauen?

Der Mann, der über mir stand, neigte seinen Kopf zur Seite und beugte sich mit dem Messer in der Hand nach unten. Die Klinge kratzte an meiner Wange. Sein fauliger Atem roch nach abgestandenem Kaffee.

„Ja, aber ich genieße es, die Schreie einer hilflosen Frau zu hören, wenn ich wiederholt auf sie einsteche. Welchen Spaß macht es mir, wenn ich dich am Leben lasse? Auf diese Weise bekomme ich das Geld und meinen Spaß." Er zwinkerte mir zu.

Ich beugte mich vor und hustete Galle.

Seine Finger zerrten an meinen Haaren und brachten mich zum Stehen. Er tat nichts, um das Pochen in meinem Kopf zu lindern, sondern machte es nur noch schlimmer.

Ich umklammerte mit einer Hand meine Stirn und mit der anderen die Wand hinter mir, um nicht das

Gleichgewicht zu verlieren. „Lass mich los." Ich würde nicht hilflos sein.

Ich trat ihm in die Leistengegend. Er war schnell, die Klinge des Messers drückte auf meinen Hals, mein Körper presste sich fest gegen die kalte Zementwand.

„Bist du sicher, dass du das willst?", fragte er und beugte sich vor, sein stinkender Atem an meinen Wangen.

Mir standen die Haare auf den Armen zu Berge und ein Schauer lief mir über den Rücken.

Ich hatte in der Agentur schon viel Übung darin, mit einer Messerattrappe zu kämpfen, aber unter Druck war alles anders.

Kampf oder Flucht, und ich erstarrte.

## KAPITEL ZWEIUNDZWANZIG

*JAXSON*

Ihr leiser Schrei brachte mich zurück, und ich musste mich konzentrieren. Ich hob meine behandschuhte Hand, griff nach der Maske auf meinem Gesicht und riss sie ab.

„Sie müssen sich wieder hinlegen", sagte der Sanitäter, während er sich über mich beugte.

„Natürlich muss ich das." Ich hustete, stieß ihn weg und stand auf, während ich zusah, wie die Reifen des Krankenwagens auf Eis und Schnee durchdrehten und die Bergstraße hinunterfuhren.

„Du bist doch nicht... Wo bringst du sie hin?" Ich atmete mehrere Male tief ein und aus, durch die Nase und den Mund.

Schon jetzt ging es mir besser, ich war wacher und weniger trübe.

Was auch immer in dem Kanister gewesen war, es war kein Sauerstoff. Sie hatten versucht, mich zu betäuben.

Zwei Feuerwehrleute löschten die rauchenden Überreste der Hütte, damit sie nicht wieder in Flammen aufging. Sie unterhielten sich miteinander ; ich konnte sie nicht hören, weil das Wasser auf die Trümmer prasselte.

Der Sanitäter musste etwas wissen. Er muss daran beteiligt gewesen sein. Er schien nicht im Geringsten gestresst oder überrascht zu sein, dass sein Fahrzeug gestohlen worden war und eine Frau auf dem Rücksitz um Hilfe schrie.

Ich versetzte ihm einen kräftigen Schlag ins Gesicht, rang ihn zu Boden, hielt ihn fest und hielt seine Hände weit von seiner Medizintasche entfernt, die nur ein paar Meter entfernt stand. Ich wusste nicht, was er da drin hatte, ob es eine Waffe oder ein Beruhigungsmittel war, aber ich würde nicht zulassen, dass er mich anfasst.

Ein anderer Feuerwehrmann kam mit einem Scheinwerfer hinter dem Sanitäter hervor. Er schaltete das Licht an und die Helligkeit zwang den Sanitäter, seine Augen abzuschirmen, sodass er geblendet wurde, während ich ihn auf dem Schnee festhielt.

„Lass mich los!", schrie der Sanitäter. „Du bist verrückt!"

„Du hast keinen Verrückten gesehen", spuckte ich.

„Was zum Teufel ist hier los?", fragte der Feuerwehrmann. „Sie sind nicht vom Rettungsdienst. Geht es Ihnen gut, Sir?" Er richtete den Scheinwerfer weiterhin auf den Sanitäter, aber seine Aufmerksamkeit galt jetzt mir.

Er warf mir einen Satz Kabelbinder aus seiner Tasche zu. Auch er merkte, dass etwas nicht stimmte.

Es gab nur einen Krankenwagen in ganz Breckenridge. Die Familie Adams leitete den Rettungsdienst, und als Mitglied von Eagle Tactical kannte ich jeden einzelnen Adams.

„Das werde ich sein." Ich drehte den Angreifer auf den Bauch und fesselte ihm die Hände, bevor ich aufstand. „Was willst du von Ariella?" Ich riss ihn herum und ließ ihn im kalten, matschigen Schnee sitzen.

„Es ist ein Kopfgeld auf sie ausgesetzt. Sie ist nur ein Zahltag."

Wie viele Leute waren hinter ihr her?

Ich zog mein Handy aus der Tasche und wählte Lincoln und den Rest des Eagle Tactical Teams an. Ich schaltete sie zu einer gemeinsamen Telefonkonferenz durch.

„Hey, was ist los, Mann?", fragte Lincoln.

Ich hatte ihn bei mir zu Hause zurückgelassen, nur ein paar Meter entfernt, und er wusste nicht, was gerade passiert war.

„Ja, wo bist du?", fragte Mason.

„Ariellas Haus ist niedergebrannt. Wir wurden vom Rauch eingeholt und jemand, der sich als Sanitäter ausgab, zwang sie hinten in den Krankenwagen und fuhr mit ihr den Bergpass hinunter", sagte ich. Ich ging weiter ins Detail und forderte sie auf, das örtliche Sheriff Büro in Breckenridge anzurufen und die Straße abzusperren.

„Ich kümmere mich darum", antwortete Declan.

„Ich brauche auch eine Einheit des Sheriffs, die zu der alten Hütte kommt, die Ariella gekauft hat. Ein Typ, der sich als Sanitäter ausgibt, ist mit Kabelbindern gefesselt.

Ich hatte keine Handschellen zur Hand, obwohl ich ihn leicht zur Wache hätte schleifen können, musste ich zu Ariella und sie beschützen.

„Willst du ihn verhören?", fragte Lincoln.

Ich wollte ihn fesseln und verhören, den Lauf meiner Waffe auf seine nackte Haut drücken. Das würde Zeit brauchen, aber davon hatte ich im Moment nicht viel.

„Das überlasse ich dem Sheriff." Es gab zu viele Zeugen und die Feuerwehr stand nur ein paar Meter entfernt.

Die Art des Verhörs, die ich durchführen wollte, wäre nicht zulässig und höchst illegal.

--------

Ich eilte zwischen den Bäumen hindurch und über die Brücke zurück, um das Haus zu umgehen. Der Rauch hatte sich verzogen. Lincoln näherte sich dem Auto. „Ich fahre", sagte er.

Ich ließ den Motor mit meinem Schlüsselanhänger an und kletterte auf den Beifahrersitz.

Lincoln ließ nichts anbrennen und eilte auf die Fahrerseite. Kaum hatte er die Tür geschlossen, legte er den Rückwärtsgang ein und fuhr vom Haus weg.

Ich riss am Sicherheitsgurt und sicherte ihn, während Lincoln den Gebirgspass hinunter brauste, die Straße glitschig und nass von Eis und Schnee. Mein Magen sank angesichts der Gefahr, die vor uns lauerte.

„Wir werden sie rechtzeitig erreichen, keine Sorge." Lincolns Hände lagen fest auf dem Lenkrad.

Mein Fuß klopfte gegen die Fußmatten, und die Unruhe schlich sich ein und ließ die Fahrt länger erscheinen. „Ging es Izzie und Skylar gut?" Ich hatte sie im Haus nicht vergessen.

„Es geht ihnen gut. Izzie hat sich hingelegt, um ein Nickerchen zu machen. Skylar hat ein Buch gelesen, als ich sie verlassen habe."

„Okay." Ich stieß einen ängstlichen Atemzug aus, von dem ich gar nicht wusste, dass ich ihn angehalten hatte.

Lincoln flog den Bergpass hinunter, ein Profi darin, die Serpentinen in Eile zu nehmen. Als wir uns näherten, wurde er langsamer. Ein Chaos von Fahrzeugen wurde vor uns sichtbar , der Krankenwagen hatte bereits seine Spur hinterlassen.

„Sieh mal da!" Lincoln zeigte auf die Reifenspuren abseits der Straße und auf den Krankenwagen, der am Grund der Schlucht auf der Seite lag. Er kam von der Straße ab als er auf die Bremse trat.

Ich riss die Tür des Trucks auf und eilte die Schlucht hinunter, wobei ich mit meinen Stiefeln den Berg hinunterrutschen. Es war mir egal, ob ich auf meinem Hintern landete, Hauptsache, ich fand sie.

Mason und Aiden waren bereits unten beim Krankenwagen, wo sich der Sheriff und einige andere Bewohner der Stadt unterhielten.

„Ariella!"

Mason entdeckte mich zuerst und schüttelte den Kopf.

Mein Magen sank.

Ich wusste nicht, ob das bedeutete, dass sie nicht da war oder, schlimmer noch, dass sie es nicht geschafft hatte. Ich weigerte mich zu akzeptieren, dass sie gestorben war. Soweit ich sehen konnte, gab es keine Leiche. Es sei denn, sie war im hinteren Teil des Krankenwagens?

„Wo ist sie?", rief ich und rutschte hinunter, wobei meine Füße unter mir wegrutschten, aber ich konnte das Gleichgewicht halten. Mit ausgestreckten Armen stabilisierte ich mich, bevor ich das letzte Stück zu meinen Kumpels rannte.

„Sie ist nicht hier", sagte Mason und seine Augen waren voller Sorge. Er wollte nicht derjenige sein, der schlechte Nachrichten überbringt, aber jemand musste mir sagen, was passiert ist.

Diese Antwort reichte mir nicht aus. Ich brauchte mehr. „Wo ist sie?"

Lincoln kam von hinten, nachdem er mir den Abhang der Schlucht hinunter gefolgt war. Er steckte seinen Kopf in den Kranken und untersuchte den Tatort nach allen Spuren, die hinterlassen wurden.

Ich atmete laut aus, mein Herz hämmerte in meiner Brust. „Irgendwelche Spuren?" Ich würde Ariella nicht im Stich lassen. Sie brauchte mich mehr denn je.

„Declan ist wieder bei Eagle Tactical, er überwacht und durchforstet das Internet nach Hinweisen. Obwohl er das Kopfgeld schon früher aus dem Netz gezogen hat, ist es klar, dass jemand es gesehen und gehandelt hat, solange die Informationen noch frisch waren", sagte Mason.

Lincoln steckte seine Hände in die Jackentasche. „Es gibt nicht viel zu sagen, außer dass der Krankenwagen definitiv nicht für medizinische Zwecke benutzt wurde. Die Ausrüstung ist ziemlich spärlich, was bedeutet, dass es wahrscheinlich auch nichts gab, was sie als Waffe hätte benutzen können."

„Sie ist schlau." Sie hat mal für die CIA gearbeitet und ich vertraute darauf, dass sie alles in ihrer Macht Stehende tun würde, um am Leben zu bleiben.

Sie musste nur lange genug überleben, bis wir sie fanden.

Ich steckte die Hände in meinen Mantel, hielt den Kopf gesenkt und untersuchte abgebrochene Äste und einzelne Fußabdrücke, die von der Gruppe weiter entfernt waren und die Größe 12 zu haben schienen.

Ich folgte der Spur, ohne zu wissen, was mich erwartete. „Sieh mal, da ist ein Satz Abdrücke."

Die Fußabdrücke waren im Boden versunken, ein möglicher Beweis dafür, dass sie getragen worden war und nicht laufen konnte. Es schien auch keine zweiten Abdrücke zu geben, was bedeutete, dass es nicht der Sheriff oder ein anderer Helfer des Suchtrupps gewesen sein konnte.

„Der Bergpass verläuft genau südlich von hier. Sie könnten die Straße hinunter zu einem anderen Sammelpunkt gegangen sein. Sie hatten auf keinen Fall vor, den Krankenwagen zu behalten und nicht gesehen zu werden", sagte Mason.

„Vielleicht, aber die Richtung ist Süden." Ich zeigte nach Süden und folgte dann weiter den Fußspuren, die nach Westen führten. „Sie sind nicht bis zur Straße gegangen. Es ist möglich, dass sie umgedreht sind."

Wenn wir Glück hatten, befanden sie sich noch im Wald. Ich hob meine Hand, um zu signalisieren, dass wir warten sollten.

Ich hockte mich hin und untersuchte die frischen Blutstropfen auf dem Schnee. „Sie war hier." Ich war mir in meinem Leben noch nie so sicher.

Ich beeilte mich und folgte der Spur aus Fußabdrücken und Blutstropfen, die gemischt und gesprenkelt waren und durch die überall verstreuten Äste schwer zu finden waren.

Lincoln, Mason und Aiden folgten mir auf den Fersen, während wir den Wald absuchten, um sicherzugehen, dass wir nicht hereingelegt wurden und die Spuren nur eine Ablenkung waren. Das schien nicht der Fall zu sein.

Ich wollte nach ihr schreien, aber wenn wir in der Nähe der Angreifer waren, wollte ich ihr Leben nicht weiter in Gefahr bringen.

In der Ferne lag eine Hütte im Wald, vier schwarze Geländewagen standen in der Einfahrt. „Habt ihr vielleicht eine Waffe dabei?" Ich wollte nicht in der Unterzahl und unbewaffnet sein.

„Sind wir bewaffnet gekommen?" Lincoln lachte leise vor sich hin.

Er hob sein Hemd und zeigte mir seine Waffe. Dann griff er nach seinem Knöchelholster, holte seine Ersatzwaffe heraus und reichte sie mir. „Sieht so aus, als würde ich dir wieder den Arsch retten, Monroe."

„Wie in alten Zeiten", scherzte ich, „wo du denkst, dass du mich rettest, aber in Wirklichkeit rette ich dich."

Mit gezogener Waffe verschwand er hinter einem Baum, als wir näher kamen. „Denk das weiter", sagte Lincoln.

Aiden hockte sich hin und zog ein Springmesser aus seiner Tasche. „Ich werde ihre Reifen aufschlitzen und sie daran, hindern zu entkommen."

„Gute Idee." Wir wollten nicht, dass sie Ariella vom Grundstück wegbringen. Ich gab ein Zeichen, uns zu verteilen. Wir mussten die Hütte umzingeln und herausfinden, was uns drinnen erwartet.

Die Autotür des Geländewagens knallte zu. Ich schlich mich hinter einen Baum und gab mein Bestes, um mich zu tarnen. Als ich heute Morgen aufwachte, hatte ich nicht gedacht, dass mein Tag so verlaufen würde. Ich wette, Ariella hat das auch nicht gedacht.

Langsame und gleichmäßige Atemzüge. Die Kälte saugte mir die Luft aus der Lunge und brannte, aber ich ignorierte den Schmerz in meiner Brust.

Unsere Fußabdrücke waren frisch, aber das beunruhigte mich nicht so sehr wie das Geräusch von knackenden Ästen unter unseren Stiefeln. Langsam und vorsichtig setzte ich meinen Fuß ab, während ich mich von einem Baum zum anderen bewegte, um ihn als minimalen Schutz zu nutzen.

Aiden musste vorsichtig sein, wenn die Männer draußen am SUV waren.

Ich hielt meinen Atem an.

Er stach auf einen Reifen ein, bevor er sich um das Fahrzeug herum bewegte, um einen anderen zu treffen.

Die Männer standen draußen und unterhielten sich, ohne zu bemerken, was um sie herum geschah. Das war gut. Es bedeutete, dass sie abgelenkt waren.

Wir mussten nur dafür sorgen, dass das so blieb, während wir Ariella fanden und retteten.

Ich ging noch einen Schritt und näherte mich der Hütte. Ich hockte mich neben das Fenster und spähte hinein, vorsichtig, um nicht gesehen zu werden. Es waren schroffe Stimmen zu hören, aber niemand im Raum blickte zum Fenster.

Ein lauter, weiblicher, ohrenbetäubender Schrei hallte durch das Haus.

Ich wartete nicht länger, sondern eilte zum nächsten Eingang und stürmte mit gezogener Waffe durch die Hintertür, Lincoln und Mason direkt hinter mir.

Auch sie hatten ihre Hilfeschreie gehört.

## KAPITEL DREIUNDZWANZIG

ARIELLA

Die Angst durchtränkte mich bis zum Kern meiner Existenz.

Ich zitterte unter der Klinge seines Messers. Der grinsende Bastard mit altem, fauligem Atem schnitt mir in den Hals und erinnerte mich daran, dass er das Sagen hatte.

Ich kann das tun.

Ich musste es tun. Ich redete auf mich ein, ballte die Hände zu Fäusten und sammelte Kraft.

Ich trat ihm auf die Zehen, seine Stiefel waren dünn, dann stieß ich mein Knie hart in seine Leistengegend.

Er krümmte sich vor Schmerz und wollte nach seinem Familienschmuck greifen, als das Messer klirrend zu Boden fiel. Ich riss mein Knie wieder hoch, dieses Mal in sein Gesicht, und rammte ihn mit dem Kopf gegen die Wand.

Er fiel um wie eine Tonne Ziegelsteine.

Ich beugte mich hinunter und schnappte mir sein Messer. Der Griff zitterte in meinen Händen. Es war meine einzige Chance, aus dem Keller zu kommen.

„Gut gemacht. Du weißt, wenn du ihn tötest, gibt es mehr Geld für mich", sagte der zweite Mann, der auf seinem Hocker gesessen hatte und seinen Stock schnitzte. Er stand auf, das scharfe Instrument in der Hand.

Ich trat von dem Schwachkopf weg und hielt mich zum Schutz mit dem Rücken an der Wand.

In dem Keller gab es keine Fenster. Der kleine Raum schloss sich um mich herum wie ein Sarg.

Meine Finger streiften den Zement und erinnerten mich daran, dass er sich nicht bewegte. Das Schwindelgefühl war nur in meinem Kopf.

Der Raum war eng, und als die Autotüren zuschlugen, rannten mir Schweißperlen über die Stirn.

„Lass mich gehen", sagte ich mit so viel Überzeugung, wie ich aufbringen konnte. „Ich habe dir gesagt, dass ich Geld habe. Ich kann dir viel mehr geben, als irgendjemand sonst dafür bekommt, dass du mich tötest."

Ich würde eine Million Lügen erzählen, wenn ich dadurch mein Leben retten könnte. Würde er darauf hereinfallen?

„Im Gegensatz zu Carter will ich dich nicht töten. Ich spiele lieber mit der Ware." Er kicherte und öffnete seinen Gürtel.

Meine Augen weiteten sich und mein Magen machte einen Purzelbaum. Ich umklammerte den Griff des Messers, bis meine Fingerknöchel weiß wurden.

„Komm her, Mädchen", sagte er und stakste auf mich zu.

Ich schrie laut und heftig. Meine Lunge brannte vor Schmerz. Morgen würde meine Kehle heiser sein, aber das war mir egal, wenn es bedeutete, dass ich den nächsten Sonnenaufgang erleben würde.

Ich schrie wieder und hoffte, die Männer von draußen in den Keller zu locken. Sie wollten mich tot sehen, und ich wollte zwar nicht unter der Erde enden, aber ich wollte auch nicht von einem Verrückten vergewaltigt werden, der auf einen Zahltag aus war.

Ich stand an der Wand, mein Blick fand nichts, die einzige Waffe zu meiner Verteidigung war eine Klinge, die kleiner war als sein geschärfter Stock.

„Wir könnten ein Spiel spielen", flüsterte er. Er packte meinen Arm und drückte ihn über meinem Kopf nach hinten und zwang die verdammte Waffe zu Boden. Wenigstens hatte er seinen Schaft nicht dabei.

Ich benötigte all meinen Mut, um die Worte aufzubringen, die er hören wollte. Konnte ich ihn überzeugen, mich gehen zu lassen? „Ich mag Spiele", sagte ich und schluckte den Kloß hinunter, der sich in meinem Hals bildete.

Seine altersschwache Hand strich über meine Wange und ich drehte meinen Kopf weg, um ihn nicht anzusehen. Er packte mich am Kinn und zwang mein Gesicht, ihn anzuschauen. „Sieht nicht so aus, als würde dir dieses Spiel besonders viel Spaß machen", sagte er.

Er lehnte sich näher zu mir, sein Körper war nur wenige Zentimeter von meinem entfernt.

Der Raum drehte sich.

War das Thermostat plötzlich hochgedreht worden? Schweiß rann über meine Haut und mein Magen zog sich zusammen.

Ich stampfte mit dem Fuß auf, aber er trug Stahlkappenstiefel, die ihm Schutz boten und nur meine Fußsohlen pochen ließen.

Ich zuckte zusammen, ließ mir aber weder mein Unbehagen noch meine Überraschung darüber anmerken, dass das Manöver nicht funktioniert hatte.

Seine Hand, die auf meinem Kinn gelegen hatte, fiel auf mein Knie. „Denk nicht einmal daran, dich zu wehren, Mädchen. Du weißt, dass du es willst." Er beugte sich zu mir.

„Ich könnte nie jemanden wie dich wollen!" Ich spuckte ihm ins Gesicht und zappelte, um seinem Griff zu entkommen.

Das Messer lag außerhalb meiner Reichweite auf dem Boden und meine Hände waren über meinem Kopf gefesselt.

Er hielt mich gefangen, und obwohl ich versuchte, mich mit meinem ganzen Körper zu wehren, war er größer und kräftiger als ich und hielt mich fest im Griff.

„Ich mag Mädchen, die sich wehren", sagte er und kicherte.

Der andere Mann, der mich vorhin angegriffen hatte und auf dem Boden lag, wurde wach.

Er packte meine Beine und hinderte mich daran, noch einmal gegen einen von ihnen zu treten.

Ich schrie wieder und der Bastard, der mich an die Wand gepresst und meine Hände über meinem Kopf geklemmt hatte, presste seine Hand auf meinen Mund.

Ich biss in seine Finger, da ich nicht bereit war, seinen Forderungen oder Verlockungen nachzugeben.

„Du Schlampe!", knurrte er, nahm seine Hand zurück und schlug mir hart ins Gesicht. „Dir werde ich es zeigen", sagte er und öffnete den Reißverschluss seiner Hose.

Schwere Schritte hämmerten auf die Decke des Kellers. „Hilfe!", schrie ich und strampelte, um mich von den beiden Männern zu befreien.

„Ariella!" Jaxsons Stimme war Musik in meinen Ohren, die süßeste Sinfonie, die ich je in meinem Leben gehört hatte.

Seine Stiefel knallten auf der Treppe. Er und seine Kumpels kamen in den Keller heruntergerannt, um zu helfen.

„Was zum Teufel?" Der Mann drehte sich um, die Hose hing ihm bis zu den Knöcheln.

Der andere Mann auf dem Boden löste den Griff von meinen Beinen und griff nach dem Springmesser, um sich zu verteidigen.

„Ich bringe dich um!", schrie Jaxson und schlug seine Faust in das Gesicht des ersten Mannes, der blutige Finger hatte. Ich hatte gar nicht bemerkt, wie tief ich zugebissen hatte. Als ich das Blut sah, musste ich würgen.

Lincoln und Mason stürmten mit Jaxson die schwach beleuchtete Treppe hinunter, entwaffneten beide Männer und setzten sie kurzzeitig außer Gefecht.

Ich warf mich in Jaxsons Umarmung.

Lincoln holte ein paar Kabelbinder heraus und fesselte die Hände der beiden Angreifer, damit sie keine Gefahr mehr darstellten.

In Jaxsons starke, warme Arme gehüllt zu sein, ließ mich entspannen. Ich rieb meine Wange an seiner Brust und schloss meine Augen, um seine Stärke zu genießen.

Lincoln räusperte sich. „Tut mir leid, dass ich die Wiedersehensfreude unterbreche, aber da draußen sind immer noch ein paar Typen mit Aiden. Wir müssen hier raus, sofort."

Lincoln ging mit gezogener Waffe als Erster die Treppe hinauf.

„Bleib hinter mir", sagte Jaxson und führte mich die Treppe hinauf. Wie sein Schatten klammerte ich mich an ihn.

Die Männer gaben sich gegenseitig Zeichen. Er nickte mir zu, damit ich ihm folgte.

Jeder Schritt, den sie machten, war still und vorsichtig, als wären sie nie hier gewesen.

Aus dem Keller ertönten Schreie. Die beiden Männer im Erdgeschoss waren aufgewacht.

„Wir müssen los, sofort!" Jaxson packte mich am Arm und zog mich mit sich, während er mich durch die Hintertür in den Wald führte.

„Wo ist dein Truck?" Ich hatte vorhin eine Autotür gehört, nicht lange bevor Jaxson herunterkam und mich rettete.

Wir rannten weiter durch den Wald und es war kein Ende in Sicht. Ich warf einen Blick über meine

Schulter. Männer in schwarzen Anzügen, mit Gewehren waren uns auf den Fersen.

„Viel zu weit." Seine Hand umklammerte meine wie eine Rettungsleine.

Er zog mich durch den Wald.

Ich war nicht gut in Form. Normalerweise hätte ich problemlos kilometerweit laufen können, aber ich wurde heute zweimal angegriffen und habe einen Unfall in einem Krankenwagen überlebt.

Es war nicht mein bester Tag.

Er zog mich fest an einen Baum, sein Körper presste sich schützend an meinen.

Kugeln zischten an unseren Köpfen vorbei. Ich erstarrte vor Schreck. Das Geräusch eines Schusses durchfuhr meinen Körper und zwang das Adrenalin, sein hässliches Haupt zu erheben.

Ich zitterte, fand aber Trost in der Wärme von Jaxsons Körper, der mich fest an die raue Rinde drückte.

Seine Umarmung war fest, schützend und warm. Seine Berührung war stark, während seine Aufmerksamkeit ganz darauf gerichtet war, mich in Sicherheit zu bringen.

Lincoln suchte sich einen Baum als Deckung.

Mason tat dasselbe.

„Wir können nicht weiterlaufen", sagte Jaxson. Er hat nicht mit mir gesprochen.

Lincoln, Mason und Jaxson begannen, mit ihren Waffen auf die Männer in Anzügen und mit Gewehren zu schießen.

„Wer sind die?" Sie sahen nicht wie die CIA aus. Sie waren nicht dieselben schmierigen Typen, die mich im Resort angegriffen oder meine Hütte niedergebrannt und mich für Geld entführt hatten.

„Kopfgeldjäger", sagte Jaxson.

Meine Hände zogen ihn näher zu mir, bereit, alles zu tun, um mich zu retten. Er machte keine Witze.

Das waren Männer, die einen Auftrag zum Töten hatten.

„Seit wann tragen Kopfgeldjäger Anzüge?", Ich versuchte, einen Witz zu machen. Wahrscheinlich war das ein schlechtes Timing, denn er drückte sich ganz an mich, sein Gesicht an meinem, und ging in Deckung, während es um uns herum Kugeln regnete.

Seine Stirn lehnte sich an meine. Meine Finger zerrten an seiner Jacke. Ich zitterte, denn den Mantel, den er mir geliehen hatte, hatte ich schon lange abgelegt.

„Du bist ja eiskalt, Scheiße." Jaxson versuchte, sich so klein wie möglich zu machen, um seine Gliedmaßen nicht über den Schutz des Baumstamms hinausragen zu lassen.

Er streifte seinen Mantel ab und legte ihn mir um die Schultern. „Du brauchst das mehr als ich." Seine Augen funkelten mit dem Charme, den nur Jaxson hatte.

Er war im wahrsten Sinne des Wortes ein Held.

„Du wirst frieren", sagte ich und versuchte, ihm zu erklären, warum ich seinen Ersatzmantel nicht nehmen wollte, da ich bereits seine letzte Jacke in Besitz genommen hatte und das nicht gut für seine Kleidung ausgegangen war.

Lincoln und Mason feuerten Schüsse auf die Männer ab. Das Geräusch der Schüsse, die auf uns zukamen, schien zu verstummen. Waren die Männer tot, verletzt oder hatten sie keine Kugeln mehr?

„Mir geht's gut", spottete er. „Bleib jetzt hier. Rühr dich nicht vom Fleck." Jaxson hob erneut seine Waffe und feuerte mehrere Schüsse ab, bevor Stille eintrat.

War es vorbei?

Ich lehnte mich zitternd an den Stamm des Baumes. Mir wurde wärmer, als ich meine Arme in seinen

Mantel schob, aber ich konnte mich nicht bewegen, zu groß war die Angst, dass die Männer sich tot stellten.

Was, wenn sie nur darauf warteten, dass wir uns bewegten, um aus dem Versteck zu schleichen und mich zu erschießen?

„Alles klar!", rief Aiden von der Stelle aus, an der vorhin die Kugeln geflogen waren.

„Keine Bewegung", sagte Jaxson.

Wortlos nickte ich. Ich konnte damit umgehen, mich nicht zu bewegen. Darin war ich gut, besonders jetzt, wo mein Körper nicht mitspielte. Selbst wenn ich laufen wollte, traute ich mir das nicht zu.

Der Stamm des Baumes hielt mich aufrecht. Ich drückte mit meinem Gewicht fest dagegen. Ich ließ meine Finger über das Holz streifen und prägte mir jedes Detail ein, die Textur an meinen Fingerspitzen - alles, um mich von dem abzulenken, was gerade passiert war.

Jaxson steckte seinen Kopf heraus und legte seine Hände auf meine Hüften, während Mason, Lincoln und Aiden durch den Wald zurück zur Hütte liefen, von der aus die Schüsse gefallen waren.

„Die Luft ist rein", sagte Mason.

Jaxson löste nicht einmal seinen Griff oder bewegte sich weg, wie ich dachte. Er hielt mich fest und beschützte mich. War er besorgt, dass es noch nicht vorbei war? Dachte er, ich könnte nicht auf mich selbst aufpassen?

Sein Kiefer war fest, kantig und verkrampft. „Wir haben die beiden Schläger gefesselt zurückgelassen. Es wird nicht lange dauern, bis sie sich rächen wollen. Solche Jungs mögen es nicht, wenn sie verlieren."

„Toll", murmelte ich leise vor mich hin.

„Sie haben ihre Rache bekommen, und das nicht zu knapp. Sie brauchen einen Leichensack", sagte Aiden und zeigte auf die beiden Männer, die in einer Blutlache auf dem schneebedeckten Boden lagen.

Ich zitterte.

„Es ist vorbei", sagte Jaxson. Seine Schultern entspannten sich. Die Anspannung fiel von ihm ab.

Die Wärme der Sonne begann zu schwinden, als sie unterging. Ich fühlte mich nicht ganz wohl. „Ist es das?", flüsterte ich.

Die Männer aus dem Resort, die Schläger, die mich vorhin überfallen hatten, erwarteten vier Millionen Dollar, und ich hatte keinen Cent.

————

Jaxson hielt mich fest. Seine Hand schloss sich um meine. Wir warteten vor der Hütte, in die ich geschleift und fast vergewaltigt worden war, auf die Polizei.

Ich freute mich nicht darauf, meine Aussage zu machen. Ich wollte das Trauma nicht noch einmal durchleben.

Alles, was ich wollte, war, nach Hause gehen und ein warmes Bad nehmen.

Aber ich hatte kein Bad mehr. Zum Teufel, ich hatte auch kein Haus mehr.

Als die Polizei endlich kam, ließ sie sich viel Zeit. Die Jungs von Eagle Tactical mussten ihre eigenen Fragen zu dem Vorfall beantworten, genau wie ich.

Es gefiel mir nicht, von ihnen getrennt zu sein, besonders nicht von Jaxson, aber wir waren draußen und nur ein paar Meter entfernt. Ich konnte ihn sehen, aber nicht in seinen warmen Armen geborgen zu sein, machte es schwierig.

Gerade als die letzten Erklärungen abgegeben wurden, kam Declan mit seinem Truck vorbei und bot uns an, uns mitzunehmen.

Ich kletterte auf den Rücksitz, eingeklemmt zwischen Jaxson und Lincoln.

Aiden schnappte sich den Vordersitz.

Mason räusperte sich.

„Tut mir leid, Mann, wir haben keinen Platz", scherzte Lincoln mit Mason.

„Sieht so aus, als würde Mason auf Jaxsons Schoß sitzen", grinste Aiden.

Jaxson verdrehte die Augen.

„Du stöhnst, weil du weißt, dass es wahr ist", sagte Aiden.

Jaxsons Blick traf den meinen. „Du wirst auf dem Rückweg zum Eagle Tactical auf meinem Schoß sitzen müssen."

„Okay", antwortete ich ein wenig zu schnell. Sie haben es nicht bemerkt. Jaxson rührte sich nicht von seiner Position an der Seite und ich rutschte auf seinen Schoß.

Lincoln rutschte rüber und machte Platz für Mason. Er joggte hinten um den Truck herum, und Declan machte sich mit offener Tür auf den Weg, um ihn zu ärgern.

„Sei kein Arsch!" Mason jagte dem Truck hinterher, bevor Declan sanft zum Stehen kam und Mason dazu brachte, einzusteigen, während sich das Fahrzeug noch bewegte. Auch wenn es nicht schnell fuhr, konnte ich mir ein Grinsen nicht verkneifen. Er hatte es ein wenig verdient.

Mason stürzte sich in den Truck und schlug die Tür zu.

„Sind alle da?", Declan warf einen Blick in den Rückspiegel und zählte kurz die Leute, bevor er das Gaspedal durchdrückte und abhaute.

Auf dem Rücksitz war es etwas zu gemütlich. Ich rutschte auf Jaxsons Schoß und meine Wangen brannten von der Hitze oder seiner Nähe.

Alle Männer von Eagle Tactical waren eine Augenweide. Auf dem Rücksitz auf Jaxsons Schoß zu sitzen und praktisch zwischen Lincoln eingeklemmt zu sein, war gar nicht so schlecht. Auch Mason war mir ans Herz gewachsen. Er hat mir das Leben gerettet, selbst nachdem ich mich ihm gegenüber wie ein Arsch verhalten hatte. Ob er das verdient hatte, darüber lässt sich streiten.

„Danke, Leute", flüsterte ich und meine Hände zitterten.

Jaxsons starke, warme Arme lagen an meiner Taille, mit seinen Fingern umfasste er meine Hüften. Alles in mir brannte wie Feuer, aber mein Herz tat weh und war von Zweifeln geplagt. Er war gegangen, nachdem wir intim gewesen waren, ohne ein Wort des Abschieds zu sagen. Wie konnte ich ihm dieses Vergehen verzeihen?

Sollte ich ihm verzeihen?

Er hat mir das Leben gerettet. Ich verdankte ihm mein Leben, aber schuldete ich ihm auch mein Herz?

„Das ist alles an einem Tag zu schaffen", sagte Mason. Er schenkte mir ein schwaches Lächeln. Hatte er keinen Hass mehr auf mich? Das musste eine gute Nachricht sein, besonders wenn ich Jaxson wiedersehen würde.

Zwiespältig war die Untertreibung des Jahrhunderts. Alles an Jaxson war perfekt, aber ich war ein Wrack. Er hatte etwas Besseres verdient, jemanden, der ihn glücklich machte.

Er hatte eine Tochter, und dann war da noch Emma.

Die Jungs lachten und scherzten auf dem Rest der Fahrt zurück zum Eagle Tactical. Ich saß still da und war in meine Gedanken und die Hitze des Moments zwischen Jaxson und mir versunken. Sein Schoß war warm und bequem, seine Umarmung sogar noch magischer.

Ich wimmerte enttäuscht, als wir ankamen und ich aus dem Truck klettern musste. Ich hatte gedacht, niemand hätte mich gehört, aber Jaxson hob neugierig eine Augenbraue.

Ich schloss schnell meine Lippen und blickte gedemütigt weg.

Die Jungs stiegen alle aus dem Truck.

„Ich brauche eine Mitfahrgelegenheit zu meinem Fahrzeug", sagte Lincoln.

„Ariella und ich brauchen eine Mitfahrgelegenheit zu meinem Haus", sagte Jaxson und hatte schon beschlossen, dass ich mit ihm gehen würde.

Ich war mir nicht sicher, wohin ich gehen sollte und was als Nächstes passieren würde. Ich hatte kein Haus mehr. Alles war bei der Katastrophe verbrannt. Ich hatte noch eine Verabredung mit Schlägern, die vier Millionen Dollar wollten, die ich verpasst hatte, und ein Handy, das bei der Schlägerei im Resort zertrümmert worden war.

Mein Leben war ein einziges Durcheinander.

„Lincoln, ich fahre dich, wenn du mich zum Essen einlädst", scherzte Aiden.

„Gut. Es gibt nie einen langweiligen Moment oder einen freien Tag", sagte Lincoln.

Declan eilte zu Jaxson und mir hinüber. Er steckte seine Hand in die Jackentasche und holte ein Smartphone heraus. „Ein kleines Geschenk. Du kannst Jaxson später danken", sagte Declan mit einem Augenzwinkern. Er reichte mir das Telefon. Mir blieb fast der Mund offen stehen.

„Ich verstehe nicht, was du meinst", sagte ich. Meine Finger strichen über den Kristallbildschirm. Es schien brandneu zu sein. Es gab keine Kratzer oder Schrammen, es war in einem tadellosen Zustand. Es war besser als mein Klapphandy.

„Als du erwähnt hast, dass dein Handy zerstört wurde, habe ich ihm geschrieben und ihn gebeten, dir ein neues Handy zu besorgen. Er hat auch dafür gesorgt, dass niemand sonst deinen Aufenthaltsort zurückverfolgen kann. Abgesehen von uns", sagte Jaxson. Er lachte.

Ich war mir nicht sicher, ob er einen Scherz machte oder nicht. Es war mir egal. „Danke", sagte ich zu beiden Männern. Sie hatten mir das Leben gerettet. Wenn sie mir einen Peilsender implantieren oder einen in mein Telefon einbauen wollten, war ich ihnen ausgeliefert. Ich war es ihnen schuldig.

Declan gestikulierte auf das Telefon in meiner Hand. „Wir haben es mit deinem aktuellen Telefonvertrag verknüpft. Es ist bereits aktiv und jeder, der dich erreichen will, wird es können."

Mason eilte zu uns herüber. „Soll ich dich noch nach Hause fahren?"

Jaxson zog mich fester an sich. Der Wind peitschte durch die Luft und stach mir in die Wangen, aber seine Nähe wärmte mich. „Ja, wir könnten beide eine Fahrt zu mir nach Hause gebrauchen.

Ich schlurfte mit den Füßen und schob meine Hände in meine Manteltaschen. Jaxsons Geruch umgab mich, besonders auf seinem Mantel. Er musste frieren, aber er verbarg es ziemlich gut. Hat er immer so getan, als wäre er der harte Kerl?

„Folge mir", sagte Mason und eilte zu seinem Truck.

Jaxson ergriff meinen Arm und verschränkte unsere Hände miteinander, während er mich zu Masons Truck führte und die Hintertür öffnete.

Ich ließ mich auf den Rücksitz gleiten, das Leder kühlte meinen Hintern und ließ mich ungewollt frösteln. Ich hatte kein Zuhause, zu dem ich zurückkehren konnte, aber wenn Jaxson darauf bestand, dass ich mit zu ihm kam, würde ich nicht nein sagen.

Ich wollte nicht allein sein, bis ich wusste, dass ich nicht mehr in Gefahr bin.

Jaxson schloss die Tür für mich und kletterte auf den Vordersitz. Mason ließ den Truck an und fuhr vom Parkplatz weg.

„Setze Ariella bei mir zu Hause ab, dann legen wir einen Zwischenstopp ein, nur du und ich", sagte Jaxson.

Wo wollten sie denn hin, nachdem sie mich abgesetzt hatten? Ich entspannte mich auf dem Rücksitz und starrte aus dem Fenster, als wir den Bergpass hinauffuhren. Ich holte das neue Handy aus meiner Tasche und fuhr mit dem Finger durch die Inhalte, die er aus der Cloud geladen hatte, darunter auch meine Kontakte.

Ich hatte mehrere verpasste Anrufe und ein paar SMS von Emma, die mich fragte, wo ich sei und ob alles in Ordnung sei. Ich würde sie heute Abend zurückrufen, wenn ich ein paar Minuten für mich hatte.

Ich überprüfte meine Sprachnachrichten und hatte ein flaues Gefühl im Magen, als ich hörte, wie meine

Chefin, Bridget Sanders vom Blue Sky Resort, mich feuerte. „Scheiße."

„Was ist das?", fragte Mason. Er schaute mich im Rückspiegel an.

Meine Wangen brannten. Jaxson war nicht glücklich darüber, dass ich vor Izzie geflucht hatte. Es war eine unangenehme Angewohnheit, die ich mir nur schwer abgewöhnen konnte.

„Ich bin gerade gefeuert worden." Ich löschte die Nachricht und schaltete den Bildschirm meines Telefons aus, indem ich den Knopf an der Seite drückte, um es auf lautlos zu stellen. Ich wollte von niemandem mehr etwas hören. Meine Stimmung verschlechterte sich.

„Ich kann nicht glauben, dass sie dich gefeuert haben", sagte Jaxson.

Masons Blick begegnete meinem wieder und konzentrierte sich einen Moment später wieder auf die Straße. „Warte. Sie wissen wahrscheinlich nicht, was passiert ist, dass du entführt wurdest und nicht zur Arbeit kommen konntest. Du kannst ihnen nicht vorwerfen, dass sie im Dunkeln tappen. Wenn du mit deinem Chef sprichst, bekommst du sicher deinen alten Job zurück."

Dieser blöde Ort und der Job waren mir völlig egal. Die Bezahlung war beschissen, aber es war ein Job. „Das bezweifle ich. Sie haben mich gefeuert, weil ich ihrer Meinung nach in meinem Lebenslauf gelogen habe, weil ich weder meinen Familiennamen noch meinen früheren Arbeitgeber angegeben habe." Ich fuhr mir mit den Fingern durch mein ungekämmtes Haar und zupfte mit einem Stöhnen an den Strähnen. „Sie sagt, ich sei eine zu große Belastung."

Mason und Jaxson tauschten einen stummen Blick aus.

„Es hört nie auf", zeterte ich. Meine Finger gruben sich in den Ledersitz. Als ob das das Schlimmste meiner Probleme wäre. „Diese Männer werden nach ihrem Geld suchen." Ich hatte die Übergabe bei Sonnenuntergang noch nicht gemacht.

Jaxson bewegte sich auf dem Beifahrersitz und drehte sich zu mir um. „Du stehst unter unserem Schutz. Das möchten wir klarstellen."

# KAPITEL VIERUNDZWANZIG

JAXSON

Mein Blut kochte, als ich hörte, dass Ariella aus dem Resort gefeuert worden war.

Sie war zu gut für sie, überqualifiziert, um Toiletten zu putzen und Bettlaken zu wechseln.

„Ich stehe unter deinem Schutz?", Ariellas leises Flüstern blieb ihr in der Kehle stecken. Ich konnte sie fast nicht hören, aber ich bemühte mich, jedes Wort zu verstehen.

„Natürlich." War ihr denn nicht klar, wie viel sie mir schon bedeutete? Ich mochte eine Frau, die einen Schrank voller Geheimnisse hatte. Würde sie mich jemals hineinlassen?

Declan hatte Lincoln und mir eine SMS mit den Informationen geschickt, die er in der Ferienanlage gesammelt hatte. Durch die Überwachung hatte er die beiden Männer, die Ariella im Resort angegriffen hatten, schnell identifizieren können.

Sie wurden als „Außenseiter" bezeichnet, die am Rande der Stadt in einer Kommune zusammenleben.

Ich kannte ein paar von ihnen durch meine Arbeit bei Eagle Tactical. Sie waren in der Regel harmlos, fürchteten Autoritäten und waren zurückgezogen lebende Menschen, die jeden mieden, der nicht zu ihnen gehörte.

Einfach ausgedrückt: Sie waren zwielichtig.

Warum hatten sie es auf Ariella abgesehen?

Waren sie auch Opfer des Schneeballsystems gewesen?

Wir hatten immer noch nicht alle Antworten, obwohl es so aussah, als ob ihr Ex-Mann nicht zu Recht verurteilt worden war, deuteten die Beweise immer noch auf ihn hin.

Hatte die CIA ihm eine Falle gestellt? Hatten sie vor, auch Ariella eine Falle zu stellen, und sie war nur durch einen anständigen Anwalt davongekommen?

Mason bog in die Straße zu meinem Haus ein. „Ich bringe sie rein", sagte ich. Mason ließ den Motor laufen und ich sprang aus dem Truck, sobald er zum Stehen kam.

Ich öffnete Ariella die Hintertür des Trucks und reichte ihr meine Hand. Ihr Blick fiel auf den Schnee und den Schneematsch, als sie aus dem Truck kletterte.

Ich hielt sie fest und konnte den Rauch des Feuers an ihrer Kleidung und Haut riechen. Das kitzelte mich in der Nase. Wahrscheinlich brauchte ich auch eine Dusche.

„Komm mit rein." Ich führte sie zu meiner Haustür, schloss den Riegel auf, entschärfte die Alarmanlage und führte sie hinein.

Sie zog erst ihre Winterstiefel und dann meine Jacke aus und reichte sie mir. „Vielen Dank dafür", sagte sie.

Die Energie, die ich in mir hatte, ließ mich vergessen, wie kalt es draußen war und wie taub meine Finger waren. Ich schlüpfte in die Jacke und roch eine Mischung aus ihrem weiblichen Duft und Rauch.

Skylar eilte die Treppe hinunter und blieb auf halbem Weg stehen, die Hand auf dem Geländer. „Ist alles in Ordnung?"

„Ja. Danke, dass du auf Izzie aufgepasst hast. Ariella wird bei uns bleiben." Ich habe nicht gesagt, für wie lange. Wir hatten das nicht besprochen, aber die Tatsache, dass ihr Haus ein Haufen Asche war, zeigte, dass es nicht nur ein paar Tage sein würden. „Kannst du sie in mein Schlafzimmer bringen, damit sie sich umziehen kann? Sie möchte vielleicht duschen und sich frisch machen. Ich bin sicher, du weißt, wo die Wäsche liegt."

Skylar hat schon oft genug bei mir übernachtet und kannte sich in meinem Haus aus.

„Ich werde ihr alles zeigen", sagte Skylar.

„Danke", sagte Ariella. Mit leisen Schritten näherte sie sich der untersten Treppe, drehte sich um und warf einen Blick über ihre Schulter auf mich. „Ich werde hier sein, wenn du zurückkommst."

„Ich erwarte nichts anderes. Ich werde die Alarmanlage einschalten. Mach niemandem die Tür auf, ist das klar?"

„Ja", sagten sie beide unisono.

Ich wollte Ariella in meine Arme ziehen, den Schmerz weg küssen, die Sorgen und Zweifel, die sich in ihr Gesicht gebrannt hatten. Stattdessen schaltete ich die

Alarmanlage ein, eilte aus der Haustür und schloss sie mit meinem Schlüssel ab.

Mason saß im Truck und schlug mit seinen Fingern auf das Lenkrad. Ein klirrender Schauer überlief meine Wirbelsäule. Ich zitterte und joggte zum Truck.

„Bist du bereit, ein paar Ärsche zu treten?"

„Hoffen wir, dass es nicht dazu kommt."

Mason änderte unseren Kurs und fuhr zurück zum Bergpass.

Wir fuhren noch eine Meile weiter nach Norden und bogen dann scharf links auf einen schneebedeckten Weg ab, der etwas zu schmal für den Truck war.

Dünne Äste schlugen auf den Truck ein, während wir durch das Dickicht fuhren. Mason schien sich nicht im Geringsten daran zu stören. Wäre es mein Truck gewesen, hätte ich lieber einen Spaziergang in der Kälte gemacht, als den Lack zu zerkratzen.

Mason warf mir einen Blick zu, als wir ausstiegen. Wir waren nur zu zweit. Wir sind nicht gekommen, um zu kämpfen, sondern um zu warnen.

Mit der Hand an meinem Halfter und Mason an meiner Seite gingen wir die schneebedeckte Steinauffahrt entlang.

Meine Stiefel knirschten im Schnee, der von den vielen Fahrzeugen, die über das Gelände fuhren, zu Matsch wurde.

Die Kommune beherbergte mehr Familien, als mir wahrscheinlich bewusst war. Ich kannte mindestens sechs, die in dem Komplex lebten, aber es gab noch viel mehr, die ich nicht kannte.

Das äußere Gebäude war aus Holz, und auf den ersten Blick wirkte es groß und stilvoll. Wahrscheinlich war es vor mehreren Generationen für eine wohlhabende Familie gebaut worden. Es war auf das Nötigste reduziert worden, also ohne fließendes Wasser, Heizung oder Strom.

Ariella hatte gedacht, ihre Hütte sei spärlich.

Zwar hatten sie ein großes Grundstück und ein Dach über dem Kopf, aber drinnen gab es nicht viel. Es war so einfach, wie es nur sein konnte.

Ich war ab und zu drinnen und hoffte, dass das heute nicht der Fall war. Im Inneren roch es immer muffig und faulig, wie in einer Zeltstadt im Sommer, wo es nach Urin stinkt.

Neben dem Vordereingang, der immer weit offen stand, stand eine Wache mit einer Schrotflinte, deren Tür wahrscheinlich zerstört und nie ersetzt wurde.

„Ich bin's, Jayden", sagte ich mit leiser Stimme.

„Wie willst du das spielen?", fragte Mason und schaute mich aus den Augenwinkeln an.

„Eng, aber vorsichtig. Er ist nicht mehr derselbe, der er früher war."

Wir hatten mit Jayden im Militär gedient. Er war ein Kumpel von uns, aber nach dem Krieg hatten wir den Kontakt verloren. Er hatte das Gelände bewacht. Ich dachte immer, er würde auf der richtigen Seite des Gesetzes stehen, aber er lehnte eine Einladung ab, mit uns bei Eagle Tactical zu arbeiten.

Wir haben nie verstanden, warum.

Ich ging zuerst auf Jayden zu, mit Mason an meiner Seite, um mich zu verteidigen.

Jayden rührte sich nicht von seiner Position an der Tür und hielt Wache. „Was führt die Jungs von Eagle Tactical heute hierher?" Sein Blick schweifte über mich und blieb an meinem Halfter hängen. „Du bist bewaffnet gekommen?"

„Mache ich das nicht immer?" Ich bin nirgendwo hingegangen, ohne mich warm einzupacken. „Wir sind hier, um mit Ian Connor und Seth Rogers zu sprechen."

Ein Blick auf das Überwachungsmaterial, das auf mein Handy geschickt wurde, ich kannte diese Männer. Sie waren Dreckskerle, aber keine Erpresser. Die Tatsache, dass sie ein Mädchen, Ariella, verprügelt hatten, war nicht ihre typische Vorgehensweise.

Jayden verlagerte das Gewicht auf seinen Füßen. Ich hielt das für ein Zeichen von Unbehagen, obwohl sein Gesicht ausdruckslos und emotionslos wirkte. „Worüber?"

„Deine Jungs haben einen von uns bedroht und angegriffen", fauchte ich zwischen zusammengebissenen Zähnen. Ich trat näher, ballte eine Hand zur Faust, zog mit der anderen meine Waffe und drückte sie Jayden ins Gesicht.

„Du wirst mich hineinlassen." Ich hatte genug von seinen kindischen Spielchen und Mätzchen.

Mason räusperte sich und legte mir eine Hand auf den Arm. „Jaxson." Sein Tonfall ermahnte mich, mich zu beruhigen oder abzureagieren.

Wir waren nicht auf ein Feuergefecht aus, aber ich würde sie verdammt noch mal dazu bringen, wenn sie Ariella noch einmal ansehen würden.

„Ist das eine offizielle Angelegenheit von Eagle Tactical?", fragte Jayden.

Ich ließ meine Waffe sinken, stieß Jayden mit der Schulter gegen die Brust und stieß ihn rückwärts gegen den Türrahmen.

Ich habe nicht auf eine Einladung gewartet. Ich stürmte durch den Vordereingang. „Ian Connor! Seth Rogers!" rief ich und ließ die Bastarde wissen, dass ich ihretwegen gekommen war.

Mason war an meiner Seite. „Bist du sicher, dass du das tun willst?", flüsterte er.

Ich würde nicht zulassen, dass meinem Mädchen etwas passiert. Wir würden schnell sein und dann nach Hause gehen und Feierabend machen. Ich würde mich unter die Dusche stellen, das kochende Wasser über meinen Körper laufen lassen und meine Sünden wegwischen - jede Einzelne.

Ian schlenderte um die Ecke, die Hände in die Jeans gesteckt und die Schultern nach vorn gebeugt . „Was bringt euch Jungs in meine Gegend?", fragte er. Er kam näher, gerade außerhalb meiner Reichweite, und ließ sich viel Zeit.

Ich kniff die Augen zusammen wie ein Falke und konzentrierte mich nur auf Ian. „Die Tatsache, dass du nicht gelernt hast, wie man eine Dame mit Respekt behandelt", sagte ich.

Ich steckte meine Waffe in das Holster an meiner Hüfte und packte ihn an den Schultern, sein dünnes und fadenscheiniges T-Shirt war zerrissen. Ich zwang seine Knie auf den Boden und stieß mein Bein hart nach oben. Mein Knie erwischte sein Kinn, als ich auf ihn eindrosch. Als ich ihn auf den Boden drückte, rang er darum, von mir wegzukommen.

„Lass mich los!" Ian versuchte, sich aus meinen Fängen zu befreien.

„Was? Magst du es nicht, wenn man dich anfasst? Du solltest deine dreckigen Pfoten von meinem Mädchen lassen", knurrte ich ihn an. Er trat nach mir und schwang seine Füße aus, um mich auf den Hintern zu stoßen. „Bastard."

„Ich? Du kommst in mein Haus", sagte er und schnappte nach Luft, „und greifst mich an!"

Ich ignorierte die Leute, die herumstanden und uns dabei zusahen, wie wir in der Mitte wie wilde Tiere kämpften.

Für das, was er Ariella angetan hatte, verdiente er eine ordentliche Tracht Prügel. Ich wollte, dass er sich an den Schmerz erinnert.

„Brauchst du Hilfe?", fragte Mason. Er verschränkte die Arme vor der Brust und ragte in die Höhe.

Er schien die Show zu genießen. „Halt einfach Ausschau nach dem anderen Arschloch", murmelte ich.

„Ich beobachte ihn schon", sagte Mason. Seine Augen waren auf ihn gerichtet, und ich blickte durch den großen Raum und sah Seth an. Mason schlenderte durch den Raum und ich musste ihn nicht beobachten, um zu wissen, dass er sich um ihn genauso kümmern würde, wie ich mich um Ian kümmerte.

Ich holte mit der Faust aus und versetzte Ian einen Schlag ins Gesicht, der ihn kurzzeitig betäubte. Ich stand auf, denn ich würde nicht herumliegen, wenn ein Mann einen Tritt in den Hintern braucht.

„Welches Mädchen will schon so einen wie dich?", fragte Ian und stand auf. Er stürzte sich auf mich und stieß mit dem Kopf in meinen Magen, sodass ich rückwärts fiel. Ich stolperte über jemanden, der seinen Fuß ausstreckte und Ian die Hand reichte.

„Verdammte Mistkerle", knurrte ich und stemmte mich mit den Händen auf den Boden, um aufzustehen, als ich merkte, dass meine Hüfte eiskalt war und meine Waffe weg war.

Ich warf einen Blick über die Schulter und sah, dass der Lauf meiner Waffe in den Händen von Emma

Foster, der leiblichen Mutter meiner Tochter, auf mich gerichtet war. Dieselbe Frau, der ich gesagt hatte, sie solle die Stadt verlassen.

Was zum Teufel hatte sie hier zu suchen?

„Steh auf." Emma hielt meine Waffe. Ihre Hände zitterten, als sie sie auf mich richtete.

Langsam und behutsam stand ich auf und achtete darauf, keine plötzlichen Bewegungen zu machen. „Gib mir die Waffe." Ich streckte meine Hand aus und wartete darauf, dass sie die Kontrolle über die Waffe abgab.

Die Brünette mit den braunen Augen, die mich einmal verzaubert hatte, würde das nie wieder tun.

„Nein." Sie weigerte sich, den Lauf meiner Waffe zu senken.

So soll es sein. Ich würde nicht dastehen und darauf warten, dass sie mich erschießt, ob aus Versehen oder nicht. Wenn ich es mir recht überlege, wäre es vielleicht gar kein Unfall, wenn sie nach Breckenridge zurückgekehrt wäre, um Izzie zurückzuholen.

„Letzte Chance, Emma, oder ich breche dir den Finger." Niemand hat behauptet, ich hätte sie nicht gewarnt.

Sie schnaufte leise vor sich hin. „Ich habe die Waffe, Jaxson", sagte sie und erinnerte mich daran, dass sie dachte, sie hätte die Macht.

Ich hatte beim Militär ein Überlebenstraining. Mit einem Faultiergriff, vier Fingern und ohne meinen Daumen zu benutzen, schlug ich meine rechte Hand gegen ihr Handgelenk. Mit der linken Hand drehte ich die Waffe aus ihrer Handfläche und wandte sie ihr zu.

„Scheißkerl!", schrie sie und ich zwang ihren Daumen am Abzug dazu, ihre Finger zu brechen.

„Ich habe dich gewarnt."

Hinter mir ertönte Jaydens überwältigende Präsenz, seine Schritte waren kein bisschen leise. „Verschwinde!", rief ich.

Jayden hob seine Hände. „Ich sehe nur nach dem Mädchen." Er legte ihr einen Arm um die Schultern und führte sie von der Menge weg, um sich um sie zu kümmern.

Wut stieg in mir auf. Was hatte Emma in der Kommune zu suchen? Wohnte sie jetzt hier?

„Du kennst Emma?", fragte Ian mit einem Lächeln im Gesicht, lachte leise vor sich hin und zuckte zusammen, nachdem er eine Tracht Prügel bezogen hatte. „Natürlich, kennst du sie. Wir alle kennen sie. Das Mädchen bläst großartig."

Ich rammte ihn kopfüber und schleuderte ihn zu Boden, wo er sich auf dem Boden wälzte. Meine Fäuste knallten gegen seine Brust, ein Schlag nach dem anderen.

Ich war nicht glücklich mit Emma, aber noch weniger mochte ich die Art, wie Ian über sie sprach. „Du wirst lernen, Frauen zu respektieren."

„Ich respektiere sie. Ich respektiere, dass sie mich reiten dürfen", sagte er und grinste.

Ian wusste genau, was er sagen musste, um mir unter die Haut zu gehen. Er schlug seine Stirn nach oben gegen meine, warf mich kurz zurück und versetzte mir einen Schlag auf die linke Wange.

Ich hatte nicht damit gerechnet, dass er ein gutes Spiel machen würde.

Scheiße, das tat weh.

Kichernd stieß er mich von sich.

Ich stolperte rückwärts. Mein Kopf pochte, obwohl ich bereit war, ihm in seinen dürren Arsch zu treten, bis er verblutet war, waren wir nicht deshalb hier.

Wir waren hier, um sie zu warnen und ihnen klarzumachen, dass sie unter unserem Schutz stand. „Ariella ist tabu. Du und deine Kumpels bleiben weg, oder ihr bekommt es mit Eagle Tactical zu tun." Ich habe mich laut und deutlich ausgedrückt, damit alle, die sich nicht in dem Komplex aufhalten, wissen, dass sie sich mit uns allen anlegen, wenn sie sich mit ihr anlegen.

„Gut, behalte deine kleine Ariella im Auge. Wir haben Emma für eine gute Zeit", sagte Ian und zwinkerte ihr zu. Er versuchte, mich zu provozieren.

Ich holte zu einem weiteren Schlag aus und landete auf seiner Brust. Ich rammte ihm mein Knie in die Leistengegend und sah zu, wie er sich überschlug und auf dem Boden zusammenbrach. Ich starrte zu Boden und wartete darauf, dass er wieder aufstand.

Er stöhnte und weinte wie ein kleines Baby. Er war auf jeden Fall am Leben und entdeckte gerade das Brennen eines guten Arschtrittes.

Mason hatte Seth im Schwitzkasten, der Außenseiter auf den Knien. „Wie hast du herausgefunden, wer Ariella ist?"

Seths Hände fuchtelten und Mason lockerte seinen Griff, damit er antworten konnte.

Er hustete und schnappte nach Luft, beugte sich vor und stützte seine Hände auf die Knie. „Im Lumberjack Shack haben Ian und ich zufällig gehört, wie zwei Typen über sie geredet haben, dass sie stinkreich ist. Emma erwähnte, dass sie mit ihrer Freundin Ariella etwas trinken geht. Wir haben zwei und zwei zusammengezählt. Wie viele Ariellas kann es wohl in Breckenridge geben? Eine Google-Suche brachte den Rest der Informationen ans Licht. Wir dachten, es wäre ein einfacher Zahltag und ein Neuanfang für uns alle."

Mason ließ langsam los und warf den Schläger auf den Boden.

Ich nutzte die Gelegenheit, um einen Schritt nach vorn zu machen, hockte mich hin, nahm sein Hemd in die Hand und knurrte ihn an. Ich ignorierte seinen Gestank, den Geruch von Pisse und Dreck, der mir in der Nase brannte. „Ariella steht unter unserem Schutz. Wenn du sie auch nur schief ansiehst, findest du dich in einem unmarkierten Grab wieder."

„Ich habe dich gewarnt", sagte Mason und stellte sich neben mich. „Nächstes Mal werden wir nicht so nett sein." Er klopfte mir auf die Schulter, eine stumme Botschaft, dass wir fertig sind und das Arschloch gehen lassen sollen.

Die Menge zerstreute sich, da sie nicht mehr daran interessiert war, ob es zu einer Schlägerei kam. Emma habe ich nicht gesehen. Jayden kümmerte sich wahrscheinlich um ihre Wunden.

Nachdem wir uns klar und deutlich ausgedrückt hatten, verließen wir das Gelände und machten uns auf den Weg zum Truck.

„Hör zu", sagte ich und stieg in das Fahrzeug. „Nach dem, was heute Abend passiert ist, und der Tatsache, dass Emma auf dem Gelände war, tu mir einen Gefallen und sag nichts zu Ariella. Die beiden sind befreundet und ich will die Sache nicht noch komplizierter machen."

Ariella war empfindlich, obwohl sie durch die Hölle gegangen war, wollte ich nicht, dass sie Emmas Beweggründe für ihre Freundschaft infrage stellte. Das wäre meine Aufgabe, nicht ihre.

Mason startete den Motor und trat das Gaspedal durch. „Es ist ja nicht so, dass ich jeden Morgen mit ihr Kaffee trinke. Apropos, ich bin überrascht, dass du nicht erwähnt hast, dass wir jemanden wie sie in unserem Team gebrauchen könnten: Ex-C.I.A. Überwachungsfähigkeiten und sie braucht einen Job."

„Daran habe ich auch schon gedacht." Ich war mir nicht sicher, ob die Jungs darauf eingehen würden. Wir waren immer auf der Suche nach Talenten und Leuten, denen wir vertrauen konnten.

„Ich werde mit den anderen reden, aber ich glaube, unter einer Bedingung könnte es klappen."

Da war er, der Haken, der mir den Magen verdarb. „Und die wäre?"

Tief im Inneren kannte ich die Antwort bereits. Wir waren gleichberechtigte Eigentümer von Eagle Tactical, die Jungs und ich. Sie würde unsere Angestellte sein.

„Ihr beide müsst es professionell halten. Wenn sie für uns arbeitet, dann bist du ihr Chef. Wenn du mit ihr schläfst, musst du damit rechnen, dass die Dinge noch komplizierter werden, als sie ohnehin schon sind", sagte Mason.

Mein Kiefer krampfte sich zusammen. Ich mochte seine dummen Regeln nicht, aber er war vernünftig. Ich musste an das Team und Ariella denken und daran, was das Beste für sie war, nicht für mich. „Nur Freunde."

Konnte ich sie gehen lassen, weil es in ihrem besten Interesse war? Der Gedanke zerriss mich innerlich. Aber eine Beziehung war viel gefährlicher. Sie würde im Büro sein, ich im Einsatz, und wir konnten nicht zulassen, dass unsere Gefühle unsere Missionen behinderten.

Fehler können Leben kosten.

Ablenkungen waren tödlich.

„Richtig." Mason warf mir einen Blick zu, als wir auf die Straße zu meinem Haus abbogen. „Kannst du deine Hosen anbehalten, solange ihr beide zusammen wohnt?"

# KAPITEL FÜNFUNDZWANZIG

ARIELLA

Jeder Zentimeter des Hauses roch nach Jaxson, moschusartig und intensiv. Es kitzelte meine Nase.

Durch die riesigen Glasfenster konnte man auf den Wald blicken, als die Nacht hereinbrach, gab es nicht mehr viel zu sehen.

Konnte uns jemand sehen, der den Berg hinaufkam?

Jaxson hatte mich nicht gewarnt, die Vorhänge zu schließen oder das Licht auszuschalten. Er hatte die Alarmanlage für das Haus aktiviert. Wir würden sicher sein. Das musste ich glauben, sonst würde ich mich nie wieder beruhigen können.

„Komm schon", sagte Skylar und stapfte die Treppe hinauf.

„Daddy?" Izzie kam um die Ecke. Ihre Augen leuchteten auf, als sie mich erblickten. Sie quietschte und sprang, mit großen Augen und geröteten Wangen. Als sie ihre Arme in die Luft warf, damit ich sie festhalten konnte, beugte ich mich hinunter und drückte sie an meine Brust.

„Dein Papa wird bald nach Hause kommen", sagte ich. Sie drückte mich fest an sich und mein Körper schmolz unter ihrer Unschuld dahin.

Ihre Welt war durch Jaxson beschützt. Sie wusste nichts von den Gefahren des Bösen und zu welchen Gräueln Menschen fähig waren.

„Spielst du mit mir?" Ihre Hand umklammerte meine und zog mich in ihr Zimmer. Ich musste duschen, mich anziehen und aufräumen, aber ich konnte nicht Nein zu ihr sagen.

Skylar stellte sich zwischen uns und unterbrach Izzies Griff um meine Hand. „Isabella, ich bin mir sicher, dass Ariel etwas Besseres mit ihrer Zeit anzufangen weiß.

„Bist du die kleine Meerjungfrau?" Izzie begann auf und ab zu springen und klatschte in die Hände. „Kannst du singen? Hast du einen Schwanz?"

Na toll. Jetzt musste ich ein Kleinkind enttäuschen. Meine Gesangsstimme war grauenhaft und ich hatte definitiv keinen Schwanz einer Meerjungfrau oder überhaupt einen Schwanz. „Ich singe nicht so schön wie Ariel", sagte ich. Ich drehte mich zu Skylar um. „Mein Name ist Ariella."

„Klar, wie auch immer." Sie zuckte mit den Schultern und warf mir einen Blick zu. „Das habe ich doch gesagt."

„Hast du nicht." Ich kniff mir in den Nasenrücken, zu erschöpft, um zu widersprechen. Ich ließ meine Hand fallen und verschränkte die Arme vor der Brust.

Was war ihr Problem?

Das Funkeln in Izzies Augen reichte aus, um meine Nerven zu beruhigen und mein kochendes Blut zu lindern. Ich beugte mich auf Isabellas Höhe hinunter und nahm Blickkontakt mit ihr auf. „Ich würde gerne dein Zimmer sehen."

Izzie schnappte meine Hand und zog mich den Flur hinunter. Sie eilte in ihr Schlafzimmer und wartete darauf, dass ich zu ihr kam.

Ich knipste das Licht an und sah eine Fülle von Meerjungfrauen, die überall in ihrem Zimmer verteilt waren. Ich hielt mir mit der Hand den Mund zu, um mir das Grinsen zu verkneifen und versuchte, nicht in Gelächter auszubrechen.

Das Mädchen war besessen von Meerjungfrauen.

Die Wände waren mit weißen und rosafarbenen Schaumstoffblasen gestrichen. In der Nähe des Fensters glitzerte und glänzte der Schwanz einer Meerjungfrau, mit glitzernden Farbtönen und einer dünnen silbernen Umrandung. „Hat dein Vater dein Zimmer gestrichen?"

Beeindruckend wäre eine Untertreibung gewesen. Jemand mit viel künstlerischem Talent hat ihr Zimmer zum Leben erweckt.

„Schau nach oben!" Izzie zeigte auf die Sterne und schaltete das Licht aus, sodass sie im Dunkeln leuchteten und der Umriss des Schwanzes der Meerjungfrau zu sehen war.

„Wow."

Skylar stand in der Tür und drückte auf den Lichtschalter. „Das ist mal was anderes", sagte sie. „Ein wenig zu mädchenhaft für meinen Geschmack."

„Dann ist es wohl gut, dass es nicht dein Schlafzimmer ist." Wahrscheinlich hätte ich meinen Mund halten sollen, aber ich mochte es nicht, wie Skylar über Izzie sprach, geschweige denn, wie sie sich verhielt, als könne sie es nicht verstehen. Isabella war vielleicht drei Jahre alt, aber Kinder sind schlau. Sie bekommen alles mit.

„Bist du bereit für die Tour?" Skylar zupfte an ihren Nägeln und starrte auf ihre Hände hinunter.

„Ich bin gleich wieder da", sagte ich zu Izzie und folgte Skylar in den Flur, um sie so kurz wie möglich zu führen. Sie öffnete Jaxsons Tür zu seinem Schlafzimmer. „Die Kommode steht in der Ecke. Die Badezimmertür ist gleich daneben. Ich werde dir ein Handtuch holen."

„Danke."

Sie drängte sich an mir vorbei und stieß mich an die Schulter. Ich unterdrückte einen schmerzhaften Aufschrei.

Die Frau wusste nicht, was ich durchgemacht hatte, und ich hatte nicht vor, mich ihr anzuvertrauen.

Sie hasste mich. Ich war mir nicht sicher, warum.

War es, weil ich mit Jaxson geschlafen hatte? Wusste sie es? Warum war es ihr egal?

Das Schlafzimmer war dunkel, ich schaltete das Licht an, und der Deckenventilator und die Lampe über mir verbreiteten ein warmes Licht.

Seine Kingsize-Matratze stand an der Wand in der Nähe des Fensters, das Bett war gemacht, die Bettdecke lag perfekt in der Mitte und die Kissen waren aufgeplustert. Ich wollte mich hinlegen, mich unter den Laken zusammenrollen, aber ich konnte mich nicht in sein Bett legen.

Er hatte mir angeboten, in seinem Haus zu übernachten, nicht in seinem Schlafzimmer.

Meine Zähne zerrten an meiner Unterlippe. Warum war Jaxson gestern Abend einfach so weggelaufen, ohne sich zu verabschieden?

Keine Notiz. Kein Anruf oder eine SMS. Daran konnte ich im Moment nicht denken.

Meine Augenlider fielen herunter, erschöpft von den Ereignissen des Tages.

Ich zerrte am Griff der Kommode, das Eichenholz war schwer und robust. Die Schienen glitten auf und die oberste Schublade enthüllte mir seine Boxershorts und Socken.

Das fühlte sich viel zu intim an nach einer gemeinsamen Nacht, in der wir nicht einmal nebeneinander aufgewacht waren. Ich schob die Schublade zu und versuchte, die Zweite herauszuziehen, wo ich mir ein dunkelrotes Uni-T-

Shirt mit der Aufschrift Montana Grizzlies schnappte.

Ich drückte das Shirt mit meiner Hand fest an mein Gesicht. Der weiche Stoff streichelte meine Wange, während ich seinen Duft einatmete. Obwohl sein Zimmer eindeutig nach ihm roch, war das T-Shirt stärker, und ich klammerte mich daran.

Skylar schlenderte den Flur hinunter, und als ihre Schritte näher kamen, ließ ich das weiche T-Shirt sinken.

Sie warf mir ein flauschiges, mintfarbenes Badetuch zu.

„Danke." Ich war überrascht, dass sie mir nicht stattdessen ein Handtuch oder einen Waschlappen brachte und mir sagte, dass das alles war, was sauber war.

Als ich das weiche Handtuch in meiner Handfläche spürte und sein T-Shirt fest umklammerte, brach fast der Damm. Niemand würde meinen Untergang sehen, schon gar nicht ein Mädchen, mit dem ich nicht mehr als fünf Minuten verbracht hatte und das nichts mit mir zu tun haben wollte.

Ich riss eine zweite Schublade mit Jogginghosen auf und schnappte mir die oberste, bevor ich ins Haupt

Badezimmer flüchtete. Ich knipste das Licht aus und schlug die Tür hinter mir zu.

Meine Brust krampfte sich zusammen und drückte fest zu. Es war, als würde ich ertrinken und die Luft fand nicht schnell genug den Weg in meine Lungen.

Ich zog mich aus, meine Kleidung lag auf einem Haufen, und ich stolperte zur Badewanne. Der Raum drehte sich, und meine Füße waren unsicher unter mir. Die Wand hielt mich aufrecht, als ich mit dem Rücken zu ihr stand, atmete lang und flach und schnappte nach Luft.

Blendende Punkte trübten meine Sicht. Ich griff mit dem Arm in die Wanne, schob den Vorhang beiseite und startete die Dusche.

Das Einzige, was zählte, war, dass ich jeden Flecken, Schmutz und Dreck von diesen Mistkerlen von meinem Körper entfernen musste.

Ich rieb mir die Arme und schrubbte mich mit den Händen außerhalb der Wanne. Das Wasser war lauwarm. Ich drehte es heißer.

Ich musste alles auslöschen, den Dreck zerstören, der sich in mein Fleisch gebrannt hatte.

Mit der Handfläche nach oben prüfte ich das Wasser und freute mich, dass es heiß war. Dampf bedeckte den Spiegel und ich stieg in die Wanne. Die Dusche regnete herunter.

Mit weißen Fingerknöcheln schnappte ich mir das Seifenstück und schrubbte damit über meine Haut. Ich musste mich von ihrem Dreck befreien. Ich wusch mich immer wieder—die Hitze der Dusche hinterließ eine Röte auf meinem Körper.

Es war nicht genug. Der Schmutz wollte nicht verschwinden. Der Dampf im Bad trübte meine Sicht, während er in der Luft wirbelte. Rauch.

Die Seife rutschte aus meinen Händen in die Wanne. Ich stürzte mich auf das glitschige Stück, meine Knie umarmten die Wanne, das heiße Wasser ergoss sich über meinen Kopf und glitt meinen Rücken hinunter.

Meine Hände zitterten. Tränen flossen und brachen sich Bahn, die Dusche vermischte sich mit meiner Niederlage und rutschte den Abfluss hinunter. Ich zog meine Knie an die Brust. Das Wasser prasselte auf mich, wie ein heißer Regen über meinen Körper.

Der Geruch von Rauch wehte mit einer eisigen Böe herein. Ich erschauderte und vergrub mein Gesicht in meinen Kniebeugen.

Ein kühler Luftzug streichelte meine Haut und verursachte eine Gänsehaut, die mich unter der Gischt des Wassers überzog. Ich spürte einen Schatten, einen Körper, der über mir stand. Die Schluchzer durchzuckten meinen Körper.

„Sommersprosse." Obwohl ich seine Stimme hörte, rührte ich mich nicht.

Die Dusche wurde abgeschaltet und ein warmes, flauschiges Handtuch legte sich um meine Schultern.

Ich drehte meinen Kopf leicht, um ihn zu sehen, um mich zu vergewissern, dass er wirklich da war und ich keine Halluzinationen hatte.

„Komm, wir holen dich aus der Dusche", flüsterte er. Seine kräftige Stimme hallte im Bad wider, aber sie riss mich nicht aus meiner Versunkenheit. „Das Wasser ist eiskalt."

Ich hatte nicht bemerkt, dass die Temperatur kühl wurde. Meine Zähne klapperten.

Ich war völlig erschöpft und konnte nicht sprechen. Ich konnte mich nur noch durch das Zittern bewegen, über das ich keine Kontrolle hatte.

Tränen flossen mir von der Seele und glitten mir über die Wangen. Das warme Handtuch tröstete mich nicht mehr, denn die Wärme der Dusche war verschwunden.

Jaxson hob mich hoch und nahm mich in seine Arme.

Ich wollte meine Arme um seinen Hals schlingen, aber das erforderte mehr Kraft, als ich in mir hatte. Meine Augenlider fielen zu, als ich meinen nassen Kopf an sein Hemd lehnte.

Er roch nach Rauch und es kitzelte in meine Nase, als ich seinen Duft einatmete.

„Ich muss dich abtrocknen."

Er hielt mich fest in seiner Umarmung und brachte mich sanft dazu, vor ihm zu stehen, meine Füße auf dem warmen, zotteligen Badeteppich. Ich starrte auf den kastanienbraunen Teppich, der die gleiche Farbe wie meine Haut hatte. Geprellt, zerschlagen, besiegt.

Seine Berührung war leicht und sanft, und er stützte mich, als ich schwankte. Eine Hand blieb auf meiner Hüfte liegen, die andere trocknete mich mit dem mintfarbenen Handtuch ab.

Ich wollte ihn fragen, warum er grüne Handtücher und rote Teppiche hatte. Es fühlte sich seltsam an, aber die Worte kamen mir nicht über die Lippen. Ich war in meinem Kopf gefangen.

Bei jeder Berührung des Handtuchs schwankte ich. „Okay, wir sind fast fertig. Ich ziehe dir das jetzt an und dann bringe ich dich ins Bett", sagte Jaxson und erklärte mir alles, was er tat.

Er setzte sich auf den Rand der Toilette und zog mich näher heran. Jeder Schritt, den ich machte, schien in meinem Kopf Minuten zu dauern, Tunnelblick, eine unangenehme Nebenwirkung, die ich immer wieder erlebt hatte.

Er schob mich näher an die Toilette heran und hielt mich mit seinen Beinen aufrecht, während er sein Uni-T-Shirt über meine Arme und meinen Kopf zog und es um meine Taille fallen ließ. „Ich glaube, Hosen sind im Moment zu viel für dich." Er starrte mich an.

Was hat er gedacht?

War er angewidert von meiner Unfähigkeit, etwas anderes zu tun, als zusammenzubrechen?

# KAPITEL SECHSUNDZWANZIG

JAXSON

Ich hob Ariella in meine Arme und trug sie aus dem Bad zu meinem Bett. Mit sanfter Bewegung legte ich sie auf die Matratze und half ihr, unter die warmen Daunendecken zu schlüpfen.

„Sommersprosse?" Mein Magen krampfte sich zusammen, Besorgnis lag in meinem Ton. „Ist alles in Ordnung mit dir?"

Sie war nicht in Ordnung. Nur ein Idiot hätte eine solche dumme Frage gestellt.

Ich kletterte auf die Decke. Mein Körper schmiegte sich eng an den ihren. Sie lag ruhig und bewegungslos auf dem Rücken, eingekuschelt unter der Bettdecke und den Laken.

Ich atmete ihren Duft ein und schloss die Augen, lächelte und war innerlich zerrissen.

Wie sollte ich es schaffen, sie unter meinem Dach wohnen zu lassen, ohne dass es zu einer platonischen Beziehung kam? Ich hatte nie vor, die letzte Nacht zu einem One-Night-Stand werden zu lassen, aber wenn wir nicht zusammen sein konnten—ich wollte diesen Gedanken nicht zu Ende bringen.

Ich küsste sie auf die Wange und stand auf.

Mucksmäuschenstill schlich ich mich aus dem Schlafzimmer, schnappte mir ein Handtuch aus dem Wäscheschrank und eilte zurück, um Skylar aus dem Weg zu gehen.

Ich hatte keine Lust, mich heute Abend mit ihr auseinanderzusetzen. Ich hatte nicht die Kraft, ihre Fragen zu beantworten oder ihren missbilligenden Blick zu sehen.

Ich holte mein Handy aus der Tasche. Eine Gruppennachricht erschien auf dem Hauptbildschirm.

Mein Blick verschwamm auf dem Display und die Buchstaben verschmolzen miteinander. Ich würde sie später lesen.

Ich zog mich aus und warf meine schmutzigen Klamotten in den Wäschekorb. So leise wie möglich schlängelte ich mich ins Bad und ließ die Tür einen Spaltbreit offen. Wenn sie mich brauchte, wollte ich sie hören. Ich stellte die Dusche an und war froh, dass das Wasser wieder heiß war.

Ich schrubbte den Rauch, das Blut und die getrockneten Schmutzreste in den Abfluss und ließ mich vom Wasser umspülen, als gäbe es nichts anderes.

Eine Hand stützte sich auf den kalten Fliesen ab, während das Wasser auf mein Gesicht und meine Brust prasselte und mich von innen und außen durchnässte. Meine Augen brannten und ich drückte mein Gesicht zurück unter den heißen Strahl. Ich rieb mir die Augen und beendete meine Dusche.

Als ich fertig war, schlüpfte ich in eine Boxershorts, setzte mich an den Rand der Matratze und griff nach meinem Handy.

Ich würde nicht schlafen können, ohne zu wissen, was gesendet wurde.

Lincoln hatte eine neue SMS geschickt: *Wenn du es in der Hose behalten kannst, wird sie eingestellt. Kein Fraternisieren mit dem Untergebenen.*

Die SMS war an alle Mitarbeiter von Eagle Tactical geschickt worden. Offensichtlich hatten die Jungs darüber gesprochen, sie einzustellen. Ich nahm an, dass Mason dahintersteckte, nachdem wir vorhin im Truck darüber gesprochen hatten.

Erleichterung hätte mich durchfluten sollen, aber das tat sie nicht.

Widersprüchlich, verletzt, das aufgestaute Verlangen in mir musste unterdrückt werden. Wir mussten es platonisch halten.

Sie hatten recht, es wäre das Beste. Wenn sie unter meinem Dach leben würde, könnten wir keine Beziehung eingehen und zusammenarbeiten, nicht wenn ich ihr Chef wäre.

Es ging um *sie*. Was in ihrem besten Interesse war. Ariella kam zuerst.

Ich kroch neben ihr unter die Decke. Es würde die letzte Nacht sein, in der wir uns ein Bett teilen konnten.

Morgen würde ich sie ins Gästezimmer bringen müssen, aber heute Nacht würde ich die Wärme ihres Körpers und ihren süßen Duft auf meinem Kopfkissen genießen.

Als ich einen Arm um ihre Taille legte, rührte sich Ariella nicht. Sie schlief ruhig und ich hoffte, dass ihre Träume ihr Frieden schenkten.

„Daddy!" Der Schrei von Izzie holte mich aus dem Traumland.

Das Sonnenlicht drang durch die Vorhänge. Ich vergrub mein Gesicht in das Kissen. Die Dämmerung brach an. Ich war noch nicht bereit, mich dem Tag zu stellen, aber mein kleiner Zwerg sorgte dafür, dass ich auf die Stunde aufmerksam gemacht wurde.

Ich rieb mir den Schlaf aus den Augen und stellte fest, dass Ariella neben mir im Bett schlief. Ich hielt meinen Finger an die Lippen, um Isabella zu signalisieren, dass sie still sein sollte.

Als ich aus dem Bett kletterte, jagte mir der kalte Fußboden einen Schauer über den Rücken.

Izzies Augen waren groß und strahlend. Ich folgte ihr aus dem Schlafzimmer und schloss die Tür, wobei ich mich mit einer Hand am Holz festhielt, um zu verhindern, dass sie zuschlug und ich sie beruhigte.

Sie hielt sich an meiner Hand fest und ich hob meine kleine Zwergin in meine Arme und trug sie die Treppe hinunter.

„Frühstück?"

„Ja, ich werde dir Frühstück machen", räusperte ich mich.

Ich bemühte mich, leise zu sein, um Skylar nicht auch noch zu wecken.

Wann wollte sie denn abreisen?

Izzie rollte sich aus meinen Armen und ich setzte sie auf den Tresen. „Pfannkuchen, Daddy?"

Ich öffnete die Speisekammer und holte die Pfannkuchenmischung und eine Schüssel heraus. „Ja, ich kann dir heute Früh Pfannkuchen machen." Ich gab ihr einen Kuss auf die Wange.

Leise Schritte kamen die Hintertreppe herunter. Wie ich Skylar kannte, würde sie den ganzen Nachmittag schlafen. Gestern war sie zwar früh aufgestanden, um Izzie zu helfen, aber wenn sie nicht musste, würde sie es nicht tun.

„Guten Morgen", begrüßte mich Ariellas sanfte Stimme. Das war Musik in meinen Ohren.

Daran konnte ich mich gewöhnen, aber es musste sich etwas ändern. „Morgen", sagte ich. Mein Tonfall war schroffer, als ich beabsichtigt hatte.

Sie zog eine Augenbraue hoch und ich schenkte ihr ein Lächeln, um sie nicht zu erschrecken.

„Du siehst besser aus."

Ihr Blick fiel auf den Boden und eine Röte breitete sich auf ihren Wangen aus. Ariella knabberte an ihrer Unterlippe und vermied es, mich anzustarren.

Ich wollte ihr Kinn anheben, um ihren Blick zu sehen.

Die Jungs hatten recht, ich musste die Dinge zwischen uns platonisch halten. „Ich habe gute Nachrichten. Möchtest du dich hinsetzen?"

Sie setzte sich auf den Hocker an der Theke, neben Izzie. Sie stieß einen leisen Seufzer aus, bevor sie meinen Blick erwiderte.

Ich maß die Pfannkuchenmischung ab, schüttete sie in die Schüssel und maß dann das Wasser ab.

„Klar", sagte sie und machte es sich bequem. Als ich sie nicht auf die letzte Nacht ansprach und sie sich unter der Dusche zusammenrollte, schien sie sich zu entspannen.

Ich riss die Schublade auf, fischte einen Löffel heraus und legte ihn auf den Tresen. „Ich habe gestern Abend mit den Jungs gesprochen." Eigentlich hatte ich mit Mason gesprochen und Lincoln hatte im Namen des Teams geantwortet, aber ich hatte nicht das Bedürfnis, näher darauf einzugehen.

„Oh?" Sie wischte ihre Handflächen an ihren nackten Beinen ab.

Mein T-Shirt reichte ihr bis zu den Knien, ähnlich wie ein Nachthemd. Sie schwamm in meinem Shirt und die Tatsache, dass sie keinen Slip darunter trug, ließ mein Herz höher schlagen.

In der Küche schien es wärmer zu sein als sonst. Das hatte ich Ariella zu verdanken; mein Körper reagierte auf ihre Sexualität und sie saß nur unschuldig auf dem Hocker und hörte mir zu.

„Ja. Wir würden dich gerne einladen, für Eagle Tactical zu arbeiten", sagte ich.

Ariellas Augen leuchteten auf. „Wirklich?"

„Ja."

Isabella riss mir den Löffel aus der Hand, bevor ich die Zutaten umrühren konnte. Sie wollte helfen.

„Es gibt allerdings ein paar Dinge, die wir besprechen müssen, was deine Arbeit angeht."

Izzie behält den Löffel und ich schob ihr die Schüssel zu. Wenn sie helfen will, dann soll sie es tun. Ich konnte jede Hilfe gebrauchen, mein Magen spannte sich an.

Mein Herz hörte nicht auf, gegen meinen Brustkorb zu pochen. Fühlte Ariella das jeden Tag?

Ihre Zunge strich über ihre Oberlippe und sie rollte ihre Lippen fest zusammen. „Ja?" Der leiseste, zaghafteste Laut kam aus ihrem Mund. Ariella klang engelsgleich, obwohl ich erkannte, dass sie bei der CIA gewesen war, verstand ich auch, dass sie keine Außendienstmitarbeiterin war. Ihre Aufgabe in unserem Team würde im Büro liegen, wo sie sicher wäre.

„Ich möchte, dass du hier bleibst, unter meinem Dach, zumindest, bis du dich eingelebt hast." Ich wollte nicht, dass sie dachte, ich würde sie hinausschmeißen oder ihr das Gefühl geben, nicht willkommen zu sein.

Ihr Blick wanderte von mir zu Izzie. „Okay." Nach einem kurzen Moment schaute sie mich wieder an. „War's das?"

Ich wünschte, das wäre alles, was ich zu sagen hätte, aber die Jungs hatten recht. Um Ariella zu schützen, musste ich sie an erste Stelle setzen. „Es muss platonisch zwischen uns bleiben. Ich werde dein Chef bei Eagle Tactical sein."

Ein Schwall Luft entwich aus ihren Lippen. Ihr Gesicht wurde leichenblass. „Oh." Sie lächelte, ihre Lippen waren angespannt, ihre Augen schmal. „Natürlich. Das ist schon in Ordnung. Ich würde keine Sonderbehandlung erwarten. Das wäre deinen anderen Mitarbeitern gegenüber nicht fair."

Sie stieß sich vom Hocker ab und fuhr sich mit der Hand durch ihr ungekämmtes Haar.

„Ich sollte mir wohl etwas zum Anziehen suchen. Es ist nicht angemessen, wenn ich vor meinem Chef nur ein T-Shirt trage."

Es machte mir nichts aus, ich mochte es sogar sehr, aber ich musste sie gehen lassen. „Du kannst dir gerne alles, was du benötigst, aus meiner Kommode ausleihen. Wir können später in die Stadt fahren und neue Klamotten kaufen."

Sie rieb sich die Augen.

Ich betete, dass sie nicht gleich weinen würde.

Sie schlurfte mit den Füßen und zeigte hinter sich auf die Treppe, die sie Minuten zuvor heruntergekommen war. „Ich hole etwas anzuziehen aus deiner Kommode

.

Ariella drehte sich um, um vor mir wegzulaufen, aber das wollte ich nicht zulassen.

Ich trat von der Theke weg und packte sie an der Taille. Ich drehte sie zu mir herum, eine Hand auf ihrer Hüfte, die andere in ihrem Haar.

Ich wollte sie küssen, ihren Körper fest an meinen ziehen und mein Knie zwischen ihre Schenkel schieben. Ich sah ihr in die Augen und unser Atem ging gleichmäßig, schwer und tief.

„Ich dachte, wir wollten das Ganze professionell angehen? flüsterte Ariella, atemlos.

Ich hasste die Jungs. Wie leicht ließ ich sie zwischen die Frau, nach der ich mich sehnte, und meinen Job kommen. Sie taten das, um uns alle zu schützen, aber warum fühlte es sich wie die Hölle an?

Warum musste ich mich entscheiden? Ich konnte beides haben, nur nicht so, wie ich es mir wünschte.

Das Bedürfnis durchströmte mich und nahm jedes Quäntchen Kraft von mir in Beschlag.

Ich beugte mich vor und verlangte eine letzte Kostprobe, einen Kuss, einen harten Fick, wenn ich sie haben durfte.

Ariella führte eine Hand auf meine Brust. Mein Herz pochte gegen ihre Handfläche. „Wir können das nicht tun. Ich brauche den Job, ich will für Eagle Tactical arbeiten", sagte sie und schaute mich mit diesen starken, olivfarbenen Augen an. „Es ist ein Traum, der wahr wird."

Ich wollte an ihren Träumen teilhaben, an den schmutzigen Träumen, in denen ich mich auf meinem Schreibtisch mit ihr vergnügte. „Du bist immer der Vernünftige", sagte ich und konnte meinen Blick nicht von ihr abwenden.

Irgendwann zwischen der Begegnung mit ihr auf der Straße und der Rettung ihres Lebens hatte ich mich in sie verliebt, und zwar schwer.

# EPILOG

*Hazel*

Hätte ich gewusst, was dieser Morgen bringen würde, wäre ich gerannt.

„Komm mit mir." Nikolai zerrte mich am Arm, sein Griff verletzte meine Haut und hinterließ einen bleibenden Bluterguss.

„Nein." Ich zuckte aus seinem Griff. „Lass mich los. Ich gehe nirgendwo mit dir hin." Nur weil wir durch Blut verbunden waren, hieß das nicht, dass ich mich an seine Regeln halten musste.

Nikolai Agron, der Chef der russischen Mafia, war mein blöder Stiefbruder.

„Die Abmachung ist bereits getroffen worden. Er wird sich um dich kümmern und du wirst ihm Kinder schenken."

„Ich werde niemanden heiraten, weil du es arrangiert hast." Was glaubt er, in welchem Jahrhundert wir leben? Hatte er den Verstand verloren?

„Du wirst tun, was man dir sagt, Hazel." Die Art, wie er meinen Namen aussprach, jagte mir einen Schauer über den Rücken.

Er überragte mich und griff in mein Haar. Er zerrte an meinen langen Locken und brachte mein Gesicht zu ihm. „Du wirst Franco Iwanow heiraten und ihm gehorchen."

Ich spottete über seine Vorstellung von Heirat und in dem Moment, als er seinen Griff um mein Haar lockerte, spuckte ich ihm ins Gesicht. „Du kannst mich weder verschenken noch verkaufen." Er verpasste mir eine Ohrfeige.

„Du gehörst mir! Vergiss das bloß nicht, kleine Schwester."

———

Danke, dass du Enthüllt: Jaxson gelesen hast!

Ich hoffe, du liebst Ariella und Jaxson. Ihre Geschichte geht in VERHEIMLICHT: MASON weiter!

**Verkauft an die Mafia. Für meinen Bruder bin ich nichts weiter als ein Stück Eigentum. In eine arrangierte Ehe gezwungen, nehme ich die Hilfe von Eagle Tactical in Anspruch.**

*Ariella*

Nach dem Angriff bin ich bei Jaxson eingezogen. Es fällt mir schwer, die Finger von ihm zu lassen, aber er ist mein Chef. Er hat mir einen Job bei Eagle Tactical als seine Angestellte gegeben.

Ich nehme nicht gerne Befehle entgegen, schon gar nicht von einem mürrischen Chef. Er ist ungefähr so mürrisch wie sein Kleinkind, wenn es seinen Mittagsschlaf ausfallen lässt.

*Jaxson*

Ich habe geschworen, Ariella zu beschützen. So viel bedeutet sie mir, aber sie geht mir unter die Haut, mit ihrer Besserwisserei und ihrem frechen Hüftschwung, der meinen Körper in Aufruhr versetzt.

Ich habe mir geschworen, niemals einen One-Night-Stand zu haben. Denkt sie, dass wir das gemeinsam hatten? Ist das der Grund, warum sie mich hasst?

Ich weiß nicht, wie lange ich noch unter demselben Dach aufwachen, mit ihr zur Arbeit gehen und sie nicht auf das Bett werfen kann.

Wir haben einen Auftrag, der Vorrang hat, aber wie soll ich mich auf die Arbeit konzentrieren, wenn sie ständig im Zimmer ist und ich sie am liebsten über den Schreibtisch beugen würde?

Ein Klick auf VERHEIMLICHT: MASON jetzt!

Und melde dich für meinen Newsletter an, um über neue Bücher, Givea ways und Gratisgeschenke informiert zu werden: www.authorwillowfox.com/subscribe

Ich freue mich, wenn du mir hilfst, das Buch zu verbreiten, indem du es einem Freund erzählst. Rezensionen helfen Lesern, Bücher zu finden! Bitte hinterlasse eine Rezension auf deiner Lieblingsbuchseite.

## WERBEGESCHENKE, KOSTENLOSE BÜCHER UND MEHR GOODIES!

Ich hoffe, dass dir ENTHÜLLT gefallen hat und du die Reise mit Jaxson, Ariella und dem Team von Eagle Tactical fortsetzen wirst.

Dies ist zwar mein erster Roman als Willow Fox, aber ich veröffentliche schon seit 2013 professionell.

Melde dich für meinen Willow Fox Newsletter an

Wenn dir ENTHÜLLT gefallen hat, nimm dir bitte einen Moment Zeit, um eine Rezension zu hinterlassen. Rezensionen helfen anderen Lesern, meine Bücher zu entdecken.

Du weißt nicht, was du schreiben sollst? Das ist nicht schlimm. Er muss nicht lang sein. Du kannst erzählen, wie du mein Buch entdeckt hast: War es eine

Empfehlung von einem Freund oder einem Buchclub? Lass die Leserinnen und Leser wissen, wer deine Lieblingsfigur ist oder was du gerne als nächstes sehen würdest. Liest du normalerweise HEA? Wie denkst du über das HFN? (Ich hoffe, du bist zufrieden, aber ich verspreche, dass ich am Ende der Reihe ein HEA liefern werde!)

Danke, dass du gelesen hast! Ich hoffe, du trägst dich in meine Mailingliste ein, damit ich dich über kostenlose Bücher, Sonderaktionen, Werbegeschenke und Neuerscheinungen informieren kann.

## ÜBER DEN AUTOR

Willow Fox schreibt schon seit ihrer Highschoolzeit (vor vielen Jahren) gerne. Ihre Kleinstadtromane spiegeln das Leben in einer Kleinstadt im ländlichen Amerika wider.

Egal, ob sie Liebesromane schreibt oder draußen am Lagerfeuer sitzt und ein gutes Buch liest, Willow liebt die Magie des geschriebenen Wortes.

Sie träumt davon, von den Füßen gerissen zu werden und hofft, dass sie das auch bei ihren Lesern erreichen kann!

Besuche ihre Website unter:

https://authorwillowfox.com

# AUCH VON WILLOW FOX

Gebrüder Bratva

Brutaler Boss

Böser Boss

Besitzergreifender Boss

Zwanghafter Boss

Gefährlicher Boss